Jörg Böhm
Niemandsblut

Der Roman spielt hauptsächlich in bekannten Regionen, doch bleiben die Geschehnisse reine Fiktion. Sämtliche Handlungen und Charaktere sind frei erfunden.

Bibliografische Information der Deutschen Nationalbibliothek
Die Deutsche Nationalbibliothek verzeichnet diese Publikation in der
Deutschen Nationalbibliografie; detaillierte bibliografische Daten sind im
Internet abrufbar über http://dnb.ddb.de

3. Auflage, 2019

Umschlaggestaltung: C. Riethmüller
Der Umschlag verwendet Motiv(e) von 123rf.com
Druck und Bindung: Nørhaven, Viborg
Printed in Denmark
ISBN 978-3-8271-9535-7

Jörg Böhm

Niemandsblut

CW Niemeyer N

Mut steht am Anfang des Handelns,
Glück am Ende.

Demokrit

Für Miryam „Mimi" Scholl – Danke, dass du mich die
Welt entdecken lässt.

PROLOG

Berlin, 24. Dezember 1979

Das Mädchen schreckte verängstigt auf. Schon wieder hatte sich die finstere Gestalt in seine Träume geschlichen. Ganz in Schwarz gekleidet, mit starrem Blick und toten Augen. Und doch war heute etwas anders. Dieses Mal hatte ein komisches Geräusch den Traum begleitet. Ein Geräusch, welches das Mädchen zuvor noch nie gehört hatte.

Zitternd versuchte es, sich in seinem Kinderbett aufzusetzen. Mit kreisenden Bewegungen seiner kleinen Hände rieb es sich den Schlaf aus den Augen. Nach und nach konnte es die ihm so vertraute Umgebung immer deutlicher wahrnehmen. Die Kuscheltiere, die auf einem großen Haufen am Fußende des Bettes lagen. Das große Puppenhaus unterm Fenster, in dem noch alle Bewohner fest schliefen. Die Malbücher auf dem Tisch, die darauf warteten, mit bunten Farben ausgefüllt zu werden.

Erleichtert atmete das Mädchen durch. Es war zu Hause in seinem Kinderzimmer. Hier war es in Sicherheit. Seit der schwarze Mann vor einigen Wochen zum ersten Mal in seinen Träumen aufgetaucht war, konnte das Mädchen nur noch bei eingeschaltetem Licht einschlafen und dann auch nur unter der Bedingung, dass die Eltern mehrmals den Kopf in die Tür steckten und nach ihm sahen.

Aber das hier war kein Traum. Denn der schwarze Mann sprach nie. Er war einfach nur da und schaute es aus finsteren Augen heraus an, ehe es von seinen kräftigen Armen gepackt und aus dem Bett gehoben wurde.

Doch jetzt hörte das Mädchen Stimmen. Die Stimmen kamen aus dem Wohnzimmer, das den Flur entlang auf der anderen Seite der Wohnung lag. Laute Stimmen. Menschen, die miteinander stritten. Die jemanden anbrüllten. Es hörte die klagenden Schreie seiner Mutti. Und unwirsches Rumbellen fremder Menschen. Es waren Männer, mindestens zwei. Und sie schienen böse zu sein. Sehr böse sogar.

Das Zittern wurde heftiger. Die ersten Tränen kullerten lautlos über die Wangen, während das Mädchen spürte, wie sich der Druck in der Blase unaufhaltsam erhöhte. Unruhig wippte es von links nach rechts, um dem Gefühl bloß nicht nachzugeben.

Denn das Mädchen wollte sich nicht schon wieder einnässen. So wie es das immer tat, wenn der schwarze Mann es in seinem Traum besuchte und erst wieder verschwand, wenn Mutti oder Vati es fest an sich drückten und ihm sanft über den Kopf streichelten.

Das Mädchen wusste, dass die Eltern dann sehr traurig sein würden. Und es wollte seine Eltern nicht traurig sehen. Vor allem nicht seinetwegen. Mutti war schwer krank. Das wusste das Mädchen. Und Vati war in den vergangenen Tagen sehr angespannt, sodass es schon unter normalen Umständen kaum wagte, ihn etwas zu fragen oder so lange an ihm herumzuquengeln, damit er endlich mit ihm spielte.

Aber was wollten die beiden Männer von den Eltern? Heute, an Heiligabend? Einem ganz besonderen Tag, auf den sich das Mädchen schon das ganze Jahr freute. Einem Tag, an dem es Geschenke gab, vielleicht eine neue Puppe, einen Kaufmannsladen oder ein kleines, batteriebetriebenes Klavier, das die schönsten Musikstücke zum Besten gab, auch wenn man nicht darauf spielte.

Doch der heutige Tag war noch so viel mehr. Mutti würde bestimmt wieder sein Lieblingsessen kochen: Klöße mit brauner Soße und Rotkraut, in das sie Apfelstücke hineinschnippelte. Und am Nachmittag würden sie auch bestimmt wieder zusammen Plätzchen backen. Wenn Mutti dazu noch die Kraft hatte. Es war eben ein Tag, an dem man vor allem als Familie zusammen war, Lieder sang, miteinander feierte. Einfach nur glücklich war. Kein Tag, um fremde Menschen in der Wohnung zu haben und lauthals mit ihnen zu streiten.

Und wo war Vati? Ihn hatte das Mädchen bisher noch nicht gehört. War er überhaupt noch im Wohnzimmer, oder war er kurz aus dem Haus gegangen, um etwas zu holen? Und warum weinte Mutti plötzlich so bitterlich? Ein Weinen, das plötzlich in ein lautes Schreien überging.

Das Mädchen war vor Angst wie gelähmt. Was ging da draußen im Wohnzimmer vor? Und warum kam sein über alles geliebter Vati der Mutti nicht zu Hilfe? Plötzlich und völlig unerwartet durchschlug ein dumpfes Zischen die Szenerie jenseits des Kinderzimmers. Nur einmal, ganz kurz, explosionsartig und metallisch. Als wäre etwas abgefeuert worden. Und dann war plötzlich alles still. Das aggressive Brüllen der Männer war genauso verstummt wie die Klagerufe seiner Mutti.

Das Mädchen erstarrte. Es hörte in die Stille hinein, doch das Geräusch, das sich genauso angehört hatte wie jener Laut, der seinen Traum zerrissen hatte, kam nicht wieder. Auch Muttis Wimmern setzte nicht mehr ein. Ganz vorsichtig und leise stand es auf und lauschte angestrengt. Doch erst nach einer gefühlten Ewigkeit konnte das Mädchen wieder einen der Männer sprechen hören, der nun den anderen Mann anfuhr. Und dann hörte es, wie jemand den Flur entlangging. Entschlossen und geradewegs auf das Kinderzimmer zu.

Blitzschnell huschte das Mädchen zurück ins Bett. Es wollte sich gerade unter der Bettdecke verstecken, als unvermittelt die Tür aufgerissen wurde.

Als hätte es gewusst, wer da nun in der Tür stand, blieb das Mädchen aufrecht sitzen und beobachtete den schwarzen Mann, der durch das gleißende Licht der Flurbeleuchtung in seinem Rücken noch bedrohlicher aussah.

Mit wenigen Schritten hatte er das Bett erreicht. Wie im Traum wurde das Mädchen aus zwei unheimlichen Schlitzen heraus angesehen. Der Mann war ganz in Schwarz gekleidet. Er trug eine Mütze über dem Kopf, die nur die Augen und zwei kleine Löcher in Nasenhöhe aussparte. In seinem Gürtel steckte eine Pistole, die vorne deutlich länger war als die Waffen, die das Mädchen aus dem Fernsehen kannte.

Das Mädchen versuchte, im Bett weiter nach hinten gegen die Wand zu rutschen, in der Hoffnung, die Arme des Mannes würden es dann nicht mehr erreichen können.

Doch die großen Hände des schwarzen Mannes hatten es längst gepackt. Und als es aus dem Bett gehoben wurde, da schaffte es das Mädchen nicht länger, seine guten Vorsätze einzuhalten, und es merkte augenblicklich, wie sich im Schoß seines rosafarbenen Schlafanzugs eine angenehme Wärme ausbreitete.

KAPITEL 1

Florenz, Mittwoch, 8. Juli 2015

Anna Esposito wusste, dass der Tod sie jeden Tag holen kommen konnte. Ohne zu fragen. Und ganz wie es ihm passte. Es war nur eine Frage der Zeit und seiner freien Kapazität. Anscheinend hatte er gerade viel zu tun, dachte sie mit einem Anflug von Sarkasmus, als sie sich auf ihren Rollator gestützt durch die Via Della Colonna quälte.

Eigentlich war sie längst überfällig. Man hatte ihr kein halbes Jahr mehr gegeben, als die Ärzte ihr vor einem knappen Jahr die niederschmetternde Diagnose mitgeteilt hatten: inoperabler und metastasierender Gehirntumor im Endstadium.

Der Neurologe im Ospedale Santa Maria Nuova hatte damals mit bedrücktem Gesicht hinter seinem großen Schreibtisch Schutz gesucht, als er – emotionslos, wie Ärzte in solchen Situationen meist waren oder sein mussten – Anna die Hiobsbotschaft hatte übermitteln müssen. So hatte er es auch unterlassen, ihr irgendeine falsche Hoffnung zu machen. Zwei Schlaganfälle hatte sie überlebt und andere Schicksalsschläge mit Bravour gemeistert. Aber trotz ihres Kampfgeistes würde es dieses Mal keine Aussicht auf Erfolg geben. Ihr Körper sei einfach zu geschwächt für eine Bestrahlung und die dazugehörige Chemotherapie. Es wäre nur eine Frage der Zeit, woran sie zuerst sterben würde, sagte der Arzt. An der qualvollen Therapie, die auch den letzten Rest einer vielleicht noch vorhandenen Lebensqualität zerfressen hätte, oder an den sich immer weiter in ihrem Körper ausbreitenden Metastasen.

Und genau seit dieser düsteren und so endgültigen Prophezeiung rang Anna mit sich, ob sie ihr Leben und vor allem das anderer Menschen doch noch in die richtigen Bahnen lenken sollte, um so möglicherweise entstandenes Leid irgendwie lindern zu können.

Dabei hatte sie sich nie etwas zuschulden kommen lassen. Gerade als Hebamme war ihr in den mehr als 40 Jahren Berufstätigkeit das Wohl der Mutter und des Kindes stets eine Herzensangelegenheit gewesen. So hatte sie bisher immer gedacht.

Doch die Reportage im Fernsehen über das Schicksal eines ihr unbekannten Mannes hatte etwas bisher völlig Ungeahntes in ihr ausgelöst. Eine persönliche Geschichte, die sie zutiefst ergriff und die sich seit jenem Fernsehabend wie ein dunkler Schatten auf ihre Seele gelegt hatte.

Seitdem konnte Anna kaum noch ruhig schlafen. Aufgewühlt wälzte sie sich nachts mit quälenden Gedanken von links nach rechts, nur um zu überlegen, was sie in ihrer ausweglosen Situation überhaupt noch ausrichten konnte. Als wacher Geist gefangen in einem geschundenen Körper.

Aber es war kein Schatten, der sich einfach nur dann nach ihrem Innersten verzehrte, wenn sie wach war oder gerade mal wieder nicht einschlafen konnte. Sein Hunger wurde so unersättlich, dass er sich bereits in ihr Unterbewusstsein vorgearbeitet hatte. Dort, wo all das versteckt saß, was man nach den vielen Jahren nicht mehr wahrhaben will. Was man am liebsten ungeschehen machen würde. Und was das Leben anderer Menschen auf dramatischste Weise beeinflusst hatte. Unumkehrbar. Unverzeihbar. Und für alle Zeiten.

Anna kannte diesen Ort, und sie hatte Angst davor, auch nur darüber nachzudenken. Den Gedanken zuzulassen, doch etwas Falsches getan zu haben. Sie hätte damals einen anderen Pfad wählen können, und doch hatte sie sich für den einfacheren Weg entschieden. Auch, weil man sie dazu gedrängt hatte. Das stand auch heute immer noch außer Frage. Und dennoch hätte sie damals vielleicht nachhaken und die richtigen Fragen stellen sollen, als die Ungereimtheiten zugenommen hatten. Aber alles *hätte*, *wenn* und *aber* half nichts mehr, denn die Zeit hatte die Geschichte des Lebens fortgeschrieben und aus Unmöglichkeiten Tatsachen geschaffen, die wohl nie mehr zu ändern waren. Ein Faktum, auf dem sich Anna auch immer ein Stück weit ausgeruht hatte – war sie doch schließlich nur ein winziges Rädchen in einem kaum überschaubaren Getriebe gewesen.

Doch nun war jener Schatten so tief vorgedrungen, dass es unmöglich geworden war, jene Zweifel an ihrer möglichen Mitschuld noch länger zu ignorieren. Wie ein Schmetterling, der aus seinem Kokon herausbricht, hatte sich die Schuld aus dem Vergessen befreit und war über Anna hergefallen wie ein ausgehungertes Tier über seine Beute.

Anna erinnerte sich noch genau an diesen Tag. Es war ein schöner Tag im Mai gewesen. Viele Touristen waren durch die Altstadt geschlendert, andere genossen die Sonnenstrahlen bei einem Latte macchiato oder einem überteuerten Eis oder bewunderten die ehrwürdigen Gebäude, die überall in Florenz eine neue Geschichte erzählten. Überall in der Stadt, an Wänden, Bretterverschlägen oder den schweren Holztüren der unzähligen Kirchen, hingen die Plakate, die auf das kommende Gastspiel eines Zirkus hinwiesen. Auch an ihrem Minimercato, dem kleinen Supermarkt, wo sie sich immer die Morgenzeitung kaufte und mit dem Ladenbesitzer über Gott und die Welt diskutierte, klebte ein solches leuchtend gelbes Plakat. Sie hatte gar nicht bewusst darauf geachtet. Erst als eine junge Mutter mit ihrem Sohn hereinkam und der Junge ohne Unterlass gebettelt hatte, unbedingt in eine der drei angesetzten Vorstellungen zu gehen, da hatte sie von ihrem Espresso, den ihr der Ladenbesitzer ebenfalls jeden Morgen servierte, hochgeschaut – der jungen Frau mit diesem zärtlich geschnittenen Gesicht direkt in die Augen. Was danach genau passiert war, wusste sie nicht mehr. Das Klirren der Porzellantasse auf den moosgrünen und an den Ecken bereits vor Jahrzehnten gesprungenen Fliesen war das Einzige, woran sich Anna noch erinnern konnte. Und an den Ausdruck in den Augen jener jungen Frau, die sie seitdem nie wieder gesehen hatte, deren Blick sie aber bis heute verfolgte. Ein Blick unendlicher Traurigkeit. Ein Blick, in dem sich ein unwiederbringlicher Verlust spiegelte. Und ein Blick, der ihr nur diese eine winzige Frage nach dem *Warum* gestellt hatte.

Seit jenem Tag hatte Anna gewusst, dass der sie schützende Gedanke, alle die an sie gestellten Aufgaben als Hebamme stets mit reinstem Gewissen erfüllt zu haben, nur ein Trugschluss gewesen war, und sie fragte sich, ob der Tumor und das dazugehörige Sterben auf Zeit eine konsequente Strafe Gottes war.

Nun war es an ihr, damit so gut es ging umzugehen und eine Antwort auf jene Frage zu finden. Vor allem aber wollte Anna alles dafür tun, dass das entstandene Unrecht doch noch ausgeglichen wurde. Wenn das nach all den Jahren überhaupt noch möglich war.

Bei dem Gedanken, am Ende ihres Lebens vielleicht doch noch alles ein wenig geradezurücken, war ihr der junge Pater in der Basilica della Santissima Annunziata an der gleichnamigen Piazza eingefallen. Jeden Sonntag besuchte sie seinen Gottesdienst in der für katholische Verhältnisse von außen völlig unscheinbaren und auch im Inneren eher kleinen Kirche. Die Basilica della Santissima Annunziata war die ehemalige Klosterkirche der Servitinnen, der Dienerinnen Mariens. Doch seit das Kloster aus finanziellen Gründen und dem auch in Italien vorherrschenden Nachwuchsmangel an Nonnen und Patern geschlossen werden musste, waren auch die Gottesdienst-Zeiten von einmal täglich auf jetzt nur noch einmal wöchentlich gekürzt worden.

Pater Matteo war ein kleiner, schlanker Mann, der mit der beruhigenden Art und Weise, wie er seine Predigt hielt, und seinem unauffälligen Äußeren perfekt zum Gotteshaus passte. Anna war sich sicher, dass sie sich ihm anvertrauen konnte. Vielleicht konnte er ihr sogar helfen oder zumindest einen Weg aufzeigen, den sie – wenn auch äußerst mühevoll – in den letzten Tagen, die ihr noch verblieben, gehen konnte.

Oder den ich einschlagen *muss*, fügte sie gedanklich hinzu, als sie sich an die Predigt des Paters vom vergangenen Sonntag zurückerinnerte. In seinen Worten hatte Pater Matteo unmissverständlich klargemacht, dass es eine falsche Tugend sei, aus Angst vor den möglicherweise eintretenden Konsequenzen immer nach dem Weg des geringsten Widerstands zu suchen.

Ja, Pater Matteo wird den richtigen Weg wissen, dachte Anna, und sie spürte auch an diesem heißen Mittwochmorgen, wie die Kraft ihres Körpers von Tag zu Tag immer weniger wurde. Äußerst qualvoll schleppte sie sich über die Piazza in Richtung Kirche. Wie in Zeitlupe. Sie musste die Augen zusammenkneifen, als sie kurz von ihrer gebeugten Haltung hochsah und von den Sonnenstrahlen geblendet wurde, die sich im breiten, weiß getünchten Hauptportal gleißend sammelten.

Sie schlurfte die letzten Meter bis zum barrierefreien Aufgang. Auch heute zog sie ihr linkes Bein wieder nach, das nach ihrem zweiten Schlaganfall zu einem unbrauchbaren Anhängsel geworden war. Ihr dunkelblauer Rock schlabberte an ihrem immer hagerer werdenden Körper. Zu ihrer weißen Rüschenbluse trug sie ihre Lieblingskette, die sie als junges Mädchen von ihrer Großmutter geschenkt bekommen hatte.

Es war ein wichtiges Gespräch, das nun bevorstand, und Anna wollte mit ihrem Äußeren dem Anlass entsprechend einen passenden und auch würdevollen Rahmen bieten.

Eine angenehme Kühle schlug ihr entgegen, als Anna die Kirche betrat. Ein schneller Blick zeigte ihr, dass sie ganz alleine war. Kaum ein Tourist verirrte sich hierher. Die Besucher interessierten sich mehr für den mächtigen Dom mit seiner schon von Weitem sichtbaren Kuppel oder die geschichtsträchtige Kreuzkirche. Und die Florentiner selbst waren viel zu sehr in ihrem Alltagstrott gefangen, als dass sie die Schönheit dieses Gotteshauses noch ausreichend würdigen konnten.

Die Bodenfliesen waren ebenso wie die tragenden Säulen aus dunkelgrünem Marmor gefertigt worden. Auch unter dem hellen Tageslicht, das durch die Fenster im oberen Teil des Gotteshauses brach, glänzten die verzierten Altäre golden und gaben dem Interieur eine strahlende Eleganz. In der Luft lag ein leichter Hauch von Weihrauch, der die angenehme Kühle sanft unterstrich.

Annas Ziel befand sich auf der linken Seite des Kirchenschiffes. Der Beichtstuhl stand nicht einsehbar von der schmalen Eingangstür hinter dem großen Altar im vorderen Bereich der Kirche. Da die Tür angelehnt war, schien gerade niemand im Beichtstuhl zu sein, wie Anna dankbar feststellte, als sie den Rollator am Altar vorbeischob. Dafür war die andere Tür fest verschlossen. Pater Matteo wartete also bereits auf sie.

Anna stellte den Rollator ab, stellte die Handbremse fest und öffnete schwerfällig die knarrende Holztür des Beichtstuhls. Mit einem Ausstoß der Erleichterung, den Weg von ihrer Wohnung bis zur Kirche ohne einen größeren Zwischenfall geschafft zu haben, setzte sie sich auf die kleine Bank und begann zu schluchzen.

„Sie sind nicht allein, Signora", hörte Anna aus dem Nebenraum die ihr so vertraute Stimme des Paters. „Gott ist für Sie da, er trägt Sie auf seinen Händen. Auch dann, wenn Sie nicht mehr können und keine Kraft mehr haben. Haben Sie Vertrauen! Gott gibt niemanden auf!"

Anna konnte das aufmunternde Lächeln des jungen Paters durch die Holzwand hindurch sehen. Und dennoch war das, was jetzt folgen würde, das Schrecklichste, was sie je durchstehen musste. Sie versuchte sich ein letztes Mal zu sammeln, doch da hatten ihre Lippen die Worte, vor denen sie sich die ganze Zeit schon so sehr gefürchtet hatte, längst hinausgeworfen: „Peccavi, Pater! Peccavi! Ich habe gesündigt."

KAPITEL 2

Prato, Toskana, am selben Tag

Die Altstadt Pratos lag entspannt in ihrem Kessel und frönte einem wohltuenden Mittagsschlaf. In der mittlerweile brennenden Mittagssonne leuchteten die roten Dachziegel, die nicht nur den abgelegenen Villen der Toskana, sondern auch den Häusern der Städte wie Florenz, Siena, Pisa oder eben auch Prato ihren bekannten Charme verliehen, noch stärker als in den bunten Katalogen der Reiseveranstalter.

Die verwinkelten Gassen und Straßen waren um diese Uhrzeit rund um die Piazza del Duomo leergefegt. Nur wenige Touristen besuchten die kleine Nachbarstadt von Florenz, und wenn, dann kamen sie, um den Dom zu besuchen, oder flanierten am späten Nachmittag, wenn die Sonne die sandsteinfarbenen Gebäude in ein besonderes Licht tauchte, durch die Straßen, stöberten in den kleinen Geschäften oder schlenderten mit einem Eis in der Hand über die Plätze.

Die meisten Einheimischen ruhten sich aus, arbeiteten in angenehm klimatisierten Büros oder genossen im Schatten, unter Sonnenschirmen oder den weit ausladenden Baumkronen der kleinen Parks in der Nähe der Innenstadt ihre Mittagspause.

Tauben pickten auf dem Dom-Vorhof, dem zentralen Platz Pratos, der heute ebenfalls nahezu wie ausgestorben wirkte. Hin und wieder verirrte sich mal ein Kirchgänger und rüttelte an der schweren Holztür, deren Scharnier zwar etwas quietschte, die aber nicht bereit war, sich auch nur einen Millimeter zu öffnen. Die meisten auswärtigen Besucher Pratos wussten von den örtlichen Reiseleitern, dass der Dom jeden Tag in der Zeit zwischen 12 und 14 Uhr geschlossen war.

Die beiden fremden Besucher, die mit ihrer hellen Kleidung, den leichten Schuhen mit griffiger Sohle und dem dunkelblauen Rucksack auch gut als Touristen hätten durchgehen können, hatten heute jedoch nicht die Cattedrale di Santo Stefano an der Piazza del Duomo, sondern das benachbarte Dommuseum zum Ziel, das sich mit einer zweistündigen Mittagspause den Öffnungszeiten des Doms angepasst hatte. Mit seinen Gemälden und Skulpturen aus der Kirchengeschichte der vergangenen Jahrhunderte, liturgischen und sakralen Exponaten verschiedener Epochen und seltenen Ausgrabungsfundstücken aus ganz Italien war das Museum ein weiterer Anziehungspunkt für Touristen – entweder um sich vor der sengenden Sommerhitze ins Kühle zu flüchten, die Toiletten aufzusuchen oder in die Geschichte des Doms und des dazugehörigen Bistums abzutauchen.

Wie die beiden wussten, schloss das Museum erst, nachdem der Küster die Hauptpforte des Doms verriegelt hatte, da er wie die anderen Museumsmitarbeiter auch seine Mittagspause im Museum selbst abhielt. Meistens zumindest.

Unauffällig mischten sie sich unter die wenigen Gäste, die bereits im Foyer des Museums standen. Einige warteten anscheinend auf Mitreisende, die noch einmal schnell die Toiletten besuchten, andere stöberten noch im Souvenirbereich oder bezahlten bereits an der Kasse Ansichtskarten und Mitbringsel für die Daheimgebliebenen.

Ohne jemandem aufgefallen zu sein – das Museum hatte bereits seit einigen Minuten offiziell geschlossen – huschten sie die Treppe in den ersten Stock hinauf. Ein schwacher Windzug kam ihnen entgegen, als sie den Treppenabsatz erreichten.

Mit einem schnellen Blick sahen sie sich um. Außer ihnen war hier oben mittlerweile niemand mehr. Sie waren allein – mit sich und der Kunst. Doch sie hatten keinen Blick für die Skulpturen und Reliquien in den Vitrinen, für die Ölgemälde an den Wänden oder das ausgestellte Kircheninterieur.

Ihr Fokus lag auf der großen Fensterfront, die auf einen schmalen Balkon hinausführte. Eine Tür im hinteren Bereich des Raums stand offen, durch die warme, abgestandene Luft ins Innere des Palazzos einer ehemaligen Kaufmannsfamilie aus dem Mittelalter strömte. Mit wenigen Schritten liefen sie leise über die sonst bei jedem Schritt laut knarzenden Parkettdielen und entschwanden durch die Tür. Auf dem Balkon angelangt, sahen sie sich noch einmal um, ob sie mittlerweile entdeckt worden waren oder jemand die Treppe hochgelaufen kam, um sie von ihrem Vorhaben abzuhalten.

Aber ihnen war niemand gefolgt, dafür hörten sie immer noch einige Stimmen aus dem Foyer durchs Obergeschoss bis nach draußen hallen. Die Fensterläden des benachbarten Gebäudes, in dem der Bischof residierte, waren geschlossen. Auch der sonnenüberflutete Kreuzgang war verlassen. Es war alles so, wie der Informant vorausgesagt hatte. Die Mission konnte also beginnen.

Mit schnellen Bewegungen erklommen sie die tragende Säule und kletterten auf das Vordach, das wie das flache Hauptdach ebenfalls mit den typischen rötlichen Tonziegeln gedeckt war. Geduckt liefen sie über das Hauptdach des Museums und das der angrenzenden Bischofsresidenz bis zum Glockenturm hinüber, der etwas abseits des Doms stand und an den sich nun das mächtige Kirchenschiff anschloss. Hier endeten auch die roten Ziegel des Flachdachs. Über einen kleinen Vorbau kletterten sie vorsichtig auf das jetzt steiler abfallende und stufenartig angelegte Satteldach des Doms. Sie waren nicht gesichert und wussten, dass ein falscher Schritt, eine unbedachte Bewegung alles beenden konnte. Wie erwartet war das Fenster genau vor ihnen auch heute gekippt. Es war – so ihre Quelle – die einzige Möglichkeit, an ihr Ziel zu gelangen.

Die etwas größere Gestalt legte den Rucksack ab, ehe sie mit wenigen Handgriffen das Fenster komplett öffnete. Geschmeidig, als müsste sie sich durch einen Feuerreifen hindurchwinden, ließ sie sich nun langsam und nur mit den Spann ihrer Füße am Fensterrahmen festhaltend kopfüber ins Kirchenschiff herunterhängen. Als sie festgestellt hatte, dass niemand im Dom zu sehen war, gab sie ihrem Mitstreiter ein Zeichen. Die etwas kleinere Person schnallte sich den Rucksack auf den Rücken und glitt dann behände, als würden zwei Körper zu einem verschmelzen, über die menschliche Leiter hinweg, bis sie sich mit ihren Händen an den Händen ihres Partners festhielt. Mit einem eleganten Sprung aus knapp drei Metern Höhe landete sie nahezu lautlos auf dem abwechselnd mit schwarzen und weißen Mosaik-Fliesen ausgelegten Kirchenboden. Einzig die Gegenstände in ihrem Rucksack klapperten leicht gegeneinander und hallten im Kirchenschiff leise nach.

„Sei doch leise!", rief ihr die andere Person in gedämpftem Ton von oben zu, dann schaute sie sich in Ruhe um. Die Kirche war prunkvoll eingerichtet. Ausladende Goldverzierungen dominierten im Innenraum, der aus Sandstein erbaut und mit Marmor verkleidet war. Auch der Hauptaltar bestand aus feinstem weißen Carrara-Marmor. Breite, bordeauxrote Läufer umrahmten die akkurat stehenden Holzbänke, deren Sitzbänke wie auch die Knieauflagen mit bernsteinfarbenem Samt bezogen waren.

Die Person war ganz allein in dieser etwas abseits vom Hauptschiff gelegenen Kapelle. Auch hinter der schmiedeeisernen Balustrade, die diesen Bereich vom Hauptteil der Kirche trennte und deren Spitzen ebenfalls golden glänzten, war niemand zu sehen. Einzig die flackernden Teelichter an den Opferstöcken vermittelten ein wenig den Hauch von Lebendigkeit.

Mit einem letzten Blick durch die menschenleere Kirche bekreuzigte sich die Gestalt und nahm ihren Rucksack ab. Sie musste sich beeilen, denn sie hatten einen engen Zeitplan, den es auf die Minute genau einzuhalten galt.

Die in Gold gefasste Vitrine stand auf einem Marmorsockel inmitten des Raumes. Darin ruhte, wie ein Heiligtum, ein weiteres Glasbehältnis. Das Ziel ihrer Mission.

Die Gestalt nahm vorsichtig den Glasschneider aus dem Rucksack und setzte ihn ans Glas der Vitrine, das nach wenigen Umdrehungen bereits nachgab. Vorsichtig zog sie das Glasgefäß aus dem Inneren der Vitrine heraus und wickelte es in ein Handtuch, das sie ebenso wie eine schmale, aber längliche Reisetasche zuvor aus dem Rucksack gezogen hatte, und legte es in die Tasche. Nachdem sie auch den Glasschneider wieder im Rucksack verstaut hatte, holte der Komplize erst die Tasche und danach den Rucksack mit einem dünnen Seil nach oben und brachte beides hinaus ins Freie.

Mit einem kurzen Anlauf sprang die Person die knapp drei Meter hoch und krallte sich an den ausgestreckten Händen ihres Partners fest, ehe sie nach mehrmaligem Hin- und Herschwingen ihren Körper nach oben bog und ihre Beine um den Oberkörper des Komplizen klammerte. Nun schwang die kleinere Person ihren Oberkörper nach oben, bis sie sich in Brusthöhe ihres Partners festhalten und dann Stück für Stück über seinen Körper hochkrabbeln konnte, um so durch das Fenster wieder ins Freie zu entschlüpfen. Keine 60 Sekunden später stand auch die andere Gestalt – mit leicht gerötetem Kopf und nach Luft japsend – wieder auf dem Vordach.

Beide nickten sich nach einer weiteren kurzen Verschnaufpause wortlos zufrieden zu, dann schnappten sie sich Tasche und Rucksack. Leichtfüßig, aber voll konzentriert und jeden Halt oder Tritt vorausahnend, kletterten sie über das Vordach zwischen Kirchenschiff und Glockenturm hinüber. Anders als beim Hinweg bogen sie jetzt aber nicht zurück zum Dommuseum ab.

Stattdessen liefen sie an der Bischofsresidenz vorbei über die Dächer der angrenzenden Häuser bis zur Via Dei Tintori und kletterten dort an einem aufgestellten Baugerüst hinunter. Typisch für südeuropäische Altstädte waren nahezu alle zusammenstehenden Gebäude, die nicht von Straßen oder Plätzen unterbrochen wurden, irgendwie miteinander verbaut, und wenn man von oben darauf schaute, dann meinte man, eine einzige Fläche zu sehen.

Auch die Via Dei Tintori war zur Mittagszeit kaum frequentiert. Eine junge Mutter schob angestrengt einen Kinderwagen über den Gehweg. Etwas weiter die Straße hinunter versuchte eine ältere Frau, ihre Fensterbänke vom Taubenkot zu befreien, und auf der kleinen Piazza Filippo Lippi, die sich an die Via Dei Tintori anschloss, fuhr gerade ein Rollerfahrer vor, parkte sein Gefährt und verschwand in dem Supermarkt, der den Platz nahezu komplett ausfüllte.

Genau hinter dem Supermarkt, in der prallen Sonne, befand sich auch die Bushaltestelle. Alles lief nach Plan. Niemand wartete auf den Bus, der gerade die Piazza entlangfuhr und der sie zum Busbahnhof bringen würde. Dort sollten sie dann einen anderen Bus Richtung Florenz nehmen. So lautete der letzte Teil des Ablaufplans.

„Das ging besser, als ich dachte", sagte die etwas kleinere Person zu ihrem Mitstreiter, der neben ihr auf der vorletzten Bank im hinteren Teil des Busses Platz genommen hatte. Außer ihnen saßen nur noch zwei Schulkinder und ein älterer Mann, dessen Kopf auf seiner Brust ruhte, auf den Bänken hinter der Busfahrerkabine.

„Man wird sehr zufrieden mit uns sein", ergänzte sie und drehte den Verschluss einer Wasserflasche auf, die sie zuvor aus dem Rucksack gefischt hatte. Mit kleinen Schlucken nippte sie mehrmals daran, ehe sie die Flasche unaufgefordert weiterreichte.

Sie erschrak, als sie in dunkle, leere Augen blickte.

„Was ist los? Wir haben es doch geschafft!"

„Ja", sagte die andere Person kühl und schaute wieder emotionslos ins Leere. „Aber das war erst der Anfang."

KAPITEL 3

Palma de Mallorca, Samstag, 15. August 2015

Kerstin Luckow freute sich auf ihren Urlaub. Zumindest versuchte sie, ihr Unterbewusstsein davon zu überzeugen. Eine einwöchige Kreuzfahrt auf dem neuen Flaggschiff der Reederei Star Lines, der Virgin of the Ocean, zu den Perlen des Mittelmeers. So der verheißungsvolle Name der Tour, die die Gäste von Mallorca über Ajaccio auf Korsika, Rom, Florenz, Barcelona und wieder zurück auf die größte der fünf Baleareninseln führen sollte.

Denn bisher hatte Kerstin keine besondere Leidenschaft für einen Urlaub auf einem Kreuzfahrtschiff gehabt. Vielleicht hatte sie zu oft *Titanic* gesehen. Und sie hatte Angst vor Seekrankheit und zu vielen Menschen auf engem Raum. Gründe, die Kerstin bislang immer davon abgehalten hatten, eine Kreuzfahrt zu buchen.

Doch wenn es nach ihrer Freundin Miryam ging, dann war jetzt genau der richtige Zeitpunkt gekommen, neue Wege zu beschreiten. Kerstin hatte Zeit, nicht wirklich etwas anderes vor und niemanden, auf den sie Rücksicht nehmen musste. „Es sind nur sieben Tage. Und du wirst sonst nie wissen, ob dir diese Art von Urlaub gefällt", hörte Kerstin jetzt noch die Worte ihrer Freundin, die sie quasi dazu überredet hatte, kurzfristig mit ihr gemeinsam diese Woche auf einem Kreuzfahrtschiff auf dem Mittelmeer anzutreten.

Kerstin wusste nicht genau, warum Miryam ausgerechnet Ende August in den Urlaub wollte – in vielen deutschen Bundesländern waren immer noch Sommerferien, was höhere Preise und viele Kinder bedeutete – und dann auch noch die Virgin of the Ocean ausgewählt hatte, da Miryam sonst eigentlich immer die MS Europa für ihre Kreuzfahrten bevorzugte, wie sie sich an die Erzählungen ihrer Freundin erinnerte.

Doch Kerstin war dankbar für diese etwas außergewöhnliche Tatsache, kam ihr der Zeitraum doch sehr gelegen. Denn wie jedes Jahr kappte ihr Arbeitgeber zum 31. August den noch vorhandenen Urlaubsanspruch aus dem Vorjahr, und da Kerstin diese Tage nicht verfallen lassen wollte, hatte sie aus einer spontanen Eingebung heraus prompt Ja gesagt.

Dafür war Miryam auch bereit gewesen, eine Balkonkabine anstatt einer für sie sonst üblichen Suite mit separatem Sonnendeck und 24-Stunden-Service zu buchen. Als Geschäftsführerin einer Consulting-Agentur, die mit Millionen-Budgets hantierte, spielte für Miryam Geld kaum eine Rolle. Anders als für Kerstin, die finanziell da nicht ganz mithalten konnte. Und es auch nicht wollte.

Zwar galt sie als eine weltweit anerkannte Expertin in der Provenienzforschung, und sie arbeitete bereits seit zehn Jahren beim traditionsreichen Auktionshaus Christie's in deren Hauptzentrale in London. Aber die immer schneller steigenden Mieten an der Themse, die teure Krankenversicherung und ein für Londoner Verhältnisse niedriges, für den Kunstbereich aber absolut branchenübliches Gehalt erlaubten der 46-Jährigen keine übergroßen Sprünge. Zumindest keine, die fast 4000 Pfund oder umgerechnet mehr als 4500 Euro für eine einwöchige Kreuzfahrt in einer Suite – und dann auch noch ohne Flug – rechtfertigten. Zumal es – wie Miryam beiläufig erwähnt hatte – selten bei diesem Betrag blieb. Landausflüge und Cocktails an den Bars, Massagen und andere Anwendungen im Spa-Bereich sowie mehrgängige Menüs im Gourmet-Restaurant *Bellini* oder ein echtes argentinisches Filet Mignon für 35 Euro im Steak-Restaurant *El Rancho* – die zusätzlichen Kosten an Bord konnten gerne noch einmal ein paar Hundert Euro ausmachen. Und da waren die zu erwartenden Ausgaben für Miryams individuelle Wünsche wie Shoppen in Rom oder Barcelona, eine Golftour auf Korsika oder den privaten Reiseleiter in Florenz noch gar nicht mit inbegriffen.

„Du wirst es nicht bereuen. Das verspreche ich dir." So hatte Miryam das letzte Telefonat Ende Juli beendet, ehe sie die Reise dann final gebucht hatte. Nur Tage später waren die Reiseunterlagen im Briefkasten gewesen. Miryams Sekretärin hatte sie verschickt, das erkannte Kerstin an der fremden Handschrift: Mehrere Reiseführer der geplanten Häfen, exklusiven Sonnenschutz aus der Apotheke für Gesicht und Dekolleté sowie ein Paar Leder-Sandalen einer Luxusmarke – die Miryam irgendwann einmal gekauft, aber bisher nicht ein einziges Mal getragen hatte – lagen mit im Paket. „Zur Vorfreude! LG Miryam", wie auf einem großen gelben Klebezettel stand, der aber ebenfalls nicht von Miryam selbst beschrieben worden war. Dennoch wurden Kerstins Zweifel immer größer, je näher die Kreuzfahrt zeitlich heranrückte. Was nicht nur am hohen Preis für die einwöchige Reise in der Balkonkabine lag. Das Schiff war laut der Beschreibung in den Reiseunterlagen mit mehr als 4000 Passagieren auch deutlich größer, als Kerstin angenommen hatte. Ein weiterer Grund, die geplante Kreuzfahrt doch noch einmal infrage zu stellen.

„Können wir die Reise nicht stornieren und einfach eine Woche Wellness-Urlaub auf Sardinien buchen?", hatte sie Miryam vor knapp einer Woche gefragt. Doch Kerstins Freundin hatte sich erneut auf keine Diskussion eingelassen: „Probier's doch einfach mal aus, Kerstin. Es ist nur eine Woche. Und wenn es dir dann nicht gefällt, dann war es eine einmalige Erfahrung. Aber im Vorfeld kneifen ist keine Option."

Immer noch unentschlossen, ob sie wirklich das Richtige getan hatte, stand Kerstin nun allein am Gepäckband des Flughafens von Palma de Mallorca und wartete auf ihren Koffer, während sie immer wieder ungeduldig auf ihr Mobiltelefon nach einer eingehenden Nachricht ihrer Freundin schaute.

Miryam war bereits auf der Insel, da ein beruflicher Termin am gestrigen Freitag sie dazu verpflichtet hatte, wie sie Kerstin per WhatsApp am Donnerstagabend mitgeteilt hatte. Sie würde aber den geplanten Ausflug, den die Reederei für die früh ankommenden Gäste am Anreisetag organisiert hatte, auf jeden Fall mitmachen. Kerstin fand es ganz praktisch, die Zeit zu überbrücken, bis sie auf die Kabine konnten. Der Ausflug sollte unter anderem auch in die Gruft der Kathedrale von Palma de Mallorca führen. Ein absolutes Highlight – so die Ausflugsbeschreibung –, da Touristen normalerweise nur die Möglichkeit hatten, das Kirchenschiff zu besichtigen. Der Besuch einer Konditorei, in der man die weltbekannte mallorquinische Mandeltorte selbst backen konnte, Einblicke in die uralte und fast vergessene Kunst der Stoffweber in der Inselmitte und die Fahrt mit dem legendären Orangen-Express in Sóller waren weitere Bestandteile des Ausflugs.

Kerstin erinnerte sich, wie sie im ersten Augenblick schlucken musste, als sie den Preis von 159 Euro pro Person gelesen hatte. Dennoch hatte sie die Beschreibung so sehr begeistert, dass sie den Ausflug über das Internetportal der Reederei unverzüglich gebucht hatte.

„Ah, auch vom Schiff, wie ich sehe", sagte eine leicht übergewichtige Frau in einer 7/8-Hose, mit Bauchtasche, blondierten Haaren und einem breiten Lächeln im Gesicht und zeigte mit einer Kopfbewegung auf die Reiseunterlagen der Reederei, die Kerstin in der Hand hielt.

„Machen Sie auch den Ausflug mit?" Die Frau musterte Kerstin von oben bis unten, und es kam Kerstin so vor, als suchte sie eine Verbündete – für was auch immer. „Ganz schön happig die Preise, finde ich", ergänzte die Frau, deren Gesichtsausdruck sich von übertrieben freundlich zu verärgert aggressiv verändert hatte.

„Muss man denn den Ausflug mitmachen?", fragte Kerstin und hoffte, dass das Gepäckband endlich anspringen würde. Schon auf dem Hinflug war ihr die Frau einige Reihen vor ihr aufgefallen, die mit ihrer lauten Stimme den halben Flieger mit ihren Erlebnissen der letzten gefühlt 20 Kreuzfahrten unterhalten hatte. Das Ausschiffen eines lebensbedrohlich erkrankten Passagiers, das Umrouten einer Tour wegen der sich veränderten Sicherheitslage in der Türkei oder die vermeintlich mangelnde Erfahrung eines jungen Kapitäns, der bisher nur Containerschiffe gefahren war – es gab nichts, wovon diese Frau keine Ahnung hatte. Selbst wenn meistens kaum Wissen zur jeweiligen Ahnung vorhanden war, wie Kerstin bemerkt hatte, als sie den ungläubigen und teils belustigten Ausdruck in den Gesichtern der anderen Mitreisenden gesehen hatte.

„Nee, aber an Bord trinkst du hier 'nen Kaffee und da 'ne Schorle, und mein Mann braucht immer sein Weizen nach einem Flug. Und bei diesem Ausflug ist wenigstens eine Erfrischungspause mit dabei", sagte die Frau und scannte die anderen umstehenden Passagiere, in der Hoffnung, unter ihnen ihren Mann zu finden.

„Auch mit Weizen? Das nenne ich mal einen guten Service, oder?", erwiderte Kerstin nun mit erhobener Stimme, als sich in dem Moment das Kofferband in Bewegung setzte.

Die Frau fing laut an zu lachen. „Ist wohl Ihre erste Kreuzfahrt? Auf solchen Touren gibt es doch kein Weizen!" Die Frau schüttelte verständnislos den Kopf. „Bei diesen Ausflügen gibt es meistens nur Wasser und abgestandene Cola im Plastikbecher. Aber bezahlt ist bezahlt, sagt mein Mann. Wir haben vor drei Jahren – ich glaube, das war die Tour rund um die griechischen Inseln. Oder war es die Adria rauf und runter? Na, ist ja auch egal, auf jeden Fall haben wir da einen Cocktail-Gutschein als Entschuldigung bekommen, weil der Ausflug früher beendet wurde als angekündigt." Wieder lächelte die Frau, dieses

Mal etwas schwächer, als sie in Kerstins Gesicht sah. „Man muss ja sehen, wo man bleibt, sonst wird man ausgenommen wie eine Weihnachtsgans, wenn man nicht aufpasst."

Miryam, wo bist du, wünschte sich Kerstin ihre Freundin herbei und schaute auf ihre Armbanduhr. Es war zehn Minuten nach acht, und der geplante Ausflug sollte bereits in knapp 20 Minuten losgehen. Eine schier endlose Ewigkeit, und Kerstin spürte, dass sie es keine Minute länger mit dieser Frau aushalten würde, die ihr von Satz zu Satz unsympathischer wurde.

„Ach, da ist ja schon mein Koffer. Wir sind eben Vielfahrer, das wissen die auch am Flughafen und fertigen unsere Koffer immer als Erstes ab", verabschiedete sich die Frau und winkte ihrem Mann auf der anderen Seite des Bandes zu, ihr beim Herunterhieven des Gepäckstücks zu helfen.

Das kann ja heiter werden, dachte Kerstin und holte ihr Handy aus der Handtasche. „Gerade gelandet. Warte auf meinen Koffer. Schon interessante Gäste kennengelernt. LG Kerstin ☺", tippte sie in ihr Handy.

Kerstin verstaute ihr Handy in ihrem schwarzen Shopper und wuschelte sich durchs Haar, ehe sie nun ebenfalls die wartenden Menschen scannte. Anscheinend hatte die Reederei einen ganzen Flieger gechartert, vermutete Kerstin. Überall sah sie Halsbänder, Polo-Shirts oder Umhängebeutel, die mit dem Logo der Reederei versehen waren, und auch die Menschen selbst, die um sie herumstanden, passten perfekt zu dem Bild, das sie von Kreuzfahrt-Passagieren im Kopf hatte. Oder die man ohne Weiteres dafür halten konnte. Überall quengelten Kinder, die entweder übermüdet waren, Durst hatten oder endlich planschen wollten. Teenager tippten auf ihren Smartphones herum und kauten dabei gelangweilt Kaugummi. Und ergraute oder bereits versilberte Häupter – die Frauen in farbenfrohe oder mit goldenen Pailletten besetzte Tuniken gehüllt, die Männer in den Farben Sand, Steingrau oder Olivgrün gekleidet, manche besser auf den Beinen als andere – hielten besorgt nach ihren Gepäckstücken, der nächsten Toilette oder dem richtigen Ausgang Ausschau.

Ob ich im Alter auch mal so bin, dachte Kerstin, als plötzlich ihr Handy klingelte. Sie zog das Telefon aus ihrer Handtasche und wollte gerade den Anruf annehmen, als sie sah, wie ihr Koffer direkt vor ihr über das Band glitt. Ohne auf die Nummer geschaut zu haben, drückte sie den eingehenden Anrufer weg und wuchtete den Koffer herunter. Dann lief sie schnellen Schrittes auf den Ausgang zu. Mittlerweile war es kurz vor halb neun und damit höchste Zeit, sich am Bus einzufinden, wollte sie den Ausflug nicht verpassen.

Direkt hinter dem Ausgang stand eine junge Frau in einem dunkelblauen Polo-Shirt mit eingesticktem Reederei-Logo in Brusthöhe und hielt ein Schild in der Hand, auf dem die Worte „Ausflug – Palma – Virgin of the Ocean" standen.

„Da entlang. Es ist der große blaue Bus auf dem Parkplatz, wenn Sie direkt aus dem Terminal kommen", sagte sie zu den ihr entgegenströmenden Menschen und zeigte in die angesprochene Richtung, als erneut Kerstins Telefon klingelte.

Das muss aber dringend sein, dachte Kerstin und kramte ihr Handy aus der Tasche, während sie den anderen Passagieren zum Terminal-Parkplatz folgte.

Hoffentlich ist Miryam nichts dazwischengekommen, dachte sie und hoffte inständig, in wenigen Minuten neben ihrer Freundin im Bus zu sitzen. Aber es war nicht Miryam am Telefon, wie sie mit einem Blick über den Parkplatz feststellte, denn die kam ihr in knapp 200 Metern Entfernung entgegengeschlendert und winkte ihr freudestrahlend zu.

„Ja bitte?", fragte Kerstin, nachdem sie den Anruf angenommen hatte, und setzte sich ihre Sonnenbrille auf, ehe sie ihrer Freundin zurückwinkte.

„Miss Luckow?"

„Ja?" Kerstin blieb abrupt stehen. Auch wenn sie die Stimme nicht genau zuordnen konnte, so ahnte sie, den Menschen auf der anderen Seite eindeutig zu kennen. Kennen zu müssen.

„Sind Sie schon gelandet?"

„Wer ist denn da?"

„Sie wissen genau, wer hier spricht, Miss Luckow."

„Nein ..." Kerstin stockte mitten in der Verneinung. Sie wusste mittlerweile genau, wer da am anderen Ende der Leitung mit ihr sprach. Ein kalter Schauer fuhr ihr den Rücken herunter. Wie froh und dankbar sie doch in den vergangenen Tagen gewesen war, nicht an ihren Auftrag denken zu müssen. Einfach nur frei und sie selbst zu sein. Und einer erlebnisreichen Kreuzfahrt zu den Perlen des Mittelmeers entgegenzusehen. Bis jetzt.

Dieser Mann, der die Worte unnötig langzog und die meisten von ihnen auch noch unangenehm betonte, schaffte es mit wenigen Sätzen, die Vorfreude auf die anstehende Reise komplett zu zerstören und dafür die Angst als Gepäckstück mitfahren zu lassen.

Ein Gepäckstück, das man so gerne am Strand oder im Bus liegen lassen würde. Das einen jedoch immer wieder fand, egal, wo man auch gerade war oder wie gut man sich davor versteckte. Ja, seit einigen Wochen war die Angst untrennbar mit Kerstin verbunden, und diese Woche würde zeigen, wer wen besiegen würde.

„Sie können uns nicht entkommen, Miss Luckow. Aber das wissen Sie ja bereits. Wir verfolgen jeden Ihrer Schritte", holte die Stimme Kerstin zurück aus ihren Gedanken. „Es geht um viel, sehr viel, Miss Luckow. Haben Sie verstanden?"

Kerstin nickte, ohne etwas zu erwidern.

„Miss Luckow?" Die Stimme wurde eindringlicher. Eine Stimme wie ein Reibeisen, die sie nie mehr vergessen würde. Wie automatisch schwappte das Gesicht des Mannes in ihr Bewusstsein, zu dem diese Stimme gehörte und den sie bisher erst ein einziges Mal gesehen hatte. Schon damals hatte sie dieser mittelgroße, hagere Mann mit lichtem Haar an einen alternden Falken erinnert. Mit stechenden, eng zusammenstehenden Augen, einem spitzen, schmallippigen Mund und überlangen, dünnen Fingern, die sich gerne in junges, weibliches Fleisch bohrten.

„Ich weiß", sagte Kerstin niedergeschlagen. Sie wusste, sie konnte sich noch so winden, sie würde den Klauen dieses Mannes doch nie entkommen können.

„Das freut mich."

Kerstin konnte durch das Telefon förmlich sehen, wie der Mann jetzt feist lächelte.

„Darf ich sonst noch etwas für Sie tun?", setzte sie nun mit festerer Stimme nach. Miryam war nur noch wenige Meter von ihr entfernt, und sie hatte nicht vor, das Gespräch vor den Ohren ihrer Freundin fortzusetzen.

„Nein, Miss Luckow, von unserer Seite wäre es das." Jetzt klang der Mann am anderen Ende wie eine alternde, krächzende Krähe. Unsympathisch und fies. Eine Stimme wie Kriechöl, die sich langsam unter die Haut schob.

Kerstin spürte, wie erneut ein kalter Hauch des Ekels über ihren Rücken flog.

„Dann wünsche ich Ihnen viel Erfolg, Miss Luckow. Und Sie wissen ja, es wäre nicht gut, wenn Sie uns enttäuschen!"

KAPITEL 4

„Pass doch auf, da ist ein Auto!", schrie Elke Marin und hielt sich mit beiden Händen krampfhaft am Armaturenbrett fest, fast so, als hoffte sie, mit dieser Geste den von ihr erwarteten Aufprall abmildern zu können. Wenn nicht sogar zu verhindern. Sie saß angespannt – wie immer, wenn sie als Beifahrerin unterwegs war – neben ihrem Mann Mario und versuchte, zumindest verbal den weißen Mietwagen zu fahren. Eine Reifenpanne kurz vor Port d'Andratx, ein leerer Tank mit fehlender Anzeige und ein Straßenkarten-resistenter Ehemann, der sich gleich mehrfach verfahren hatte – Elke Marin hatte in den vergangenen zwei Stunden eine wahre Tortur durchleben müssen. Und nun wäre Mario dem Vordermann fast hinten draufgefahren, nur weil er das eine noch funktionierende Bremslicht des blauen Seat nicht rechtzeitig gesehen hatte.

„Musst du immer so dicht auffahren?", fragte sie ihren Mann, der gerade noch rechtzeitig abgebremst hatte und nun auf die linke Fahrbahn der mehrspurigen Autobahn aus der Stadt Palma de Mallorca Richtung Flughafen wechselte.

„Ich soll mich doch beeilen, oder nicht?"

„Hättest du nicht wieder so getrödelt, dann müssten wir jetzt auch nicht so rasen und noch einen Unfall bauen. Aber nie kannst du auf mich hören ..." Elke Marin schnaubte entrüstet durch, dann schaute sie auf ihre Armbanduhr. „Wir sind viel zu spät dran, Mario! Und denk dran, wir müssen auch noch tanken", zischte sie ihren Mann an.

„Mach doch nicht so einen Stress. Wir sind doch im Urlaub", versuchte Mario Marin, seine Frau irgendwie zu beruhigen. Aber die hatte gerade erst Fahrt aufgenommen.

„Im Urlaub! Phhh, dass ich nicht lache. Du machst doch sowieso immer nur dein Ding. Auch und gerade im Urlaub! Immer nur Autos, Autos, Autos. Oder Fußball. Das müsste man echt verbieten ..."

„Ich kann doch nichts dafür, wenn wir unterschiedliche Hobbys haben."

„Jedes Mal versprichst du mir, endlich mal etwas mit mir zu unternehmen, was auch mir Spaß macht."

„Wir machen doch diese Kreuzfahrt zusammen. Und es ist nicht die erste." Mario drehte sich zu seiner Frau und schenkte ihr ein mildes, aber liebevolles Lächeln, ehe er sich wieder auf den dichten Verkehr rund um den Flughafen konzentrierte. Das Letzte, was er jetzt wollte, war, die richtige Ausfahrt zu verpassen.

„Ja richtig, *wir* fahren zusammen auf See. Darf ich dich daran erinnern: Die eine Tour ging nach Singapur, weil *du* unbedingt das Formel-1-Rennen dort sehen wolltest. Und in England letztes Jahr waren wir auch deswegen. Genau wie in Italien für diesen komischen Preis von Monza im Jahr davor. Und wie oft wir schon mit dem Schiff Barcelona angelaufen sind, nur damit du dir diesen Neymar oder wie der heißt anschauen konntest."

„Na, es hat doch was, das Wichtige mit dem Schönen zu verbinden, oder?", erwiderte Mario und verließ die Autobahn, um den Wagen weiter über die Zubringerstraße Richtung Flughafen zu lenken.

„Du weißt genau, was ich meine." Elke verdrehte die Augen. Sie wusste, ihr Mann wollte sie einfach nicht verstehen.

„Aber ich sag dir, Mario, wenn wir diesen Ausflug verpassen, dann kannst du diese Tour alleine machen. Ohne mich! Ich habe mich so drauf gefreut. Vor allem auf die Kathedrale."

„Wir schaffen das, glaub mir!", erwiderte Mario und fuhr auf die letzte Tankstelle vor dem Flughafen, wie ein großes weißes Schild an der Einfahrt zu den Zapfsäulen ankündigte.

„Jetzt geht es ausnahmsweise mal um mich", sagte Elke schroff, nachdem ihr Mann getankt und bezahlt hatte und wieder zum Wagen zurückgekehrt war. „Wenn es um deine Sachen gehen würde, dann wären wir schon zwei Tage vorher angereist, um ja nichts zu verpassen. Aber für mich und meine Wünsche kann man sich ja gerne Zeit lassen." Elke merkte, wie ihr die Tränen in die Augen schossen. Sie war kurz davor zu explodieren.

„Wir sind doch früher angereist", bemerkte Mario und erntete dafür einen bösen Blick, wie er aus den Augenwinkeln registrierte, während er den Wagen wieder auf die Straße zum Parkhaus der Mietwagen-Anbieter lenkte.

„Fahr da rein", schrie Elke erneut laut auf, nachdem sie und ihr Mann den letzten Kilometer schweigend über die Zubringerstraße zu den ausgeschilderten Terminals und

Richtung der ausgeschriebenen Rückgabestation für die Mietwagen weitergefahren waren.

„Scheiße, jetzt hat sich dieser hässliche rote Mercedes vor uns reingedrängelt. Echt Mario, was kannst du eigentlich?", giftete Elke und schlug mit der Hand auf das Armaturenbrett.

„Hier sind doch drei Reihen", überging Mario den verbalen Angriff und fuhr den Mietwagen in die hinterste Spur.

„Und ich sage noch, fahr da rein. Aber du machst ja sowieso immer das, was du willst", sagte Elke, ehe sie aus dem Wagen stieg und mit voller Wucht die Beifahrertür zuknallte.

„Die Jungs wissen doch, dass die Leute zu ihren Flügen müssen. Also wird das hier jetzt sicher nicht so lange dauern."

„Eben nicht, du Idiot. Hätte ich dir sonst gesagt, dass du in die erste Reihe fahren sollst?", kläffte Elke angestrengt. Sie war gerade dabei, mit vollem Körpereinsatz ihren Koffer aus dem Kofferraum zu heben.

„Ich sehe hier nur einen Typen, der die Autos zurücknimmt." Mit einem weiteren Knall donnerte jetzt auch die Kofferraumtür zu.

„Aber er läuft doch Reihe für Reihe ab, also sind wir gleich dran." Mario schaute sich um. In jeder der drei Reihen warteten mittlerweile gut ein halbes Dutzend Mietwagen darauf, abgefertigt zu werden.

„Schau doch hin, Mario!" Elke zeigte auf einen jungen Mann in der vordersten Spur, der gerade von einem älteren Herrn die Schlüssel in Empfang nahm. „Er arbeitet

Auto für Auto ab und beginnt mit Reihe eins. Dank dir stehen wir in Reihe drei. Mario, wenn wir den Bus verpassen, dann kannst du dir einen neuen Mitfahrer suchen, das sag ich dir", keifte Elke, dann zog sie den Handgriff ihres Koffers hoch und lief Richtung Ausgang des Parkhauses, in dem sich die Mietwagen-Rückgabestation befand. Mario kümmerte sich um den Mietwagen, dann lief er seiner Frau nach. „Siehst du, der Bus steht immer noch da. Also hast du dich wie immer ganz umsonst aufgeregt", sagte er, als er seine Frau auf dem Parkplatz eingeholt hatte.

„Da seid ihr ja endlich!", wurden sie von Heike Freitag begrüßt, die bereits im Bus gesessen und mit ihrem Mann Uwe auf die Marins gewartet hatte. „Kam mein Schwager mal wieder nicht aus dem Quark?", fragte sie und boxte Mario Marin leicht auf den Oberarm.

„Du kennst ihn doch!", erwiderte Elke Marin, und erneut verdrehte sie angenervt die Augen. „Es ist immer dasselbe mit ihm." Sie bedachte ihren Mann Mario mit einem bösen Blick, ehe sie sich wieder ihrer Schwägerin und ihrem Bruder Uwe zuwandte.

„Mein Lieblingsschwager!", rief nun Uwe Freitag, der seiner Frau mit leichtem Abstand gefolgt war, und drückte Mario fest an sich. Als hätten sich die beiden Männer kleidungstechnisch abgesprochen, trugen beide eine blaue Jeans, helle Sneaker und dazu ein Polo-Shirt – Mario ein weißes Shirt mit einem Kompass und Koordinaten als Aufdruck, Uwe ein gelbes mit dem Namen einer bekannten Marke. Elke und Heike dagegen zeigten ganz unterschiedliche Outfits. Elke trug eine lachsfarbene Tunika mit goldenen Ornamenten, eine weiße Hose und

Sandalen mit römischer Schnürung. Heike hatte sich eine dreiviertellange dunkelblaue Hose und ein weißes T-Shirt mit einem riesengroßen schwarzen Stern aus Strass angezogen. Ihre Füße steckten in weißen Tuchschuhen, auf denen ebenfalls einige Sterne als Applikationen leuchteten.

„Ah, es geht los", sagte jetzt Mario, der sich mittlerweile wieder aus der Umarmung seines Schwagers gelöst hatte, und zeigte auf eine junge Frau, die schnellen Fußes auf den Bus zugelaufen kam. Im Schlepptau versuchte eine ältere Dame mit ihr Schritt zu halten.

„Und was passiert mit meinen Koffern?", fragte die Dame aufgeregt in Hörweite der beiden Ehepaare und fächelte sich dabei mit einer Frauenzeitschrift Luft zu.

„Wir bringen Ihr Gepäck an Bord, und nach der Freigabe werden wir es direkt vor Ihre Kabine stellen. Sie brauchen sich also um gar nichts zu kümmern. Aber jetzt müssten wir dann auch mal los. Haben Sie den ersten Ticketabschnitt für mich?", wandte sich die junge Frau, die laut ihrem goldenen Namensschild Celina hieß, an die Freitags und die Marins, die ihr bereits den ersten Abschnitt erwartungsfroh entgegenstreckten.

„Ich bin Celina, Ihr Scout, und ich begleite Sie heute auf diesem Ausflug", begrüßte die junge Frau die Gäste, nachdem alle eingestiegen waren und der Bus sich langsam in Bewegung gesetzt hatte. „Unsere deutschsprachige Reiseleiterin Teresa wird uns dann an der Kathedrale in Empfang nehmen. Dort werden wir dann gemeinsam die Kathedrale von Palma de Mallorca besichtigen und in die sonst nicht zugängliche Gruft hinabsteigen", sagte Celina freudestrahlend. Sie wollte das Mikrofon schon wieder in die Halterung stecken, als ihr noch etwas einfiel: „Ich hoffe, Sie haben alle die Akkus Ihrer Kameras oder Handys aufgeladen. Sie werden in der Kathedrale unbeschreiblich schöne Motive finden. Motive für die Ewigkeit. Sie können sich wirklich auf einen Besuch freuen, den Sie bestimmt nie vergessen werden."

KAPITEL 5

Die etwa 40 Gäste standen unweit der Kathedrale an einer Bushaltestelle, wo sie von der lokalen Reiseleiterin Teresa in Empfang genommen wurden. Schattenspendende Palmen, für die die Teilnehmer des Ausflugs bereits um kurz vor 10 Uhr sehr dankbar waren, eingefasst in gepflegten Beeten, säumten den Platz unterhalb der Kathedrale von Palma. Nur wenige Menschen hatten sich um diese frühe Uhrzeit hierher verirrt. Im Hintergrund saß das Gotteshaus wie eine Glucke auf der kleinen Anhöhe über dem Hafen. Bereits beim Anflug auf den Flughafen der Inselhauptstadt war die Kirche von Weitem gut zu erkennen gewesen – als letzte fromme Instanz alle partyfreudigen Touristen mahnend, es am Ballermann und den Vergnügungstempeln der Insel nicht zu wild zu treiben. Zumindest für die, die für die Schönheit der Kathedrale überhaupt noch einen Blick übrighatten.

Die Kathedrale wurde gerade saniert. Schon von Weitem konnte man die mit Planen abgespannten Gerüste am Hauptportal und an der vorderen Außenwand sehen. Große Netze, die die Besucher schützen sollten, flatterten leicht im Wind. Da auch in Spanien am Wochenende nicht gearbeitet wurde, würden die Sanierungsarbeiten an der Kathedrale erst am Montag fortgesetzt werden.

„Schade natürlich für Ihre Fotos", sagte die Reiseleiterin, „ohne Gerüst und Planen sieht unsere Kathedrale natürlich viel schöner aus!" Einige Gäste waren enttäuscht, weil ihre Selfies vor der Kathedrale wegen des Baugerüsts nun nicht perfekt sein würden. Nach einer ersten kleinen Stadtrundfahrt und einer kurzen Toilettenpause war der Bus um 9.45 Uhr in die Bucht der Bushaltestelle gefahren. Wie jeden Tag öffnete die Kathedrale auch am heutigen Samstag um 10 Uhr.

„Liebe Gäste, wer sich die Kathedrale jetzt anschauen möchte, der folgt Teresa und mir bitte die Stufen hinauf. Wer sich gerne auf eigene Faust alles anschauen möchte: Abfahrt ist in anderthalb Stunden, also um 11.15 Uhr, Bus Nummer 8", sagte Celina, streckte ihr Ausflugsschild in die Höhe und lief den Bürgersteig entlang Richtung Treppe. Die Gäste folgten ihr wie brave Schafe ihrem Hirten.

„Manche sind hier aber ganz schön unentspannt. Sich zu ärgern wegen der Bauarbeiten und dem Gerüst", sagte Kerstin zu ihrer Freundin Miryam. Die beiden Frauen folgten den anderen Passagieren, die nun hinter Celina Stufe für Stufe die Treppe erklommen. „Sie haben doch Urlaub. Die beste Zeit des Jahres!", wunderte sich Kerstin und schüttelte verständnislos den Kopf.

Die Reisegruppe hatte mittlerweile den Vorplatz erreicht und sich in einem angedeuteten Halbkreis um die Reiseleiterin aufgestellt.

„So, noch einmal ein herzliches Willkommen vor der Kathedrale La Seu. Celina verteilt jetzt die Eintrittskarten und noch einen Gutschein für einen Kaffee auf der Plaza", sagte Teresa und reichte dem Scout die Karten, die diese dankbar entgegennahm. Man konnte Celina die Erleichterung regelrecht ansehen, sich nicht weiter für die Renovierungsarbeiten und die damit verbundenen Einschränkungen, was den Besuch des Gotteshauses betraf, erklären zu müssen. „Die Kathedrale La Seu, was übersetzt der Bischofssitz heißt, ist das Wahrzeichen der Stadt Palma de Mallorca. Laut Legende ist König Jaume I. von einem heftigen Sturm überrascht worden, als er im Mittelmeer unterwegs war. Daraufhin bat er die Mutter Gottes, die Jungfrau Maria, um Hilfe. Sollte er diesen Sturm überleben, dann versprach er ihr, genau an dieser Stelle eine Kirche zu erbauen. Und so ist es dann geschehen."

„Schöne Geschichte! Aber eigentlich wurde die Kathedrale doch für die Missionierung und als Sinnbild für das Christentum gegen den Islam gebaut", warf nun ein Mann ein, der Teresa von Beginn an argwöhnisch beobachtete, was Kerstin bereits beim Zusammentreffen der Reisegruppe mit der ausgebildeten Stadtführerin aufgefallen war. Als wollte er der Reiseleiterin nicht abnehmen, was sie ihnen da gerade erzählte.

„Das ist absolut richtig. König Jaume I. legte nach der Befreiung von den Mauren genau an dieser Stelle der alten Moschee den Grundstein für die Kathedrale. Aber erst 400 Jahre später, am 29. Juli 1587, wurde der letzte Stein gelegt und damit der Bau abgeschlossen", erläuterte sie und drehte sich Richtung Kathedrale, ehe sie fortfuhr: „In den Archiven der Kathedrale sind die Namen aller Baumeister verzeichnet ... ah, wir sind dann die Ersten, die heute Morgen die heilige Stätte betreten", unterbrach sich Teresa selbst in ihren Ausführungen, als sie sah, wie ein

Mann in einem schwarzen Anzug das Eingangsportal der Kirche aufschloss. Er nickte der Reisegruppe kurz zu und verschwand dann hinter dem mächtigen Kirchenschiff.

„Ein Erdbeben zerstörte 1851 große Teile der Kathedrale, die im Anschluss zwar wiederaufgebaut wurde. Aber der dann angewandte neugotische Stil hat das Wesen und die Seele der ursprünglich ja gotischen Domkirche leider völlig zerstört. Viele Menschen haben sich, obwohl sie sehr gläubig waren und immer noch sind, von der Kathedrale abgewandt und Gottesdienste in anderen Kirchen besucht. Aber im Jahre 1902 bekam der berühmte katalanische Architekt Antoni Gaudi den Auftrag, den gotischen Stil der Kathedrale wiederherzustellen. Er entfernte den barocken Altar aus dem 18. Jahrhundert und legte den alten gotischen Altar wieder frei. Und er verlegte den Chorraum aus der Mitte der Kirche und gliederte ihn in die Königskapelle ein."

„Sie hat einen so süßen Akzent", flüsterte eine Frau, die direkt neben Kerstin stand, ihrem Mann zu, der aber nicht vorhatte, darauf auch nur in irgendeiner Form zu reagieren. Kerstin musste schmunzeln, hatte sie doch genau dasselbe in diesem Moment gedacht.

„Für alle Zahlenliebhaber unter Ihnen: Die Kathedrale ist insgesamt knapp 110 Meter lang und 33 Meter breit. Allein das Hauptschiff misst 76 Meter in der Länge und gut 20 Meter in der Breite. Die beiden Seitenschiffe sind je 86 Meter lang und zusammen 10 Meter breit. Mit seinen 44 Metern Höhe ist das Hauptschiff eines der höchsten in ganz Europa. Das Presbyterium mit dem Chor, auch Königskapelle genannt, das wir uns leider nicht anschauen können, hat eine unglaubliche Größe von 34 mal 16 Metern."

„Schade, das hätte ich mir gerne angesehen", wandte sich Kerstin an Miryam, die gerade die eingehenden Nachrichten auf ihrem Handy auf ihre Wichtigkeit hin überprüfte. „Du hast auch nie wirklich mal frei, oder?"

„Sag das mal meinen Kunden." Miryam zuckte entschuldigend mit den Schultern, ehe sie etwas zur Seite ging, um ungestört telefonieren zu können.

„Die Kathedrale La Seu wurde zum größten Teil aus Sandstein gebaut und gilt bis heute als eines der wertvollsten gotischen Bauwerke in ganz Spanien. Besondere Beachtung verdienen die drei großen Eingangstore der Kathedrale. Wir stehen hier am Hauptportal. Hinter uns sehen Sie die Porta del Mirador, ein über 15 Meter hoher Spitzbogen. Im Giebelfeld dieses Portals befindet sich eine Abendmahldarstellung, die Sie sich gleich ansehen können. Und auf der anderen Seite hat man einen wunderbaren Blick über die Bucht von Palma de Mallorca", sagte Teresa und malte mit ihrem ausgetreckten Arm einen Halbkreis über das blau schimmernde Meer zu ihren Füßen. „Und da können Sie auch Ihr Schiff sehen." Sie zeigte über die Bucht, an deren Ende majestätisch die Virgin of the Ocean lag. „Wir werden jetzt durch das Hauptportal in die Kathedrale gehen. Zücken Sie schon mal Ihre Kameras!"

Teresa hatte kaum die Worte ausgesprochen, da rauschten die ersten Gäste bereits an der Reiseleiterin vorbei zur Kathedrale und verschwanden, nachdem sie dem Mitarbeiter des Sicherheitsdienstes ihre Eintrittskarte gezeigt hatten, durch die schwere Tür, die das Tor in eine andere Welt markierte. Eine Welt, in der man sich zurückzog, um sich selbst zu finden. Ehrfürchtig und friedlich zugleich.

Kerstin folgte Teresa ins Hauptportal, dessen Seitenschiffe ebenfalls mit grauen Planen abgedeckt worden waren. Auch die Königskapelle im vorderen Bereich der Kirche war verhüllt. Davor stand ein Altar, an dem in der Renovierungsphase vorübergehend die Gottesdienste abgehalten wurden, wie die Reiseleiterin beim Eintritt in die Kirche einem anderen Gast erklärt hatte.

Entlang der Wände der Seitenschiffe und im Eingangsbereich standen große Wannen für Bauschutt, von denen manche gefüllt, andere noch leer waren. Vor dem Eingang eines Seitenaltars lag eine Reinigungsmaschine für Sandstein, der an einer Wand bereits unter Hochdruck gesäubert worden war. Ähnlich wie die gereinigte Wand erstrahlten auch die ersten Bankreihen, deren Oberflächen abgeschliffen, geölt, neu lackiert und anschließend versiegelt worden waren, ehe im nächsten Schritt die Sitz- und Knieauflagen neu gepolstert werden sollten.

Die in die Kathedrale hineinströmenden Ausflugsgäste erschraken, als plötzlich ein lauter, greller Schrei durch das Kirchenschiff hallte. Der durchdringende Schrei einer Frau. Einer zutiefst verstörten Frau.

Es war dieselbe Frau, die vor wenigen Minuten noch wegen des Baugerüstes und der Planen gemeckert hatte, um dann als einer der ersten Passagiere in die Kathedrale zu stürmen. Kerstin wäre fast mit ihr zusammengestoßen, als die Frau abrupt stehen geblieben war und plötzlich zu schreien anfing. Kerstin starrte sie an: Die Frau hatte immer noch den Mund geöffnet, doch ihr Schrei war mittlerweile verstummt. Mit weit aufgerissenen Augen stand sie zitternd inmitten des Portals und deutete vorsichtig, als hätte sie den Teufel persönlich aufgeschreckt, nach vorne in Richtung Altar.

Wie ein göttlicher Strahl brach sich das Licht durch die farbenprächtigen Rosetten oberhalb des östlichen Seitenschiffs der Kathedrale und traf sich direkt auf dem provisorisch eingerichteten Tisch Gottes. Und erst jetzt verstanden die anderen Gäste, warum die Frau so geschrien hatte.

Am einfachen Holzkreuz über dem Hauptaltar hing kein leidender Jesus, unter Schmerzen gekreuzigt, der auf seine Erlösung wartete.

Ans Kreuz war eine Nonne genagelt worden und lächelte.

KAPITEL 6

An Bord der Virgin of the Ocean

Heike Freitag wusste, sie würde das Bild der gekreuzigten Nonne nie mehr vergessen. Es hatte sich eingebrannt wie Milch in einen alten Topf. Doch während man den Topf wegwerfen und einen neuen kaufen konnte, so würde sie das Bild jener Frau niemals mehr aus ihrem Gedächtnis verbannen können. Es würde sie immer an jenen Ausflug erinnern, der sie eigentlich zu den schönsten Orten und den interessantesten Plätzen der Insel Mallorca hätte führen sollen, der aber in einer unvorstellbar schrecklichen Tragödie geendet war.

Heike Freitag stand vor der Spiegeltür des eingebauten Kleiderschranks in ihrer Innenkabine und bürstete sich die Haare. Sie hatte sich als Erstes der Rettungsweste entledigt – was ihrer Frisur dann doch stärker zugesetzt hatte als erwartet – nachdem sie und ihr Mann von der Seenotrettungsübung zurückgekehrt waren.

Ihr Mann Uwe schaute fern, irgendeine Reportage, und wartete auf sie, bis sie beide mit ihren Kabinennachbarn, den Marins, zur Offiziersvorstellung gehen konnten, die für 20 Uhr im Theatrium, dem Herzstück der Virgin of the Ocean, auf dem Programm stand.

Die Begrüßung des Kapitäns sowie die Vorstellung seiner wichtigsten Offiziere galten als einer der Höhepunkte für die meisten Kreuzfahrt-Passagiere, denn es war nicht nur das Startsignal für einen erlebnisreichen Urlaub. Diese feste Tradition sollte auch ein Wir-Gefühl zwischen Gästen und Crew erzeugen und dem Wunderwerk Kreuzfahrtschiff, was es für die meisten Passagiere zweifelsohne war, ein Gesicht geben. Ein Kapitän zum Anfassen, der sich unter die Gäste mischte und mit ihnen ins Gespräch kam, bekam nach der Kreuzfahrt meist die besten Bewertungen im Gäste-Fragebogen.

Doch Heike Freitag war so gar nicht in Stimmung, einem Offizier die Hand zu schütteln, mit dem Kapitän anzustoßen und auf der anschließenden Willkommens-Poolparty zu tanzen. Heike musste unentwegt an den Vormittag in der Kathedrale denken. An den ersten Schock, der die Teilnehmer der Reisegruppe gelähmt hatte. An die Aufregung und das Geschrei, als die ersten Gäste wieder zu sich kamen und begriffen, was sie da gerade sahen. An die beruhigenden Worte der Reiseleiterin und die hektischen Telefonate Celinas, die die Polizei anrief, ihre Chefin an Bord verständigte und den Bus bestellte, der die Gäste dann doch viel früher aufs Schiff bringen sollte als ursprünglich geplant. Und an den Trubel und das Gewirr, das plötzlich in der Kathedrale herrschte, als Beamte der Kriminalpolizei und Sanitäter, Kriminaltechniker und die Mitarbeiter eines Bestattungsinstituts eintrafen. Sogar die Feuerwehr war mit einer Einheit vor Ort gewesen, da sie zunächst das Kreuz abhängen und anschließend die Tote vom Kreuz herunternehmen musste.

Und da war es wieder, das Bild dieser Frau, wie sie da hing. Unwirklich und absolut grotesk schwebte die Frau in ihrem schwarzen Habit über dem Altar. Kleine, dunkelrote Lachen hatten sich auf dem Tisch gebildet und sich tief in das reinweiße Tuch gesogen, das über dem Altar ausgebreitet worden war. Auch an den geschwollenen Händen hatte Heike eingetrocknete Blutspuren gesehen, ehe die Nonne von einem Bestatter in einen Kunststoffsarg gelegt und mit einem ebenfalls weißen Tuch abgedeckt worden war.

Die Frau war blass gewesen, sehr blass sogar, aber sie hatte gelächelt, auch daran erinnerte sich Heike noch ganz genau. Wie ein Todesengel, der sich auf seine Heimkehr freute.

„Sie lächelt nicht. Der Tod entspannt die Gesichtszüge", hatte der Kommissar gesagt, dessen Namen sie schon wieder vergessen hatte, so durcheinander war sie gewesen. Und dieser Zustand hielt bis jetzt noch an.

Sie hat noch gelebt, als man sie ans Kreuz genagelt hat, dachte Heike und musste sich schütteln. Vor Ekel. Und vor der Grausamkeit, mit der man diese alte Frau ermordet hatte. So zumindest hatte es der Rechtsmediziner, der bereits wenige Minuten nach der Polizei eingetroffen war und mit den Mitarbeitern der Spurensicherung den Tatort auf Spuren hin untersuchte, dem Kommissar erklärt.

„Sie hat sich eingenässt, was eindeutig darauf schließen lässt, dass sie noch gelebt hat", erinnerte sie sich an seine genauen Worte, die ihr Teresa ebenfalls eins zu eins übersetzt hatte. Die Reiseleiterin hatte noch gezögert, doch

Heike hatte darauf bestanden, auch den Teil, der eigentlich nicht für sie bestimmt war, übersetzt zu bekommen. Sie war noch mitten in der Befragung gewesen, als der Rechtsmediziner mit dieser unumkehrbaren und so widerwärtigen Tatsache den Kommissar in seinen Fragen an Heike unterbrochen hatte.

Sie wird sich nie mehr die Haare kämmen können, dachte sie in einem Anflug von betroffener Traurigkeit, auch wenn sie sich augenblicklich kindlich und dumm vorkam, so etwas überhaupt zu denken. Sie kannte diese Frau nicht einmal, und doch gab es eine indirekte Verbundenheit, weswegen Heike so sehr mitfühlte. Mit der Frau und mit sich selbst. Und plötzlich huschte ein kalter Schauer über ihren Rücken.

„Vielleicht hätten wir diese Tour gar nicht antreten sollen", sagte sie zu ihrem Mann und begutachtete ein weiteres Mal ihre Frisur im Spiegel.

„Du wolltest doch deinen Sohn besuchen. Ich wäre auch auf Mallorca geblieben."

„Ja, aber ..."

„Und die tote Frau ... Wirklich, Heike, das konnte doch nun wirklich niemand voraussehen."

„Dieses Lächeln, dieser Blick und dann die Kreuzigung ..."

„Es hat was von Dan Brown." Uwe Freitag, der kein begeisterter Leser war, lächelte. Vielleicht konnte er ja über eine vorgetäuschte Leseaffinität seine Frau wieder auf andere Gedanken bringen.

„Das ist Fiktion, Uwe! Hier, das ist echt, und wir sind mittendrin."

„Auf der letzten Tour auf der Ostsee ist doch auch jemand gestorben und da hast du dich auch nicht mit solchen Gedanken herumgeschlagen."

Heike nickte schwach. „Aber damals kannten wir den Passagier nicht. Und jetzt ..."

„Und jetzt *kanntest* du die Nonne?" Ihr Mann sah sie überrascht an. „Du kanntest doch nicht einmal ihren Namen. Oder hast du etwa Geheimnisse vor mir?" Wieder erhielt sie ein aufgesetztes Lächeln, und Heike fragte sich, ob ihr Mann wirklich so gefühlskalt war, wie es seine Bemerkungen vermuten ließen, oder ob er einfach nur wieder zur Normalität übergegangen war, als wäre nichts geschehen. Sie konnte nicht sagen, was schlimmer für sie war.

Aber Uwe – und das musste sie sich selbst unumwunden eingestehen – hatte natürlich recht. Sie war der Nonne vorher noch nie in ihrem Leben begegnet, und selbst der ermittelnde Kommissar hatte ihr auf Nachfrage nicht sagen können, wie die Frau hieß oder welchen Ordensnamen sie trug.

„Nein, natürlich nicht, aber irgendwie fühle ich mich verbunden, weil wir sie entdeckt haben. Ach, ich weiß auch nicht ..." Heike schaute sich in ihrem Domizil für die kommende Woche um. Ihre Innenkabine auf Deck 4 war mit hellem Teppich ausgelegt. Die Holzverkleidungen waren weniger massiv als bei den älteren Schiffen. Bedruckte Wände, ein übergroßer Flachbildschirmfernseher und eine indirekte Beleuchtung ließen die Kabine freundlicher, weitläufiger und größer erscheinen.

Zum ersten Mal hatten sie und ihr Mann eine Reise auf einem der neuen Schiffe der Reederei Star Lines gebucht. Die Virgin of the Ocean war das baugleiche Schwesterschiff der Star of the Ocean, die wöchentlich die siebentägige Route zu den Metropolen Westeuropas bestritt.

„Ich finde nicht, dass wir uns wegen dieser Sache den Urlaub ruinieren lassen sollten."

„Diese Sache?! Uwe, die Frau ist ermordet worden, und vielleicht war der Mörder noch in der Kirche." Heike spürte, wie ihr Kreislauf sie in die Knie zwang. Vorsichtig zog sie den Stuhl unterm Schreibtisch hervor und setzte sich darauf. Diese Sache, wie ihr Mann es formuliert hatte, nahm sie doch mehr mit, als sie angenommen hatte. Dabei war sie als Grundschullehrerin mehr als krisenerprobt und emotional gefestigt, wenn sich kleinere oder größere Dramen in ihrem Klassenzimmer abspielten. Aber bisher hatte sie auch noch nie einen toten Menschen gesehen.

„Oder vielleicht war es ja sogar einer von *uns*!"

Ihr Mann schnaubte verächtlich durch. „Heike, bitte, mach dich nicht lächerlich! Die Polizei hat die Ermittlungen aufgenommen und wird sich um alles Weitere kümmern. Du machst dir immer viel zu viele Gedanken. Entspann dich doch einfach, du hast Urlaub. Und ich übrigens auch! Und jetzt lass uns los, es ist schon nach acht, die beiden anderen sind bestimmt schon lange los", sagte ihr Mann und schaltete den Fernseher aus.

Sie verließen gerade den Aufzug auf Deck 9, als der Kapitän die Vorstellung seiner Offiziere fast beendet hatte: „Und das ist Ihr zweitwichtigster, aber mein mit Abstand wichtigster Mann an Bord, denn er macht all das, wozu ich keine Lust habe, Ihr, mein, unser Staff Kapitän: Markus Jordan."

Ein tosender Applaus schlug ihnen entgegen, als sie den äußeren Bereich des Theatriums erreichten. Heike hatte das Gefühl, dass sich in diesem Moment sämtliche Passagiere hier eingefunden hatten und zu einer einzigen menschlichen Wand aus Körpern verschmolzen waren. Eine Wand, auf deren Oberfläche der Skulpteur kleine Kugeln modelliert hatte, die sich bei jeder neuen Attraktion auf der Bühne sanft nach rechts und links wiegten.

„Nach diesem für manche Gäste sehr aufregenden und bewegenden Anreisetag möchte ich Sie im Namen der Reederei Star Lines und der gesamten Besatzung der Virgin of the Ocean recht herzlich willkommen heißen. Willkommen auf unserer Lady, dem schönsten Schiff der Weltmeere! Willkommen auf Ihrer Reise zu den Perlen des Mittelmeers! Jetzt ist es offiziell: Sie haben Urlaub!" Ein Goldregen aus geschredderten Lamettastreifen ergoss sich über die Offiziere auf der Bühne sowie über die Gäste in den vordersten Sitzreihen, während die Kellner der Bars auf allen drei Decks eifrig dabei waren, Sekt oder Orangensaft nachzufüllen, Bestellungen anderer Getränke aufzunehmen oder ausgetrunkene und irgendwo abgestellte Gläser einzusammeln.

„Auf unseren Urlaub", freute sich Uwe. Er winkte eine Bedienung zu sich, nahm zwei Gläser vom Tablett des Kellners und reichte ein Glas seiner Frau. „Und auf uns, Prost!"

„Prost", erwiderte Heike beiläufig und tat so, als würde sie nippen, ehe sie sich den hell erleuchteten Bildschirmen mit den Programm-Highlights des morgigen Tages widmete.

Kennenlern-Boule und Suiten-Treff am Vormittag, Sushi-Workshop und Kochschule über Mittag, las Heike, in der Hoffnung, so endlich das verstörende Bild des Vormittags aus ihren Gedanken zu jagen. Ausflugspräsentation Ajaccio und Spinning für Anfänger, Destinations-Vortrag zu Korsika und Late-Night-Kunstauktion mit dem Galeristen.

Kunstauktion! Bei diesem Wort fiel ihr erneut die tote Nonne ein. Der Kommissar hatte etwas von einem Kunstraub im Kloster der toten Nonne erzählt. Zumindest hatte sie so Reiseleiterin Teresa verstanden, die unentwegt zusammen mit Scout Celina die polizeilichen Befragungen der Passagiere übersetzt hatte, da die meisten Gäste entweder kein Spanisch konnten, nicht sicher genug in ihrem Englisch waren oder einfach zu sehr unter Schock standen, um überhaupt auch nur ansatzweise eine der ihnen gestellten Fragen zu verstehen beziehungsweise aussagekräftig zu beantworten.

Kloster. Tote Nonne. Ronny. Immer und immer wieder schossen diese Worte in ihr Bewusstsein. Heike Freitag ahnte, dass sie irgendwie miteinander zusammenhingen, und doch wollte sich kein genaues Bild zusammenfügen.

Sie musste unbedingt ihren Sohn sprechen. Sie musste herausfinden, ob ihr Sohn bereits vom Tod der Nonne erfahren hatte. Und ob er die Frau, die in der Kathedrale von einem perfiden Killer ans Kreuz genagelt worden war, gekannt hatte.

Doch die wichtigste Frage, die sie ihm stellen wollte, mit der sie ihn konfrontieren musste, war eine ganz andere, und plötzlich fing ihr Körper an zu zittern, so sehr fürchtete sie sich bereits jetzt vor der möglichen Antwort dieser einen Frage: Hatte er vielleicht sogar etwas mit dem Tod der Nonne zu tun?

KAPITEL 7

„Ich muss auf andere Gedanken kommen. Und das solltest du auch, Kerstin", sagte Miryam Dannenberg und band sich einen breiten Lackledergürtel über ihr sandfarbenes Strickkleid.

„Und du findest, eine Poolparty ist da genau das Richtige, nach dem, was heute passiert ist?" Kerstin sah ihre Freundin ungläubig an.

„Mir wäre auch gerade mehr nach einer kleinen entspannten Golfrunde mit meinem Trainer. Aber das gibt es nun mal nicht, und auf das fiktive Abschlagtraining im Sportbereich habe ich jetzt keine Lust. Ich muss unter Leute, und das solltest du auch tun."

„Miryam, wie kannst du jetzt nur ans Feiern denken? Vor nicht mal acht Stunden hing eine tote Frau in der Kathedrale. Am Kreuz. Vor unseren Augen!" Auch wenn Kerstin ihre Freundin mehr als gut kannte, so war sie immer noch fassungslos über die Worte, die sie gerade gehört hatte. Als ob Miryam vergessen hätte, was sie heute Morgen erlebt hatten. Als wäre sie gar nicht dabei gewesen.

Dabei war es gerade Miryam gewesen, die sich so auf die Reise und vor allem auf den heutigen Ausflug gefreut hatte, der bereits nach der ersten Station und der Tragödie in der Kathedrale abgebrochen worden war. Zwar hatte

Scout Celina noch gefragt, ob jemand den Ausflug nach dem Zwischenfall in der Kathedrale fortsetzen wollte, aber keiner der Gäste war dazu bereit gewesen.

„Selbstverständlich bekommen Sie Ihr Geld zurück. Sie erhalten in Kürze dazu einen Brief auf die Kabine", hatte Celina noch erklärt, die die gesamte Situation mit Bravour gemanagt hatte, wie Kerstin auch jetzt mit einigen Stunden Abstand empfand. Doch die meisten Gäste hatten ihre Worte nicht mehr mitbekommen. Während einige wenige Passagiere die Betreuung des psychologischen Dienstes, der zusammen mit den Sanitätern in der Kirche eingetroffen war, in Anspruch nahmen, wollten andere einfach nur allein sein und am Strand entlanglaufen. Andere waren durch die Geschäfte der Altstadt geschlendert, um sich abzulenken. Die meisten Teilnehmer des Ausflugs jedoch waren in den von Celina bestellten Bus gestiegen und zum Schiff gebracht worden. Auch Kerstin und Miryam hatten sich der Mehrheit angeschlossen, unter anderem auch, weil Miryam plötzlich starke Nackenschmerzen bekam und auf eine spontane Massage im Spa hoffte. Kerstin hätte am liebsten die ganze Reise abgesagt und wäre auf schnellstem Wege zum Flughafen gefahren, um wieder zurück nach London zu fliegen.

Doch sie wollte nicht kindisch sein. Oder divenhaft wirken. Und auch nicht ihre wichtige Freundschaft zu Miryam aufs Spiel setzen. So war sie dann eben doch mit an Bord gegangen, um gemeinsam mit Miryam diese Reise anzutreten. Unvergesslich würde sie werden, das war jetzt schon klar.

Und schlimmer kann es ja auch nicht mehr werden, hatte sie gedacht, nachdem sie ihre Kabine bezogen, ihren Koffer ausgepackt und dann auf einer ersten kleinen Erkundungsrunde das Schiff in Augenschein genommen hatte.

Kerstin hatte sich dann aufs Achterdeck gesetzt und gedankenverloren aufs Meer hinausgeschaut. Miryam war zweimal kurz aufgetaucht, um nach ihr zu sehen. Vielleicht hatte sie wirklich die Befürchtung, Kerstin könnte es sich doch noch anders überlegen und ohne ihr Bescheid zu sagen Reißaus nehmen.

Als Kerstin Entwarnung gab, gleichzeitig aber keine Anstalten gemacht hatte, mit ihr noch mal durch Palma zu schlendern, hatte Miryam sich einen Kaffee zum Mitnehmen bestellt und war dann nach dem zweiten Kurzbesuch tatsächlich von Bord gegangen.

Erst zur Seenotrettungsübung, zu der auch Miryam pünktlich wieder zurückgekehrt war, hatte sich Kerstin von ihrem Stuhl erhoben und anschließend die Weste aus ihrer Kabine geholt. Nach der einzigen Pflichtveranstaltung während des gesamten Urlaubs, wie Miryam ihr erklärt hatte, war sie im Bad verschwunden und hatte sich eine halbe Stunde lang unter die Dusche gestellt. So hatte sie dann auch die Offiziersvorstellung ausfallen lassen, um eingekuschelt in ihren Bademantel auf ihrem Handy herumzuspielen und letzte Nachrichten an Freunde und Verwandte zu schreiben. Ich muss noch alte Bilder vom Handy löschen, um genügend Speicherplatz für die neuen Schnappschüsse zu haben, dachte sie. Und dann tauchte wieder das grausame Bild vor ihren Augen auf, das sich heute Morgen auf ihrer inneren Festplatte eingebrannt hatte. Unauslöschlich. Für immer.

„Die Nonne war schon tot. Und ich denke nicht ans Feiern. Ich versuche nur, auf Erholung umzuschalten", wurde sie von Miryam wieder ins Hier und Jetzt zurückgeholt. „Es war bisher ein anstrengendes Jahr, und hast du mir nicht genau das heute Morgen noch vorgeworfen? Aber glaube mir, die Frau hätte auch gewollt, dass wir das Leben lieben und vor allem das Beste aus dem machen, was uns gegeben wird – auch aus misslichen Situationen."

„Du bist pietätlos."

„Ich zahle meine Kirchensteuer, unterstütze die katholische Pfadfinderorganisation und habe auf den Philippinen mitgeholfen, ein modernes Krankenhaus einzurichten – ich glaube, ich bin stärker mit dem christlichen Glauben verbunden als du und brauche mich nicht schlecht zu fühlen oder gar zu rechtfertigen, nur weil ich jetzt Urlaub habe!"

„Ist Eigenlob nicht eine Todsünde?", konterte Kerstin, doch Miryam hatte nicht vor, das Gespräch weiter fortzusetzen, als sie ihren großen Shopper nahm und neben ihrem Handy und den Kopfhörern auch ihre Sportschuhe darin verschwinden ließ.

„Kerstin, wenn du nicht willst, dann gehe ich eben alleine. Aber beschwer dich bitte nicht, dass sich am Ende der Reise der Urlaub ohne dich erholt hat."

„Sie waren wohl auch heute in der Kathedrale." Kerstin erschrak, als ein Mann sie plötzlich von der Seite ansprach. Sie hatte sich dann doch von Miryam dazu überreden lassen, zu der Willkommens-Poolparty in den Beach Club mitzukommen. Die Tanzfläche war voll, die Gäste tanzten zu Salsa-Rhythmen, karibischen Klängen und den bekanntesten deutschen Schlager-Hits, während das satte Blau des Himmels um sie herum einem alles verschlingenden Schwarz gewichen war. Die gelben und orangefarbenen Lichter der Insel und die hell angestrahlte Kathedrale verabschiedeten das Schiff, das direkt nach der Seenotrettungsübung vor gut drei Stunden den Hafen von Palma verlassen hatte. Es war ein lauer Sommerabend, wie dafür gemacht, zu tanzen, zu feiern und einen erlebnisreichen Tag ausklingen zu lassen. Nur nicht für Kerstin.

„Sieht man mir das an?", erwiderte Kerstin schroffer, als sie eigentlich vorgehabt hatte. Sie stand an der großen Fensterfront abseits des ausgelassenen und fröhlichen Trubels auf der Tanzfläche, vor der Bühne und an den Bars und schaute ins lichtlose Nichts hinaus. Nachdem sie beschlossen hatte, Miryam zur Poolparty zu begleiten, hatte sie sich schnell eine weiße Bluse mit Volantärmeln übergezogen und war in ihre Lieblingsjeans geschlüpft. Aus Zeitgründen hatte sie ihre brünetten, halblangen Haare zu einem Pferdeschwanz gebunden, etwas Lidschatten und Lipgloss aufgetragen, die Wangen gepudert und ihre lange Silberkette mit der glitzernden Diskokugel umgehängt, ehe sie mit der wie immer top gestylten Miryam die gemeinsame Kabine auf Deck 8 verlassen hatte.

„Ja!" Der Mann nickte verständnisvoll. „Gibt es irgendwas, was ich für Sie tun kann? Und keine Angst, das ist keine Anmache", schob er mit einem Grinsen schnell hinterher. Kerstin musste sein Lächeln erwidern, schien doch der attraktive Mann, wie sie unumwunden zugeben musste, ihre Gedanken gelesen zu haben. Ihr Gegenüber war sportlich-schlank, schaute sie aus wachen Augen heraus an und punktete besonders durch sein männlich-markantes Gesicht. Und er hatte süße kleine Grübchen in den Wangen, die größer wurden, wenn er lächelte. Und er lächelte oft. Aber dennoch verbot sie sich, auf seinen mehr als plumpen Annäherungsversuch einzugehen.

Mit einem Kopfnicken verschwand der Mann, nur um wenige Minuten später mit zwei Getränken wiederzukommen.

„Ich weiß, ich weiß, Sie wollten nichts. Aber da niemand mit einem Bauchladen für Drinks übers Schiff geht und bevor die Schlange an der Bar noch länger wird ..." Er reichte ihr einen Cocktail. „Freedom, alkoholfreier Cocktail des Tages."

„Danke." Kerstin wusste immer noch nicht, ob sie angesäuert sein sollte, weil der Mann ihren Wunsch einfach ignoriert hatte, oder ob sie sich eher freuen sollte, weil er nicht so schnell aufgab und mit seiner charmanten Zurückhaltung anscheinend keine Hintergedanken zu haben schien. Andere Männer hätten an seiner Stelle einen Cocktail wie Sex on the Beach bestellt, nur um diesen dann mit den billigsten Anmachsprüchen der Welt zu servieren.

„Ich heiße Kerstin", versuchte sie, dem etwas ruppigen Start ihrerseits eine freundliche Wendung zu geben.

„Hauke. Freut mich. Deine erste Kreuzfahrt?"

„Haben Sie ... hast du mir das etwa auch angesehen?"

Hauke nickte mit einem breiten Grinsen. „Quatsch, das war geraten."

„Und du? Auch Erstfahrer oder wie man das nennt?"

Hauke lachte laut. „Nein, ganz im Gegenteil. Ich bin öfter auf dem Schiff – mit Leib und Seele. Also wenn du Fragen hast ...?" Er prostete ihr zu.

Schon wieder ein Vielfahrer, dachte sie mit einem Grinsen und verdrehte amüsiert die Augen.

„Warst du schon mal in Ajaccio?"

„Oh ja, ohne angeben zu wollen, aber bestimmt schon ein Dutzend Mal."

„Hast du besondere Tipps für mich, was ich mir unbedingt ansehen sollte?"

„Die Kathedrale ... oh, Mist, Fettnäpfchen lässt grüßen." Kerstin sah – trotz des schwachen Lichteinfalls – wie Hauke etwas zerknirscht die Lippen zusammenpresste.

„Alles gut. Ich hatte sowieso vor, mir die Kirche anzusehen. Ich besuche meistens Kirchen, Friedhöfe und Supermärkte in anderen Ländern. Sie sind super, um einen Einblick über das jeweilige Land zu bekommen. Vor allem dann, wenn man – wie wir – nicht so viel Zeit hat, um Land und Leute intensiver kennenzulernen."

„Absolut. Ansonsten ist Korsika bestens geeignet, um zu wandern. Wenn man so etwas mag. Oder du lässt dich einfach ein wenig vom Leben der Korsen treiben. Auch das klappt in Ajaccio ausgezeichnet. Trinkst du gern Kaffee?"

„Ja", bekräftigte Kerstin mit einem Kopfnicken.

„In den Altstadtgassen rund um die ... na, du weißt schon ..."

„Kathedrale?!"

„Genau!" Hauke lächelte verlegen, und wieder bildeten die kleinen Grübchen tiefe Löcher in seinen Wangen, die geradezu danach riefen, gekniffen zu werden.

Für einen kurzen Moment schloss Kerstin die Augen. Auch wenn er wirklich immer sympathischer wurde, so hatte sie nicht vor, ihn noch attraktiver und gar interessanter zu finden, als er es sowieso schon war. Gleich zweimal in jüngster Zeit war sie auf anfangs zuvorkommende, ihr gegenüber sehr aufgeschlossene und äußerst charmante Männer hereingefallen, die nach den wunderschönen Werbewochen schnell ihr wahres Gesicht gezeigt hatten. Ein Gesicht, in das Kerstin am liebsten mit voller Wucht hineingeschlagen hätte, als sie erfahren hatte, dass der eine Kerl sie mit einer Arbeitskollegin betrogen hatte und der andere mit ihren Ersparnissen – ein Rohrbruch hatte angeblich das gesamte Interieur im Wohn- und Schlafzimmer zerstört – auf Nimmerwiedersehen abgehauen war.

„Dort bekommst du wirklich den besten Kaffee. Wenn du magst, dann zeig ich dir ..."

„Hier bist du!", wurden sie von Miryam unterbrochen, die plötzlich neben ihnen aufgetaucht war und ebenfalls einen Cocktail in der Hand hielt.

Anders als Kerstin hatte sich Miryam für die Poolparty aufgestylt. Sie trug eine schwarze Leggings, darüber ein engmaschiges Strickkleid und einen breiten Ledergürtel, der denselben dunkelgrauen Farbton aufwies wie die teuren Pumps mit der typisch roten Sohle einer bekannten Luxusmarke. Auch ihr Make-up war makellos. Zurückhaltend und doch an den richtigen Stellen betont, sodass sie frischer, jünger und strahlender aussah. Die auf ihren Teint abgestimmte Rouge-Farbe, makellos gesetzte Eyeliner-Striche und ein perfekter Haaransatz ihrer streng nach hinten gekämmten Frisur gaben ihrem Gesicht eine Kontur wie aus der Kosmetik-Werbung.

„Magst du uns vorstellen?", fragte sie mit einem vielsagenden Lächeln, das Kerstin nicht so richtig einordnen konnte. Miryam war weder eifersüchtig noch männergierig, und selbst für eine machtbewusste Frau war sie eher zurückhaltend und beobachtete lieber, als sich wie andere Alpha-Weibchen in jeder sich bietenden Situation in den Vordergrund zu drängen oder aufzuspielen.

„Hauke, meine Freundin Miryam."

„Hallo", sagte Hauke und gab Miryam die Hand, die den Gruß mit einem leichten Kopfnicken und einem angedeuteten Lächeln unterstrich.

„Ich wollte dir nur eben Bescheid sagen, ich gehe noch eine Stunde zum Sport. Ich bin kurz auf der Kabine und ziehe mich um, dann geh' ich noch ein bisschen auf den Crosstrainer." Miryam winkte den beiden zu. „Bis später, Kerstin! Hauke!" sagte sie, ohne eine Antwort Kerstins abzuwarten, dann stellte sie ihren nur halb ausgetrunkenen Cocktail auf einen mit einer weißen Husse überzogenen Bistrotisch und verschwand Richtung Fahrstuhl.

„Deine Reisebegleitung?"

„Ja, eine gute Freundin."

„Ganz schön kühl geworden." Gespielt rieb sich Hauke die Oberarme.

Kerstin musste grinsen. Sie wusste genau, worauf er anspielte.

„Und das war schon Siedetemperatur."

Beide mussten lachen.

„Ist sie immer so ... so unnahbar?"

„Das ist Miryam. Ich glaube, nein, ich bin sicher, sie meint es nicht so. Sie musste und muss immer ihre Frau stehen, und das unter diesen Alphatieren, für die Frauen nur Beute oder Trophäen sind, mit denen man sich gerne schmückt. Miryam hat ihren Weg gemacht, und man muss sie nur zu nehmen wissen. Sie weiß genau, was sie will, und davon lässt sie sich nicht abbringen. Von nichts und niemandem."

„Ohne Rücksicht auf Verluste ..." Hauke hatte es als Frage formuliert, und dennoch klang es wie eine imperative Aussage, auf die Kerstin keine passende Erwiderung fand. Sie zuckte mit den Schultern, denn eigentlich hatte sie nicht vor, noch länger mit ihm über ihre Freundin zu sprechen.

„Kann schon sein. Ich mache Kunst, sie in Finanzen. Bisher kamen wir uns da noch nicht in die Quere", sagte sie dementsprechend auch nur kurz angebunden.

„Du bist Künstlerin?"

„Nein!" Kerstin schüttelte rasch mit dem Kopf. „Ich bin Provenienzforscherin. Also ich untersuche ein Bild und forsche nach seiner Herkunft und seiner Entstehungsgeschichte", fügte sie schnell hinzu, als sie in sein fragendes Gesicht schaute.

„Das klingt spannend. Und wie forscht man nach der Herkunft eines Bildes?" Hauke schaute sie ernsthaft interessiert an, als der Moment jäh unterbrochen wurde.

„Schade, ich muss los ..." Kerstin sah das leuchtende Display seines Telefons durch die weiße Chino-Hose schimmern. Vielleicht will seine Frau sich noch von ihm verabschieden, solange er europäisches Netz hat, dachte sie. Auf See war das Telefonieren über das Schiffsnetz deutlich teurer als an Land, wie sie in den Reiseunterlagen gelesen hatte.

Ja, es war wirklich besser, ihn nicht sympathisch zu finden. Das würde wieder nur Ärger geben, dachte sie mit einem Anflug von Resignation. Und weitere Unannehmlichkeiten konnte sie sich nach dem Telefonat von heute Morgen nicht erlauben. Erst recht nicht von einem attraktiven Mann wie Hauke.

„Man sieht sich, versprochen!" Hauke nickte ihr kurz zu, ehe er sich mit einem tiefsinnigen Lächeln von ihr verabschiedete und durch die tanzende Menge in Richtung Wellnessbereich entschwand.

Kapitel 8

Florenz

Francesca Baldini liebte ihren Job als Polizeioberkommissarin. Selbst wenn dieser auch seine schreibintensiven Facetten hatte. Und sie war alles andere als ein geborener Büromensch. Sie musste immer raus und Gangster jagen, wie sie das gern ihrer vorwitzigen Nachbarin erklärte, wenn sie diese mal wieder bat, ein Päckchen entgegenzunehmen oder den Schornsteinfeger hereinzulassen.

Aber Francesca liebte nicht nur ihren Job. Sie war auch noch außerordentlich gut in dem, was sie tat. Das besagten ihre Beurteilungen und die unzähligen Auszeichnungen, die sie häufig nach einer erfolgreichen Ermittlung erhielt. Selbst ihre männlichen Kollegen zollten ihr Anerkennung und Wertschätzung. Und das, obwohl auch im Jahre 2015 die italienische Polizei noch fest in Männerhand war und eine Frau dort eigentlich nichts zu suchen hatte, sich subtil – manchmal auch ganz direkt – mit chauvinistischen Sprüchen herumschlagen musste oder noch in der Ausbildung ihren Dienst quittierte, weil die Gepflogenheiten noch rauer waren, als es die Gerüchte und Verheißungen prophezeiten.

Doch Francesca konnte mit diesen ganz eigenen Riten und Sitten innerhalb des Kommissariats, den flapsigen

Sprüchen der Kollegen und den langen Arbeitszeiten, die ein geregeltes Leben und die Planbarkeit von anderen Terminen außerhalb des Polizeidienstes nahezu unmöglich machten, gut umgehen. Sie erwiderte jeden doppeldeutigen Kommentar schlagfertig, wie sie war, mit einem markanten Spruch, konnte die meisten Kollegen unter den Tisch trinken und hatte es sogar geschafft, einen jungen Kommissar-Anwärter, der sie über Wochen provoziert hatte, beim Armdrücken zu besiegen.

Ja, die Polizei war ihr Leben. Was vielleicht auch daran lag, dass sie immer noch oder schon wieder Single war, keinem erwähnenswerten oder gar zeitintensiven Hobby nachging und außer ihrer Mutter keinen anderen Menschen in ihrem direkten Umfeld hatte, mit dem sie nähere soziale Kontakte pflegte.

„Man hat das Gefühl, du bist auf dem Revier geboren worden", hatte mal ein älterer Kollege zu ihr gesagt, der nicht wirklich nachvollziehen konnte, warum Francesca immer die Erste am Morgen war, die zum Dienst erschien, und meistens als Letzte erst wieder das Büro verließ.

Wie recht er doch hat, dachte sie und speicherte das abgetippte Protokoll eines Verhörs ab, an dem sie die vergangenen drei Stunden gearbeitet hatte, dann fuhr sie den Computer herunter, griff nach ihrer Handtasche und ihren Schlüsseln und verließ die Dienststelle, die wie üblich am Wochenende nur ausreichend besetzt war.

Dabei war der Wochenenddienst die perfekte Zeit, um Dinge zu erledigen, die sonst im hektischen und turbulenten Alltagstrubel untergingen oder einfach zu kurz kamen. So hatte sie am frühen Morgen erst den Dienstwagen waschen lassen und war anschließend ins Büro gefahren, um die von Dokumenten überquellende Ablage abzuarbeiten, die Unterlagen des jüngsten Falles für den Staatsanwalt und dessen Anklageschrift aufzubereiten, Ordner für die neuen Ermittlungen anzulegen und den Bildschirm wie auch die Tastatur mit einem feuchten Tuch abzuwischen.

Sie hatte am Morgen noch früher begonnen als sonst, um heute pünktlich Schluss zu machen. Francesca hatte noch etwas vor, und sie musste sich darauf vorbereiten. Denn es war gefährlich, worauf sie sich einließ.

Aber genau das war das Spannende an ihrem Beruf, für den ihre Mutter kein Verständnis hatte. Genauso wenig wie für die Tatsache, dass sie immer noch kein Kind hatte. Aber wie soll ich Mutter werden ohne Mann, fragte sie sich.

Natürlich konnte man sich heute irgendwelche Spermazellen eines intelligenten, attraktiven, wertebewussten, gesunden und nach Möglichkeit auch noch wohlhabenden Mannes aussuchen, in der Hoffnung, so das perfekte Kind zu bekommen.

Aber Francesca war zu altmodisch, vielleicht auch spießig, auf jeden Fall in dieser Hinsicht aber viel zu konservativ, um den vermeintlich einfachsten Weg einzuschlagen, was die Erfüllung des Kinderwunsches betraf.

Francesca wollte einem Kind eine glückliche Kindheit ermöglichen, und dazu gehörten für sie nun mal Mutter *und* Vater, die sich liebten, miteinander lachten, manchmal auch heftigst aneinandergerieten, um sich anschließend wieder leidenschaftlich zu versöhnen.

Ihre Mutter! Sie durfte nichts von ihren gefährlichen Ermittlungen erfahren. Sie würde sich nur aufregen, und das wäre nicht gut in ihrer derzeitigen Verfassung. Immer die brave Tochter spielen war ziemlich anstrengend, aber sie musste es tun. Nicht nur für ihre Mutter. Auch für sich selbst. Ohne Vater aufgewachsen, durfte sie nicht riskieren, durch eine ungeschickte Bemerkung auch noch ihre Mutter zu verlieren, nur weil diese mit dem, was Francesca ihr offenbaren würde, nicht zurechtkam. Es gab Dinge, die durfte man einfach niemandem erzählen, selbst nicht der besten Freundin, die gleichzeitig die eigene Mutter war.

Also redete Francesca einfach nicht über ihr Leben. Und ihre Mutter stellte keine Fragen. Darauf hatten sie sich geeinigt. Und das ist auch das Beste, dachte sie, als sie ihre Wohnungstür aufschloss. Sie wohnte unweit der alten Brücke, der Ponte Vecchio, am Fluss Arno gelegen, in einer kleinen Dachgeschoss-Wohnung. Es zog durch die Fensterritzen, hin und wieder versagte der Warmwasserboiler, und der Backofen hatte schon vor Monaten den Geist aufgegeben.

Sie erschrak, als sie auf die Uhr sah, die über der Küchentür hing und monoton vor sich hintickte. Sie musste sich noch die Beine rasieren, die Bikini-Zone wachsen und ihr neues transparentes Spitzen-Negligé ausprobieren, da sie sich nach zwei Frustabenden vor dem Fernseher – vor denen auch sie nicht gefeit war – mit zu viel Eis und noch mehr Chips nicht mehr sicher war, ob sie in diesen Fummel überhaupt noch hineinpasste.

Ja, sie wird es nie erfahren dürfen, woran ich gerade arbeite, dachte sie, als der schrille Ton ihrer Wohnungsklingel sie aus ihren Gedanken riss. Es war gefährlich, mit dem Feuer zu spielen. Das wusste sie, seitdem sie damals als kleines Mädchen in einem ungeschickten Moment die Küche in der Wohnung in Brand gesteckt hatte. Und an dieser Tatsache hatte sich bis heute nichts geändert. Aber genau das machte den Reiz aus, immer und immer wieder mit den Streichhölzern zu zündeln, die ein so fröhliches Knistern von sich gaben, wenn man sie über die Zündfläche zog und eine alles vernichtende Flamme zum Leben erweckte.

Ein aufgeregtes Kribbeln huschte über ihren Körper. Für ihr Wellness-Programm und die Schönheits-Anwendungen war es jetzt eindeutig zu spät. Aber auch das würde ihrem Besucher nichts ausmachen. Vor dem großen Spiegel im Flur zog sie sich schnell mit einem Lipgloss die Lippen nach und wuschelte sich mit beiden Händen noch einmal durch ihre schulterlangen, dunkelbraunen Locken, dann bediente sie den Türöffner.

KAPITEL 9

Florenz, Sonntag, 16. August 2015

Francesca stand am Fenster, nur in ein weißes Betttuch gehüllt, und ein wohlig-warmer Schauer jagte den nächsten über ihren Körper, der immer noch vor Erregung glühte. Zum ersten Mal seit langer Zeit verspürte sie Glück, ohne dass dieser Zustand ausschließlich etwas mit ihrer Arbeit zu tun hatte.

Mit einem verträumten Lächeln schaute sie aus dem Giebelfenster auf die Stadt hinunter. Unter ihrem Fenster schlängelte sich der smaragdgrün schimmernde Arno durch sein Flussbett, das die Stadt Florenz genau in der Mitte teilte. Etwas weiter links spannte sich die Ponte Vecchio über das grüne Band. Die ersten Touristen wälzten sich bereits zu dieser frühen Stunde über die steinerne Brücke, begutachteten die Auslagen in den Fenstern der Juweliere oder versuchten das perfekte Fotomotiv zu finden. Schleierwolken zogen wie eine Karawane am hellblauen, leicht diesigen Himmel entlang. Auf der anderen Seite des Flusses thronte majestätisch der Dom über der Altstadt, auf dessen rotbrauner Kuppel die Sonnenstrahlen tanzten.

In ihrem Schlafzimmer unterm Dach lag der Duft von leidenschaftlichem Sex, animalischem Begehren und schwitzenden Körpern, die auch nach intensiven Stunden der körperlichen Anstrengung immer noch danach hungerten, sich wieder und wieder zu vereinen und miteinander zu verschmelzen.

„Komm wieder ins Bett!", sagte er mit seiner dunklen, kräftigen Stimme, die sich hier in diesen vier Wänden so zärtlich, so vertraut anhörte, und zog sie mit einem lüsternen Blick ins Bett zurück.

Er war ein schöner Mann. Stark und erhaben. Zu dem man aufblickte und in dessen Nähe man sich sicher fühlte. Und er war ihr Chef.

Mit einem stolzen Lächeln, das man von amerikanischen Großwildjägern her kannte, die mit einem erlegten Löwen in Südafrika vor den Objektiven unzähliger Kameras posierten, krabbelte sie zu ihrer Beute unter die Laken zurück.

„Ich bin doch schon da!", hauchte sie ihm einen Kuss aufs Ohr, dann legte sie den Kopf auf seine Schultern und spielte mit den schwarzen, leicht gekräuselten Haaren auf seiner muskulösen Brust.

Schon seit knapp einem halben Jahr schlief sie mit ihrem Vorgesetzten, dem ersten Polizeihauptkommissar Gennaro Mazzavillani.

Auch das durfte ihre Mutter nicht wissen. Und eigentlich hatte selbst sie moralische Zweifel gehabt, als sie sich auf ihn eingelassen hatte. Denn natürlich war auch er verheiratet, wie das bei den meisten Männern der Fall war, die man begehrte und besonders anziehend fand. Es war dieser Glow, diese besondere Ausstrahlung, wie sie nur verheiratete Männer verströmten. Und der Reiz des

Verbotenen, den Mann einer anderen Frau zu lieben – die dafür vielleicht sogar töten würde, wenn sie es herausbekäme – der diese Männer so besonders attraktiv machte.

Doch bei ihrem Chef war es noch mehr, abseits des Beruflichen. Er hatte diese Art, sie anzuschauen, wie er auf das, was sie sagte, einging und die ihr das Gefühl gab, die einzige Frau auf dieser Welt zu sein. Auch wenn sie wusste, dass sie das offiziell schon gar nicht war. Und sie musste auch davon ausgehen, dass er auch noch mit seiner Frau schlief. Seine Ehefrau würde sicherlich auch das körperliche Eheversprechen einfordern, eine Verpflichtung, der die meisten Männer – auch die, die sich längst außerhalb ihrer Ehe vergnügten – immer noch sehr gerne nachkamen.

Aber darüber sprachen sie nie. In ihrer knapp bemessenen Zeit wollten sie nur für sich sein, meistens waren sie nackt, ab und zu kochte er für sie oder sie schauten zusammen fern, lachten bei einem Disneyfilm oder fuhren mit ihrem alten Fiat in die Weinberge und liebten sich in den Reben.

Er ist perfekt, dachte sie und strahlte ihn an. Wenn, ja wenn er nur nicht ... Doch weiter kam sie in ihren Gedanken nicht, als er sie auf ihre Stupsnase küsste. Er grinste sie verschmitzt an, dann griff er mit seinen großen Pranken nach ihren Händen, umklammerte ihre Arme und drückte sie fest aufs Bett, ehe er seinen Kopf tief in die Grube zwischen ihrer Schulter und ihrem Nacken versenkte und abwechselnd an ihren Ohrläppchen knabberte und sich verspielt und unter heftigem Einsatz seiner Zunge an ihrem Hals festsaugte. Sie war einem ersten Höhepunkt nahe und wollte bereits losschreien, doch seine gierigen Lippen waren längst weitergewandert, und lutschten nun äußerst lustvoll an ihren Brustwarzen.

Ekstatisch wand sie sich unter seinen Liebkosungen, je tiefer er mit seiner Zunge ihren Körper erkundete, und fing immer lauter an zu wimmern. Sie wusste, viel länger konnte sie sich nicht zurückhalten, als das durchdringende Klingeln ihres Handys wie aus einer weit entfernten Welt die Situation unwiederbringlich zerschnitt.

„Geh nicht dran!", bat er und wollte sie zurückhalten. Doch Francesca ahnte, dass das Klingeln an einem frühen Sonntagmorgen nie etwas Gutes bedeuten konnte.

Sie schälte sich unter seinem schweren Körper hervor, sprang aus dem Bett und lief zu ihrem Schminktisch hinüber, auf dem wie üblich ihr Handy lag.

„Pronto", sagte sie leicht gehetzt und strich sich eine Strähne aus dem Gesicht, während sie wieder zu ihrem Liebhaber hinüberschaute, der immer noch nackt auf dem Bett lag und darauf wartete, dass sie endlich zu ihm zurückkam und sie dort weitermachen konnten, wo sie vor wenigen lustvollen Augenblicken aufgehört hatten.

„Signora Baldini?"

„Ja!"

„Francesca Baldini?"

War der Anrufer schwerhörig, parallel gerade so beschäftigt oder schien er einfach nur mit den Gedanken ganz woanders zu sein, weil er sie immer noch nicht verstanden hatte? „Ja, ich bin Francesca Baldini", sagte

Francesca, und man konnte den spitzen Unterton in ihrer Stimme deutlich heraushören.

„Hier ist Dr. Paresi aus dem Ospedale Santa Maria Nuova. Ihre Mutter liegt bei uns auf der Intensivstation. Kommen Sie bitte schnell, es sieht nicht gut aus."

KAPITEL 10

An Bord der Virgin of the Ocean

Das Theatrium war an diesem Morgen kaum frequentiert. Nur wenige Passagiere saßen auf den Sitzbänken der drei offenen Decks und schauten dem Treiben auf der Bühne zu. Es war kurz nach 9 Uhr, und die meisten Gäste schliefen noch oder sonnten sich bereits auf den Außendecks, kämpften im Fitness-Studio gegen ihre Kilos und die der Maschinen oder genossen gerade eine wohltuende Ganzkörper-Massage im Spa-Bereich. Und die drei Dutzend Gäste, die da waren, lösten Sudoku-Rätsel, unterhielten sich angeregt miteinander oder dösten vor sich hin und holten somit verpassten Schlaf nach. Kaum einer der Passagiere hatte einen Blick für die beiden Artisten übrig, die sich mit Stretching-Übungen für den anstehenden Durchlauf ihrer Akrobatik-Vorführung für die Exklusiv-Show „Butterfly" warm machten.

Iryna Kowalenko hasste diese frühen Proben, die an Seetagen immer vor dem Hauptprogramm angesetzt wurden. Die besten Zeitfenster bekamen die Scouts für ihre Ausflugspräsentationen, der Lektor für seine Destinations-Vorträge oder die Kunstaktion, wenn der Galerist Werke von James Rizzi oder Feliks Büttner anpries.

Iryna war eine ausgesprochene Langschläferin, die selten vor 10 Uhr aufstand und dann oftmals bis zum frühen Nachmittag brauchte, um überhaupt erst mal in die Gänge zu kommen. Ihr Partner Denys Schelestjuk, der sich gerade aus einer Liegestütze heraus in den Handstand hochstemmte, war das genaue Gegenteil. Er war bereits seine zehn Kilometer auf dem Laufband gejoggt, hatte anschließend ein einstündiges Krafttraining an den Geräten absolviert und vor der Spiegelwand hinter der Bühne die Choreographie für die nächste Show aufgefrischt, während sie mit einer Zigarette und einem schwarzen Kaffee auf dem Crewdeck gerade erst in den Tag startete.

„Du kommst spät", sagte Denys und verzog das Gesicht, als er ihren vom Zigarettenrauch getränkten Atem roch. „Du solltest besser damit aufhören! Du weißt, unser Coach hat das nicht so gerne."

„Die Jungs von der Technik sind doch noch gar nicht da. Und außerdem solltest du froh sein, dass ich überhaupt gekommen bin!" Sie streckte ihm ihr Handy hin.

„Haben sie sich schon wieder gemeldet?", fragte er, und sie sah, dass seine bis vor wenigen Augenblicken noch gesunde Gesichtsfarbe längst einem unnatürlichen Grau gewichen war. Seine rechte Hand zitterte leicht, als er das Telefon entgegennahm und die Nachricht in kyrillischer Schrift laut vorlas: „Wir wissen, wo du gerade bist. Und wir wissen, wo du gerade nicht bist. Und deine Mama ist so allein!"

„Psst, oder willst du, dass der Seco etwas mitbekommt?", zischte sie und riss ihm das Telefon aus den Händen. Sie öffnete die Fotogalerie und hielt ihm erneut das Mobiltelefon hin. Er musste schlucken, als er die Frau auf dem Foto sah, die man nicht mehr wirklich als eine Frau erkennen konnte. Ihr linkes Auge war angeschwollen, die Unterlippe aufgeplatzt, und violett-blau schimmernde Blutergüsse zogen sich über die Wangen und den Hals bis zum Dekolleté und den Oberarmen.

„Ist das deine ...?" Denys' Stimme erbrach mitten in seiner Frage.

Iryna schüttelte schwach den Kopf. „Nein, sie hat mir eben noch geschrieben." Wenn sie es denn war, schob sie in Gedanken schnell hinterher. Ein kräftiger Schauer durchfuhr ihren Körper, und sie konnte sich gerade noch so an Denys festhalten, sonst hätte sie ihr Gleichgewicht verloren und wäre auf die Matten gefallen, die auf der Bühne verteilt lagen. „Ich denke auch nicht, dass es das Bild deiner Mutter ist. Sie wollen uns nur Angst machen." Sie betete innerlich, dass sie recht hatte mit ihrer Annahme.

„Meiner Mutter?", wollte er sie schon anfahren, doch er konnte sich gerade noch im letzten Moment zurückhalten, als er bemerkte, dass sie auch an diesem Morgen nicht ganz allein im Theatrium waren. Die ersten Gäste schauten bereits in einer Mischung aus Verwunderung und Neugier zu ihnen herüber.

„Ja, ich musste ihnen deine Nummer geben. Sie werden sich heute auch noch bei dir melden. Damit wir nicht die Wichtigkeit unseres Auftrags vergessen. So schreiben sie."

„Du hast *was*?" Denys packte Iryna grob am linken Oberarm. Er sah sie aus dunklen, fast schwarzen Schlitzen heraus an, während er seine Hand immer fester in ihr Fleisch drückte.

„Au, du tust mir weh!", schrie sie kurz auf und stieß ihn von sich weg.

„Warum hast du das gemacht?", fauchte er sie leise an, dann vergrub er den Kopf in seinen Händen und fiel mit den Knien auf eine der blauen Sportmatten. Verzweifelt schüttelte er immer und immer wieder den Kopf, ehe er wie aus dem Nichts mehrfach kräftig mit seinen Fäusten auf die Matten eindrosch. Iryna wollte ihn trösten und ihn in den Arm nehmen, doch Denys schubste sie mit einem kräftigen Stoß zur Seite.

„Hau ab!"

„Was hätte ich anderes tun sollen, Denys?", versuchte sie ihn zu beruhigen, und ging neben ihm in die Hocke. „Was hättest du an meiner Stelle getan, wenn sie zu dir sagen, entweder gibst du uns seine Nummer oder du siehst deine Mutter nie mehr wieder?"

Mit tränenunterlaufenen Augen schaute er zu ihr hinüber. „Es ist meine Mutter! *Meine Mutter!* Ich habe doch nur noch sie!"

„Ich habe auch nur *eine* Mutter, Denys!", sagte Iryna abgeklärter, als sie es selbst für möglich gehalten hätte. Schon seit Wochen saß ihr die Angst im Nacken. Bisher waren es immer nur Aufforderungen gewesen, den eingeforderten Auftrag schnellstmöglich zu erledigen. Doch heute, mit dieser SMS, war aus einer leidigen Aufgabe bitterer Ernst geworden. Iryna wusste, dass mit ihren Auftraggebern nicht zu spaßen war. Das hatte das Bild ihr und Denys auf eine so unmissverständliche, weil eindeutige und gleichzeitig so grausame Art und Weise klargemacht. Noch war es nur das Foto irgendeiner übelst zugerichteten, fremden

Frau. So hofften sie zumindest. Die nächste Nachricht würde das Bild einer geliebten Mutter sein. Wenn nicht sogar beide Mütter für die nicht selbst verschuldeten Unpässlichkeiten ihrer Kinder würden leiden müssen. Das war sicher. So sicher wie der eigene Tod, der nach dem nächsten Misserfolg die nächste unausweichliche Konsequenz darstellen würde.

Man darf sich eben nicht mit den falschen Leuten einlassen, dachte sie und schloss für einen kurzen Moment die Augen. Sie musste sich sammeln, wollte sie keinen weiteren Fehler begehen. Hier auf der Bühne wie draußen an Land.

„Die Jungs im FOH sind da", wechselte sie abrupt das Thema, als sie sah, dass auf einmal zwei Techniker oben im Regieraum saßen und plötzlich ein Seil von der Decke heruntergelassen wurde. Auch wenn sie wusste, dass keiner der Kollegen auch nur ansatzweise ein Wort Ukrainisch sprach oder verstand, so mussten sie sich jetzt auch körperlich zusammenreißen, wollten sie nicht noch mehr Aufmerksamkeit auf sich lenken, als sie es bereits getan hatten.

„Wir schaffen das, Denys! Und jetzt komm!"

„Wir müssen es schaffen, Iryna! Hörst du? Wir müssen! Wir haben nur noch diese Woche, sonst gibt es bald keine ...", endete Denys mitten in seinem Satz, als plötzlich Irynas Freund Ronny hinter dem schwarzen Vorhang der Bühne auftauchte.

„Na, auch schon fleißig?", fragte der Kellner aus dem argentinischen Steak-Restaurant „El Rancho" mit einem provozierenden Lächeln und tätschelte gefällig Irynas Hintern. Das tat er immer, wenn er sie sah. So markierte er sein Revier. Denn Iryna hatte viele Verehrer an Bord. Sogar einige Streifenhörnchen, wie man die 2-und-mehr-Streifen-Offiziere gerne nannte, waren darunter. Sie wusste, wie sie auf Männer wirkte. Iryna hatte lange blonde Haare, eine sportliche, normal große, für eine Artistin fast schon zu lange Körpergröße, einen knackigen Apfel-Po, schön geformte Brüste und eine kecke Zahnlücke zwischen den oberen Schneidezähnen. Doch ihre größte Stärke war neben ihrem geschmeidigen Gang ein Wimpernaufschlag, der Männer um den Verstand bringen konnte. Er weckte den Beschützerinstinkt, und gleichzeitig hatte er etwas Herausforderndes, das ihrem Gegenüber signalisierte, dass sie es faustdick hinter den Ohren hatte. Ja, Iryna war nie ein Kind von Traurigkeit gewesen, weder an der Artistenschule in Kiew noch am Royal National Theatre in London und erst recht nicht an Bord der Virgin of the Ocean.

„Ihr habt es echt gut – ihr dürft Sport machen und bekommt das auch noch gut bezahlt", sagte Ronny jetzt auf Englisch und zog sich mit einem Klimmzug am Trapez hoch, das mittlerweile ebenfalls von der Decke heruntergelassen worden war.

„Ey, das ist nichts für Anfänger oder Möchtegern-Sportler!", erwiderte Denys, der mittlerweile wieder stand und sein Gesicht mit einem Handtuch abtrocknete, und wollte sich an Ronnys Beinen festklammern. Doch der 32-Jährige hatte seine Beine wie bei einem Felgaufschwung längst hochgeschwungen und streckte sie nun zwischen Trapezstange und Oberkörper durch, um sich anschließend mit angewinkelten Beinen an der Stange festzuhalten, während er seinen Oberkörper kopfüber elegant nach hinten herunterhängen ließ.

„Da biste jetzt wohl baff?!" Ronny grinste Denys herausfordernd an und schwang sich wieder nach oben, während Denys nur anerkennend den Kopf nickte und sich dann über einen Flickflack aus dem Stand in den Spagat begab, um die Aufwärmübungen mit dem Dehnen der Innenseiten seiner Oberschenkel fortzusetzen.

Iryna hatte sich derweil den roten Schal um ihre Schultern gewickelt. Wie in der Show „Butterfly" sollte Denys auch jetzt in der Probe am anderen Ende des Schals ziehen, bis sie dann knapp 20 Meter über dem Boden schweben würde. Parallel dazu würde ein anderer Schal von der Kuppel heruntergelassen werden, den sie sich dann mit ihren Füßen krallen sollte, während sie sich aus dem ersten Schal herauswand, um sich anschließend komplett in den zweiten Schal einzuwickeln und wie ein Schmetterling im Kokon unter der illuminierten Kuppel zu hängen. Kurz vor dem Finale der Sänger und Tänzer würde sie sich dann beim letzten Paukenschlag der Musik auswickeln und in die starken Arme ihres Partners Denys stürzen, der vorab vom Held dieser Show aus einem dunkeln Gefängnis befreit wurde, um seine Liebste zu retten.

Doch anstatt Denys griff Ronny, der sich mittlerweile wieder vom Trapez gelöst hatte und mit einem Sprung auf einer Matte gelandet war, nach dem Schal und zog Iryna behutsam Meter für Meter nach oben. Er stoppte nach wenigen Metern, als er sah, dass seine Freundin unbeweglich und völlig apathisch mit ausgebreiteten Armen im Schal hing. Als hätte sie keine Lust, sich weiter aufzuwärmen.

„Was ist los?", fragte er und ließ sie genauso vorsichtig wieder herunter, wie er sie wenige Augenblicke zuvor hochgezogen hatte.

„Lass das", zischte sie und löste sich aus dem Schal, nachdem sie wieder festen Halt unter ihren Füßen hatte.

„Hast du dich nicht sicher gefühlt, oder war der Schal nicht fest genug gebunden?" Ronnys Stimme klang nach echter Besorgnis. „Du hättest doch was sagen sollen!"

„Die Jungs in der Regie!" Mit einer angedeuteten Kopfbewegung zeigte Iryna in Richtung des offenen Regieraums, von dem aus die Shows gefahren wurden und in dem auch jetzt ein Bühnentechniker am Technikpult für die Bühne saß und die Proben aus sicherheitsrelevanten Gründen überwachte. Erst vor zwei Monaten war bei den Proben zu einer anderen Show auf der Star of the Ocean ein Schaltuch gerissen, während eine Akrobatin darin eingewickelt gewesen war. Sie hatte sich gerade aus dem Schal nach unten fallen lassen wollen, als in dem Augenblick der Stoff nachgegeben hatte. Im letzten Moment konnte ihr der Bühnentechniker das Trapez herunterlassen, an dem sie sich dann festhalten und wieder sicher zurück auf den Boden gelangen konnte.

„Ronny, seit wann gehörst du zum Ensemble?", hörten sie wie zu erwarten war – die Stimme des Technikers über die Lautsprecher.

„Alles gut!" Ronny hob seine Hand und grüßte den Techniker, dann zog er Iryna mit sich hinter die Bühne.

„Was wolltest du eigentlich hier?", fragte sie und drehte eine Wasserflasche auf, die sie sich zuvor noch schnell geschnappt hatte, ehe Ronny und sie hinterm Vorhang verschwunden waren.

„Freust du dich nicht, mich zu sehen?"

„Doch!" Fast hätte sie sich verschluckt, so unerwartet kam seine Reaktion. Als Antwort drückte sie ihm einen dicken Kuss auf seine fleischigen Lippen. „Aber du weißt doch, Denys und die Technik-Jungs."

„Was ist mit Denys und den Technik-Jungs?"

„Ronny!" Iryna schnaufte übertrieben durch. War er tatsächlich so einfach gestrickt, wie er manchmal den Eindruck vermittelte, oder wollte er sie nur nicht verstehen?

„Sie sind schon alle sehr eifersüchtig auf dich." Auch wenn sich ihre Antwort sehr nach Eigenlob anhörte, so musste sie unumwunden zugeben, dass es sich auch genauso verhielt.

„Gut so. Und sie werden noch eifersüchtiger werden, denn ich komme gerade aus dem Büro." Ronny grinste sie feist an. „Ich hatte eine Online-Schulung am Computer und habe dort ein paar sehr interessante Sachen erfahren."

„Deshalb musstest du so früh raus." Iryna nahm einen weiteren Schluck aus der Flasche. Sie erinnerte sich, dass er bereits kurz vor sieben aus dem Bett gekrochen war, als sie sich noch mal umgedreht hatte, ehe sie ihm dann zwei Stunden später gefolgt war. Aus ihrer Sicht immer noch viel zu früh.

„Ich habe den Zugang geknackt." Wie ein kleiner Junge, der gerade sein erstes Tor geschossen hatte, strahlte er übers ganze Gesicht und hüpfte unruhig von einem Bein auf das andere.

„Du hast *was*?"

„Ja, ich habe jetzt alle relevanten Passwörter und Codes. Ab sofort können wir alle Filme kostenfrei schauen. Auch die der Paxe. Und da ist noch mehr möglich. Noch viel mehr. Ich sag nur freies Internet." Wieder grinste er vielsagend.

„Wie geil ist das denn!", sagte sie und erwiderte sein Lächeln mit einem intensiven Kuss. „Aber lass dich bitte nicht erwischen!" Jetzt war es plötzlich Iryna, die besorgt klang.

„Ich habe alle Spuren verwischt. Niemand wird etwas merken. Sehen wir uns später?" Er drückte sie fest an sich und küsste sie leidenschaftlich.

Sie nickte. „In einer halben Stunde?"

„Ich muss gleich beim Offiziers-Shaken aushelfen, und irgendwann muss ich mich auch noch mal bei meinen Eltern blicken lassen." Er atmete angestrengt durch.

„Das ist heute?" Iryna verzog enttäuscht das Gesicht.

„Ja, irgendwas ist gestern passiert, und man will die Gäste wohl auf andere Gedanken bringen." Ronny zuckte unwissend mit den Achseln.

Er erschrak, als er seine Freundin plötzlich zittern sah.

„Sie ist tot ..." Der zickige Unterton in Irynas Stimme war einer unheilvollen Angst gewichen.

„Wer ist tot?"

„Die Nonne!"

„Es sterben jeden Tag irgendwelche alte Menschen. Auch Nonnen ..."

„*Deine Nonne!*" Ronny sah seine Freundin mit durchdringendem Blick an.

„Vom Kloster?"

Erneut deutete sie nur ein Nicken an.

„Das kann nicht sein. Ich habe gestern noch ..."

„Gestern? Ronny! Gestern wurde sie gefunden, in der Kathedrale von Palma. Jemand hat sie ans Kreuz genagelt."

„Woher weißt du das?"

„Denys und ich ... Ach, ist auch egal. Ich habe sie gesehen. Jemand hat sie ermordet."

„Ermordet?"

„Wie kann man nur eine Nonne töten?", überging sie seine Nachfrage. „Das ist eine Sünde!"

Er küsste sie zärtlich. „Ich liebe deinen unzerstörbaren Glauben an das Gute und an die Kirche. Aber glaube mir, auch Nonnen sind nicht so heilig, wie sie immer gerne tun."

KAPITEL 11

„Hier ist dein Kaffee!" Mario Marin reichte seiner Frau Elke das zuvor von ihr bestellte Getränk. Es war kurz vor 11 Uhr und das Starbucks-Café an Bord der Virgin of the Ocean bis zum letzten Platz gefüllt. Seit sich das amerikanische Kaffee-Unternehmen auf die Schiffe der Star Lines eingekauft hatte, konnten die Gäste die bekannten Kaffeespezialitäten, die man in verschiedenen Größen und mit unterschiedlichen Geschmacksvariationen aus den Filialen an Land kannte, jetzt auch auf Kreuzfahrtschiffen genießen.

„Was ist das?", fragte Elke Marin schroff und schaute von ihrem Hochglanz-Magazin auf. Sie ahnte bereits das Schlimmste, wurde ihr bestelltes Getränk doch sonst meistens in einer Tasse und nicht in einem Glas serviert.

„Ein Latte macchiato", erwiderte Mario und setzte sich mit einem Glas Bier in der Hand neben seine Frau.

„Ich wollte einen Milchkaffee!"

„Ist das nicht dasselbe?"

„Nein, der Macchiato wird mit einem Espresso aufgegossen, der Milchkaffee mit Kaffee. Und außerdem weißt du doch, dass ich keinen Espresso vertrage. Der ist mir immer viel zu stark!"

„Und ich dachte, du hättest einen ..."

„Ja Mario, was du wieder gedacht haben willst. Warum fragst du mich dann eigentlich, ob du mir was mitbringen sollst, wenn ich mich am Ende doch selbst um mein Getränk kümmern muss?", zischte sie verärgert, und die Zornesfalte zwischen ihren Augenbrauen hatte mittlerweile eine tiefe Kerbe in die Haut geschlagen.

„Ich habe dir doch dein Getränk mitgebracht!", beharrte Mario.

„Das falsche!"

„Ich finde, du stellst dich an. Milchkaffee oder Latte. Ist doch beides Kaffee."

„Und du bist einfach ein ... Ach, vergiss es einfach", sagte Elke, dann steckte sie das Hochglanz-Magazin in ihre Handtasche, erhob sich von der Bank und lief zum Tresen hinüber.

„Wohin gehst du?", rief Mario seiner Frau hinterher, die, nachdem sie ihr neues Heißgetränk direkt beim Barista hinter der Theke geordert hatte, nun mit ihrem Milchkaffee in der Hand Richtung Theatrium lief, anstatt an den Tisch und damit zu ihrem Mann zurückzukehren. Ungläubig, was nun schon wieder los war, erhob er sich von seinem Platz, nahm sein Bier und ging ihr nach.

„Ich wollte doch zum Vortrag des Lektors", giftete Elke ihn an, als er sie eingeholt hatte. „Hörst du mir überhaupt zu?" Erneut schaute sie ihn mit einem eiskalten Blick an. „Komm jetzt! Ich will nicht schon wieder einen Vortrag verpassen. Aber du musst ja nicht, wenn du nicht willst."

„Ich habe doch gar nichts gesagt."

„Oh, schau, da hinten sitzt Heike!" Elke überging seinen Einwurf. Sie freute sich, ein ihr wohlgesinntes Gesicht zu sehen, und zeigte mit einer Kopfbewegung zu ihrer Schwägerin hinüber, die auf der anderen Seite des Theatriums saß und ihnen zuwinkte.

„Ich habe euch einen Platz freigehalten", begrüßte Heike die Marins, dann stand sie auf und umarmte erst Elke und anschließend Mario. „Schön, euch zu sehen!"

„Wow, ist das voll hier! Ist das immer so?", fragte Elke, für die der Besuch des Destinations-Vortrags zu Rom eine Premiere war, da beide Paare die Ausführungen des Lektors zu ihrem morgigen Ziel Korsika und Ajaccio am gestrigen Abend leider verpasst hatten. Der Schiffsrundgang mit den Gastgebern, ein ausgiebiges Abendessen im Buffet-Restaurant „Große Freiheit" und das Auspacken der Koffer hatten am Ende doch viel länger gedauert, als sie eigentlich eingeplant hatten, sodass sie den Vortrag dann verpasst hatte.

„Ja, diese Vorträge sind immer sehr interessant. Man bekommt da richtig Lust auf die Orte und Häfen, die wir anlaufen."

„Wie lange sitzt du denn schon hier?"

„Seit den ..." Heike stockte.

„Heike?", wandte sich jetzt Mario an seine Schwägerin.

„Seit den Proben für die Show", brachte sie nun im zweiten Anlauf ihren angefangenen Satz zu Ende.

„Und wo ist Uwe?"

„Der wollte unbedingt zum Shuffleboard. Das macht er immer, wenn wir an Bord sind. Das gehört für ihn zu einer Kreuzfahrt einfach dazu." Sie lächelte gequält. „Meins ist das nicht."

„Du bist ja ganz weiß im Gesicht. Soll dir Mario mal was zum Trinken holen?"

Heike schüttelte den Kopf. „Nein, nein, es geht schon. Aber diese Proben haben irgendetwas in mir ausgelöst. Ich weiß auch nicht." Heike zuckte niedergeschlagen mit den Schultern. „Habt ihr sie gesehen?"

„Hast du etwa mitgemacht?", fragte Mario mit einem Grinsen, um die angespannte Situation ein wenig aufzulockern, und trank sein Bierglas in zwei großen Zügen aus.

„Mario, was soll das?", zischte seine Frau und boxte ihm empört in die Seite. „Siehst du nicht, dass es Heike gerade nicht wirklich gut geht?"

„Ich wollte doch nur ..."

„Lass den Blödmann, Heike. Aber nein, wir haben die Proben nicht gesehen."

„Vielleicht reagiere ich gerade auch nur etwas überempfindlich. Aber als ich Ronny da auf der Bühne gesehen habe, wie er die Frau ..."

„Du hast Ronny schon gesehen?" Elke schaute Heike ungläubig an. „Warum hast du nichts gesagt? Dann wären wir auch zu euch gekommen und hätten ihm Hallo gesagt!" Elke freute sich für ihre Schwägerin, die gestern ebenfalls nicht mehr dazu gekommen war, ihren Sohn, der als Kellner an Bord arbeitete, zu begrüßen. Ein zusätzlicher Crew-Drill im Anschluss an die Seenotrettungsübung, ein langer Dienst bis nach Mitternacht im Steak-Restaurant „El Rancho" – wie er ihnen per WhatsApp mitgeteilt hatte – und übermüdete Eltern, die bereits kurz nach 22 Uhr nach einem mehr als ereignisreichen Tag ins Bett gegangen waren, hatten ein erstes Familien-Treffen am gestrigen Anreisetag unmöglich gemacht.

„Was?" Heike war wie weggetreten. „Es war alles so seltsam, wie die Frau da so in ihren Schal gewickelt über der Bühne schwebte. Ich bin irgendwie total überfordert gewesen, dass ich gar nicht mit ihm gesprochen habe. Nicht mal begrüßt habe ich ihn." Heike fiel plötzlich in sich zusammen und unterdrückte ein erstes Schluchzen. „Dabei hatte ich mich so gefreut, als er plötzlich auf der Bühne aufgetaucht war."

„Und du hast dich nicht bemerkbar gemacht?" Elke konnte immer noch nicht glauben, was sie da gerade gehört hatte. So kannte sie ihre Schwägerin gar nicht, die eine überbehütende Glucke war und für gewöhnlich alles für ihr einziges Kind tat. Die sogar alles durchgehen ließ, nur damit es ihrem Sonnenschein gut ging. Und die ihn sogar dann noch in Schutz nahm und für ihn einstand, wenn kein anderer es mehr tat.

„Nein, es war dieses Bild, wie er die Frau hochzog. Ich war wie gelähmt."

„Gehört er zum Show-Ensemble?", fragte jetzt Mario interessiert, der seinen Neffen bisher nicht als besonders kunstaffin eingeschätzt hätte.

Heike schüttelte schwach ihren Kopf. „Ich glaube nicht. Aber wie die Frau da so schwebte, mit ausgebreiteten Armen, da musste ich wieder an die gekreuzigte Nonne denken, die wir gestern über dem Altar gefunden haben."

„Hey, alles wird gut, Liebes!" Elke, die bisher die ganze Zeit gestanden hatte, setzte sich jetzt direkt neben ihre

Schwägerin und drückte diese fest an sich, während sie ihr beruhigend über den Rücken streichelte.

„Nichts ist gut, Elke. Es war nicht *irgendeine* Nonne, die da hing. Es war *die Nonne* aus dem Kloster. Das hat gestern dieser Kommissar in Palma erzählt."

„Aus welchem Kloster?"

„Wo Ronny gelebt hat."

„Er hat in einem Kloster gewohnt?" Mario hatte immer stärker das Gefühl, dass sein Neffe und der Mensch, von dem Heike die ganze Zeit erzählte, zwei völlig verschiedene Personen waren. Zumal er wusste, dass die Familie Freitag und vor allem Ronny alles andere als gläubig waren und lieber einen weiten Bogen um Kirchen und Gotteshäuser machten, als freiwillig in ein Kloster zu ziehen.

„Er war doch ein Jahr als Animateur auf Mallorca, wie ihr wisst. Aber er bekam nirgendwo eine bezahlbare Bleibe. Also hat er sich bei den Nonnen einquartiert. Ihr Kloster liegt ja mitten in Palma, also waren die Hotels am Ballermann, für die er arbeitete, von da aus gut zu erreichen."

„Und die Nonnen haben ihn aus Nächstenliebe bei sich wohnen lassen?"

„Er bekam freie Kost und Logis. Dafür musste er bei den Nonnen mitarbeiten, mal einen tropfenden Wasserhahn reparieren, neue Glühbirnen einsetzen, den Rasen mähen. Eben kleine Handwerksarbeiten verrichten. Und ich glaube, die Zeit hat ihm ganz gutgetan. Bis … "

„Er macht dort den Hausmeister, und bei euch hat er es nicht mal geschafft, den Müll rauszubringen?" Auch Elke kam aus dem Staunen und Sich-Wundern nicht mehr heraus.

„Es sind doch Kinder. Aber du kannst das nicht verstehen."

„Nur weil ich kein eigenes Kind habe?"

„Elke, lass sie doch ausreden", musste Mario gegen den plötzlich einsetzenden Applaus anschreien, der um sie herum aufbrandete. Der Lektor – irgendein Doktor der Geschichte, mehr hatte er nicht mitbekommen – hatte gerade die Bühne betreten und begrüßte nun das gefühlt halbe Schiff zu seinem heutigen Vortrag über Rom. Alle Sitzbänke auf den drei Decks, wie Mario mit einem kurzen Blick feststellen konnte, waren besetzt. Auch hinter den Bänken standen die Menschen mittlerweile in größeren Gruppen, saßen – ohne Blickkontakt zur Bühne – in den weiter entfernten Lounge-Sesseln der Cafés oder standen in Zweier-Reihen auf den Stufen der breiten Treppen zu den Decks und lauschten den Erläuterungen über Land und Leute.

„Was meinst du mit *bis*?", setzte Elke nach, die sich nach der kurzen Spitze ihrer Schwägerin wieder beruhigt hatte.

„Na ja, bis dann die ganze Sache aufgeflogen ist. Vielleicht habt ihr davon gehört. Das Kloster, das seine eigenen Kunstschätze gestohlen hat, um sich mit den erzielten Einnahmen auf dem Schwarzmarkt über Wasser zu halten. Es sollte ja geschlossen werden", flüsterte Heike. Sie wollte keinen der um sie herum sitzenden oder stehenden Gäste mit ihren Erzählungen stören. Aber vor allem hatte sie nicht vor, *das* Gesprächsthema für die nächsten sieben Tage zu sein.

„Ja, das lief bei Brisant und sogar beim MDR in den Nachrichten. Und das war *das* Kloster?" Weiter brauchte

Elke nicht nachzuhaken, als sie sah, dass Heikes Gesichtsfarbe immer blasser wurde.

Sie nickte, dann kramte sie ein Taschentuch aus ihrer Jeans und schnäuzte sich, in der Hoffnung, ihre Fassung zurückzugewinnen. „Die Nonnen haben ihn verraten und dafür gesorgt, dass er ins Gefängnis kam."

„Verraten?"

„Als der getürkte Diebstahl aufflog, da sagten sie, Ronny wäre der Dieb gewesen, der alles alleine geplant hätte, um seine Schulden zu begleichen."

„Ronny hatte Schulden? Du hast nie etwas davon erzählt ..." Elke Marin verzog angewidert das Gesicht, als hätte Heike Freitag von einer übertragbaren Seuche gesprochen, die schon alleine durch die Erwähnung von einem Menschen auf den anderen überspringen würde.

Heike deutete ein bedauerndes Achselzucken an. Dann setzte erneut ein verzweifeltes Schluchzen ein. Sie ahnte, dass sie die Tränen nicht mehr lange zurückhalten konnte.

„Ja, er hat bei einem Online-Spiel mitgemacht. Und am Anfang auch gewonnen. Bis die Wetteinsätze immer höher wurden, er aber im Gegenzug immer mehr verlor."

Wie das immer so ist, ergänzte Elke in Gedanken und sie wusste gerade nicht, wen sie mehr bemitleiden sollte: ihre Schwägerin für einen solchen Sohn oder ihren Neffen für seine Dummheit.

„Nur der Bischof hat an ihn geglaubt. Er hat ihn nach zwei Tagen aus dem Gefängnis geholt und ihn begnadigt, unter der Bedingung, dass er mithelfen würde, den gesamten Kirchenschatz wieder zurückzubringen, der ja dem Bistum gehört und nicht dem Kloster."

„Eine unglaubliche Geschichte. Und da soll noch einer sagen, bei uns in Gotha würde nichts Aufregendes passieren, wenn unser Neffe, ein Gothaer Jung, derweil in einem mallorquinische Knast sitzt, weil er das Altargold katholischer Nonnen rauben sollte."

„Ja, wir konnten es auch erst nicht glauben."

„Hat euch Ronny nicht angerufen, als er im Gefängnis saß? Die dürfen doch immer einen Anruf tätigen", hakte Elke mit fragendem Blick nach. Mehr und mehr reifte in ihr der untrügerische Eindruck, dass Heike nicht die ganze Wahrheit erzählte.

„Wir haben die ganze Geschichte auch erst im Nachhinein erfahren. Ronny hat uns vor Kurzem alles erzählt, als er vor dem Sicherheitstraining fürs Schiff bei uns zu Hause war."

„Und wegen dieser Geschichte soll er die Nonne umgebracht haben? Aus Rache?", kam nun Mario wieder auf den Grund zurück, warum Heike seit fast zehn Minuten wie ein Schluck Wasser in der Kurve auf ihrem Platz saß und sich abwechselnd krampfhaft an ihrem Taschentuch festhielt, an ihrem Ehering herumspielte oder verlegen zu Boden schaute.

„Ich weiß es nicht", schaffte Heike es gerade so, diese vier Worte herauszupressen, ehe ihre Stimme komplett erstarb. Sie räusperte sich mehrfach, bis ihre Stimme wieder einigermaßen stabil klang. Dann ergänzte sie: „Sie haben ihm ja auch einen Anteil versprochen. Rund 25.000 Euro.

Der war natürlich weg, nachdem der fingierte Diebstahl aufgeflogen war."

„Ich kann verstehen, dass du als Mutter da besonders besorgt bist. Aber ich glaube kaum, dass unser Neffe eine Nonne tötet, nur weil die ihn ans Messer geliefert und ihm seine versprochenen Anteil nicht ausbezahlt haben. Ronny ist schlau genug zu wissen, dass das dumm gelaufen ist. Und dass man sich wegen einer solchen Dummheit nicht sein ganzes Leben zerstört", sagte Elke und tätschelte wie zur Bestätigung ihrer Worte Heikes Knie.

„Ihr kennt eben nur die eine Seite." Heikes Augen funkelten finster. „Er ist schnell aufbrausend, wenn er etwas nicht bekommt. Und dann will man ihn nicht zum Feind haben. Wenn man nicht für ihn ist, dann ist man gegen ihn. Und das ist noch keinem gut bekommen. Ich habe einfach nur Angst, dass er etwas Dummes getan hat. Eine Kurzschlussreaktion." Und es wäre ja nicht die erste gewesen, erinnerte sie sich. Damals war das auch schon so gewesen, als ihr Sohn die Haare einer Betreuerin in der Ferienfreizeit im Erzgebirge angezündet hatte, nur weil sie sich über sein Schwänzchen, das er sich damals unbedingt hatte wachsen lassen wollen, lustig gemacht hatte.

„Heike, jetzt beruhig dich doch erst mal. Am besten sprichst du nachher in Ruhe mit Ronny, und dann wird sich schon alles klären lassen." Elke merkte, wie naiv sich ihre Worte angehört haben mussten. Als ob ein junger Mann, der anscheinend zu allem fähig sein konnte, unumwunden zugeben würde, eine Nonne gekreuzigt und über dem Altar der Kathedrale von Palma aufgehängt zu haben.

„Ich glaube, ihr habt recht. Was bin ich für eine Mutter, die so etwas von ihrem eigenen und einzigen Kind denkt." Heike versuchte, sich zu einem ehrlichen Lächeln aufzuraffen, das dankenswerterweise von ihrer Schwägerin und ihrem Schwager erwidert wurde.

„Und außerdem wollten wir ja auch dem Lektor zuhören und uns auf Rom einstimmen."

Aber sosehr sie sich auch bemühte, den Ausführungen über die Ewige Stadt zu folgen, sie musste immer wieder an das Bild der Artistin denken, das dem der Nonne am Kreuz zum Verwechseln ähnlich gewesen war.

Doch das Schlimmste war, dass sie ein ganz anderes Motiv nicht mehr aus ihrem Kopf bekam. Ja, Ronny war als ehemaliger Ringer äußerst gelenkig, und er war auch mit Anfang 30 immer noch in bester körperlicher Verfassung. Aber war er auch fähig zu einem Mord?

Kapitel 12

„Du hast das Beste gerade verpasst, Kerstin", sagte Miryam und schob vielsagend ihren rechten Mundwinkel nach oben, dann reichte sie Kerstin ein Glas Champagner.

„Waren die Gläser heute Morgen beim Frühstück nicht noch aus Glas?", wunderte sich Kerstin, prostete Miryam zu und nahm einen ersten Schluck.

„Ja, aber aus Sicherheitsgründen sind die Gläser in den Außenbereichen aus Plastik", erklärte Miryam und stieß mit ihr an. „Es soll sich ja niemand verletzen. Übrigens, dein Rock gefällt mir, steht dir gut", bemerkte Miryam, nachdem sie in ihrer typischen Art ihr Gegenüber mit einem kurzen Blick von oben bis unten gescannt hatte. Wie immer äußerst unauffällig und für den anderen kaum wahrnehmbar. Und doch besaß Miryam die Gabe, allein mit diesem kurzen visuellen Abtasten die Gefühlslage des anderen nur über dessen Äußeres, den Stil der Kleidung bis hin zu Gestik und Mimik genau zu erfassen.

Kerstin fühlte sich unwohl in ihrer ausgeschnittenen Carmen-Bluse, dem schwarzen, weit ausgestellten Faltenrock, der gerade so knapp die Knie bedeckte, und den Plateau-Sandalen aus Leder. Die meisten Gäste, die gerade das Pooldeck bevölkerten und ihren Urlaub in vollen Zügen zu den besten Sommer-Hits der vergangenen 30 Jahre genossen, hatten einzig die offenen Schuhe, die Son-

nenbrille und die an einem Band um den Hals hängende
Bordkarte mit ihr gemein.

„Warum hast du mir nicht gesagt, dass es hier legerer
zugeht", sagte Kerstin und musste sich blitzschnell an
Miryam festhalten, als ein kräftiger Mann mit nacktem
Oberkörper und einem gehörigen Bauchumfang meinte,
schneller zu seinem nächsten Cocktail zu kommen, wenn
er Kerstin einfach umlief.

„Hey! Passen Sie doch auf!", schrie Kerstin dem Mann
hinterher, der entweder ihre Worte nicht gehört hatte oder
einfach keine Anstalten machen wollte, sich bei ihr zu
entschuldigen. Wie er so trugen die meisten männlichen
Gäste in mehr, meistens aber weniger Stoff ihre Männlich-
keit zur Schau, während einige Damen wenigstens den
Versuch unternommen hatten, mit Tüchern oder Strand-
kleidern mehr Haut zu verdecken als zu zeigen.

Fast alle Gäste hatten mindestens ein Getränk in der
Hand oder besorgten sich gerade einen neuen Cocktail an
den unzähligen Tischen, hinter denen die in Weiß geklei-
deten Offiziere, fast alle mit zwei und mehr Streifen deko-
riert, Cocktails mixten, Obstdekorationen schnitzten oder
laut mitsingend gefüllte Shaker durch die Luft wirbelten,
um sich dabei dann auch noch mit den Passagieren fotografieren zu lassen.

„Ich bin leger gekleidet", erwiderte Miryam. Sie trug
einen dunkelblauen, sommerlich-leichten Jumpsuit, haut-
farbene Lack-Pumps und den dazu passenden Gürtel, der
lose in Hüfthöhe um ihre schmale Taille hing. Sie hatte
nur ein zartes Make-up aufgelegt, da ein großer Teil ihres
Gesichts von einer Sonnenbrille verdeckt wurde, und ihre

Haare waren zu einem kleinen Pferdeschwanz zusammengebunden.

„Miryam, wir sehen aus ...“

„... als würden wir zu einer Cocktailparty gehen. Aber wenn du lieber im Bikini vor deinem Kapitän herumhopsen möchtest, dann ...“

„Ein herzliches Willkommen bei uns an Bord.“

Kerstin hätte sich fast verschluckt, als plötzlich Hauke neben ihr stand. In weißer Uniform, weißer Mütze und vier goldenen Streifen auf den Schultern. Mit einem Lächeln streckte er erst Miryam und dann Kerstin zur Begrüßung seine Hand entgegen.

„Du ... Sie sind ...“, stammelte Kerstin und versuchte, mit einer Serviette den Champagner abzutupfen, der ihr nach ihrer überraschten Reaktion übers Kinn gelaufen war.

„Das ist Jan Fries, mein Seco. Unser Security Officer.“

„Guten Tach!“, begrüßte nun der andere Mann, der plötzlich neben Hauke aufgetaucht war, die beiden Frauen. Er war einen guten Kopf kleiner als der Kapitän, dafür deutlich kräftiger und wirkte alles in allem bodenständiger. Er hatte markante Gesichtszüge, großflächige Tätowierungen auf den Oberarmen, die durch die Ärmel seines Kurzarmhemds schimmerten, und einen leichten Bauchansatz, der die beiden Knöpfe in Höhe des Bauchnabels gefährlich nach außen spannte. Eine Tüte Chips oder eine Tafel Schokolade mehr, und sie würden sich als Geschosse katapultartig von seinem Hemd verabschieden.

„Und ich bin Ihr Kapitän, Hauke, Hauke Jensen. Prost.“

Hauke nahm sein Glas und prostete Miryam zu, ehe er sich dann Kerstin zuwandte und auch mit ihr anstieß.

„Ich hoffe, es gefällt Ihnen bei uns an Bord." Auch wenn er damit beide Frauen angesprochen hatte, so ruhte sein Blick allein auf Kerstin, und sie spürte, wie plötzlich eine überbordende Wärme ihren Körper von innen heraus erfüllte. Ich darf keinen Alkohol mehr trinken, schwor sie sich, nahm den Deckplan, den sie sich am Morgen als Orientierungshilfe an der Rezeption geholt hatte, und fächelte sich Luft zu.

„Das kann ich noch nicht sagen", antwortete sie wahrheitsgetreu. „Ich kann noch nicht alles so richtig einordnen", schob sie schnell hinterher und taxierte dabei Hauke. „Manches offenbart sich erst auf den zweiten Blick."

„Wir brauchen auch immer ein, zwei Tage, bis wir wieder drin sind und wissen, wie was läuft", antwortete nun der Seco, der damit seinem Chef zuvorkam. „Aber wenden Sie sich gerne an mich ..., an uns, wenn Sie Fragen haben. Sie haben Urlaub, und wir wollen Ihnen die Zeit an Bord unserer schönen Lady so angenehm wie möglich machen."

„Du scheinst ja mächtig Eindruck hinterlassen zu haben", sagte Miryam, nachdem sich Hauke und Jan von ihnen verabschiedet hatten und nun weiter ihre Runde übers Pooldeck drehten.

„Quatsch ...", erwiderte Kerstin und schaute den beiden Männern nach.

„Wer so vehement schulterfrei leugnet ..."

„Es ist Sommer, und ich bin doch blass genug. Wie viel Sonne hatten wir schon dieses Jahr in London? Also ein bisschen Farbe tut meiner Haut ganz gut."

„Wenn du es sagst."

„Miryam, das Ende meiner letzten Beziehung liegt noch nicht so lange zurück, und eigentlich bin ich auch noch gar nicht ganz über ihn hinweg. Also was will ich da mit einem neuen Mann, der vielleicht Frau und Kinder hat, die irgendwo darauf warten, dass er endlich wieder nach Hause kommt? Außerdem, was soll ich überhaupt mit einem Kapitän? Ich lebe in London, er auf dem Meer. Und heißt es nicht, in jedem Hafen hat ein Seemann eine Braut?"

„Kerstin, genieß es doch einfach. Dass sich manche Frauen auch immer über alles einen Kopf machen müssen. Und wenn sie alles ausgelotet haben, warum wieso weshalb, dann ist der Moment längst vergangen und sie können sich wieder ärgern, warum wieso weshalb er sich nicht gemeldet hat."

„Nicht jeder ist so abgeklärt und cool wie du."

„Ich erwarte eben nichts, aber gönne mir alles."

„Dann gönn du dir doch den Kapitän. Bitte, er gehört dir."

„Ich kämpfe nicht um Aufmerksamkeit."

Du hast sie ja auch, dachte Kerstin und schalt sich für diesen gehässigen Gedanken, der aber leider viel Wahrheit in sich trug, was es irgendwie alles noch schlimmer machte.

„Sein Interesse galt dir. Also have fun. Mein Augenmerk gilt gerade einem komplexen geschäftlichen Unterfangen, das meine volle Konzentration verlangt. Wenn das abgeschlossen ist, dann kann ich auch mal wieder über andere Dinge nachdenken."

„Männer sind also Dinge, soso." Kerstin sah ihre Freundin über ihr Champagnerglas hinweg an, die den kleinen

Seitenhieb aber nicht kommentierte, sondern stattdessen auf ihre Armbanduhr schaute.

„Ich bin dann wieder auf der Kabine. Sehen wir uns später?"

„Klar! Wollen wir um 19 Uhr essen gehen? Ich hole dich dann ab, mache mich etwas frisch, und dann können wir los. Einverstanden?"

„Dann bis später", sagte Miryam und reichte Kerstin das halb leer getrunkene Glas.

„Soll ich Ihnen die Gläser abnehmen, oder kommt Ihre Begleitung noch wieder?"

„Es sieht nicht so aus. Sie muss noch arbeiten", antwortete Kerstin, dieses Mal weit weniger überrascht, von Hauke angesprochen zu werden, als vorhin und stellte die Gläser auf einem nur wenige Meter entfernten Bistrotisch ab. Auch wenn sie es eigentlich sehr schätzte, wenn ein Mann Manieren zeigte, einem die Tür aufhielt oder wie gestern Abend ein Getränk mitbrachte, so wollte sie augenblicklich Hauke nicht das Gefühl geben, dass er sie widerstandslos um den Finger wickeln konnte. Er hatte sie bewusst getäuscht. Oder war ihr gegenüber zumindest nicht so offen gewesen, wie sie es erwartet hatte.

„Arbeiten? An einem Sonntag? Auf einem Kreuzfahrtschiff?"

„Miryam arbeitet eigentlich immer. Man merkt es nicht immer, zumindest meistens nicht, aber irgendwie ist sie immer busy. Eine schnell geschriebene Mail hier, ein kurzer Anruf dort, und manchmal erwischt man sie und sie ist mit den Gedanken gerade bei einem Kunden anstatt Teil der mit ihr geführten Unterhaltung."

„Das klingt ganz schön anstrengend."

„Ja und nein. Ich bin ihre Freundin, nicht ihr Partner. Jeder hat seine eigenen Freiräume, ohne sich diese krampfhaft erkämpfen zu müssen oder dem anderen auf die Füße zu treten, weil man gerade lieber allein sein möchte. Aber als ihr Ehemann hätte ich sie schon mehrfach ermordet ... Das war jetzt unbedacht."

„Wegen der Nonne?"

Kerstin nickte. „Irgendwie verfolgt das einen."

„Sie haben Urlaub."

„Waren wir nicht beim Du, oder beginnen wir jetzt noch mal von vorn, nachdem du ja gestern Abend anscheinend inkognito unterwegs gewesen bist?"

„Ich wollte dich nicht verärgern oder bloßstellen oder dir gar verheimlichen, wer ich bin und was ich hier mache. Irgendwie habe ich es gestern versäumt, mich richtig vorzustellen, weil ich aber auch dachte, du wüsstest, wer ich bin."

„Nein, woher sollte ich?"

„Von der Ahnengalerie an der Rezeption, der Offiziersvorstellung im Theatrium oder der Poolparty gestern Abend."

„Mir gefiel der Hauke gestern Abend besser."

„Weil ich gestern keine Uniform trug? Ich versuche mich immer mal unter die Gäste zu mischen und einfach zu hören, was sie bewegt. Wo wir Dinge verbessern können. Das klappt nicht, wenn ich eine Uniform trage und mir jeder die Tür öffnet, ein Getränk ausgeben will oder ein Autogramm in sein Logbuch geschrieben haben möchte. Kleider machen Leute, keine Frage. Aber es verändert die, die die Kleider sehen."

„Nein, es ist nicht die Uniform. Es war gestern lockerer, entspannter, zwangloser. Jetzt weiß ich, wer du bist und was du hier machst."

„Und du willst auch ein Autogramm."

Beide mussten lachen.

„Du bist einfach nicht mehr Hauke. Du bist der Kapitän. Das ist etwas anderes."

„Ach, und der Kapitän ist ein Obermotz, der sich nur wichtig macht und wie ein aufgeplusterter Gockel übers Deck läuft? Hey, ich bin ganz normal, aus Fleisch und Blut, mit Ecken und Kanten, wie jeder andere Mensch auch."

„Woher kennst du das Wort Obermotz? Das ist Berlinerisch." Kerstin war mehr als beeindruckt.

Doch Hauke ging nicht weiter darauf ein: „Ich muss leider wieder. Nicht nur deine Freundin arbeitet an Bord. Auch der Kapitän." Er nahm ihre Hand und drückte sie sanft.

„Bist du denn immer Kapitän, oder hast du auch mal frei?" Du wagst dich ja schön weit raus, Kerstin!

„Auch der Kapitän darf mal raus, wenn du das meinst."

„Ich habe da einige Tipps zu Ajaccio bekommen, wo man einen guten Kaffee trinken kann beispielsweise." Sie zwinkerte ihm zu.

„Richtig, da war ja was. Ich schaue mal, was mein Dienstplan so sagt, und ich melde mich, versprochen? Ich weiß ja, wo du wohnst und wo du herkommst – nicht nur auf dem Schiff."

„Ach?" Kerstin schaute ihn halb überrascht, halb erwartungsvoll an.

„Tja, das hättest du jetzt wohl nicht gedacht, oder? Aber ja, der Kapitän interessiert sich für seine Gäste. Für manche mehr, für manche weniger." Jetzt war es Hauke, der mit einem schelmischen Blick vielsagend zwinkerte. „Ich möchte eben immer ganz genau wissen, wen ich als Gast an Bord habe", sagte er mit gedämpfter Stimme und strahlte sie aus warmen Augen heraus an, während Kerstin spürte, wie sich seine Hand erst jetzt langsam von ihrer löste.

KAPITEL 13

„Gute Show!", sagte Damian Wehling, stellte das Tablett vor sich ab und setzte sich an den Tisch, an dem bereits Iryna Kowalenko saß und lustlos mit der rechten Hand in ihrem Salat stocherte, während sie mit der anderen Hand auf ihrem Handy herumtippte.

„Danke", erwiderte sie, ohne aufzuschauen.

Die Crew-Messe war um diese Uhrzeit gut besucht. Es war kurz nach 21.30 Uhr, und immer mehr hungrige Crew-Mitglieder strömten in das Restaurant auf Deck 3, das ausschließlich der Crew, Gastkünstlern und externen Dienstleistern vorbehalten war.

Die ersten Departements hatten um diese Uhrzeit bereits Feierabend, und wer es nicht vor dem Dienst geschafft hatte, schnell etwas essen zu gehen, der bediente sich nun am reichhaltigen Buffet, an dem man zwischen der europäischen, der philippinischen, der indischen und der indonesischen Küche wählen konnte. Dazu gab es auch immer Nudeln und mindestens zwei verschiedene Saucen, eine Salattheke, Brot und Aufschnitt und eine Dessertauslage. Die Reederei hatte mit den neuen Schiffen das gastronomische und kulinarische Konzept nicht nur bei den Passagieren ausgebaut. Auch unter Deck gab es eine breit gefächerte Auswahl, die an die Gewohnheiten der vier Regionen, aus denen die meisten Mitarbeiter kamen, angepasst war. Frisch, abwechslungsreich, und das an 16 Stunden am Tag – so lautete die neue Devise, die der Vorstandsvorsitzende der Reederei Star Lines höchstpersönlich auf einer Mitarbeiterversammlung in Hamburg verkündet hatte.

„Du trägst ja noch dein Make-up", bemerkte Damian mit vollem Mund und schaufelte sich einen weiteren Löffel mit Kartoffelpüree in den Mund. Anders als Iryna, die ausschließlich kohlenhydratfrei aß und sich meistens für gedünsteten Fisch, weißes Fleisch oder wie heute Abend für einen kleinen Teller Rohkost – nur mit Essig und Öl beträufelt – entschied, hatte er zwei Scheiben Rinderbraten, Wurzelgemüse und einen ordentlichen Schlag Püree auf dem Teller liegen.

„Ich kam zu spät und hatte keinen Bock zu warten. Also bin ich schon runtergegangen. Abschminken kann ich mich ja immer noch. Ich wollte ein bisschen für mich sein."

„Musst du nicht gleich noch mal raus?"

„Nein, nur die Tänzer. Ich habe frei." Sie gähnte gelangweilt.

„Ich habe gleich Late-Night-Auktion. Ich muss mich beeilen." Er schlang einen weiteren Bissen hinunter. „Und mich ja nicht vollsauen", ergänzte er kräftig kauend und machte eine Kopfbewegung, die seinen gesamten Körper erfassen sollte. Damian war bereits für seinen Auftritt als Auktionator eingekleidet. Wie immer trug er einen eng sitzenden, schwarzen Anzug, dazu ein weißes Hemd und schwarze Lackschuhe. Als i-Tüpfelchen hatte er sich auch heute eine knallrote Fliege umgebunden, mit der er während der Auktion gerne spielte, um die Spannung der letzten Sekunden vor dem finalen Hammerschlag für sich auszukosten, was mindestens ein Gast jedoch nicht schaffte und abermals das Gebot erhöhte.

„Und bin müde." Iryna gähnte erneut und reckte ihre Arme weit auseinander. Dabei rutschte ihr die Jacke, die sie sich nach der Show nur schnell übergeworfen hatte, von ihrem Oberarm. Sie erschrak, als Damian plötzlich den Löffel auf den Teller fallen ließ.

„Hat er dir das angetan?" Entsetzt zeigte er auf ihren linken Oberarm.

„Was?" Irritiert folgte sie seinem Blick. „Nein, das war der Schal. Ich habe ihn mir zu fest um die Arme gebunden."

„Und warum ist dann nichts am anderen Arm?"

„Ach Damian, was weiß ich. Ist doch auch egal."

„Nein, ist es nicht. Er war's, stimmts?"

„Nein, war er nicht."

„Doch, ich weiß, dass er es war. Warum beschützt du diesen Wichser eigentlich noch?"

„Weil ..." Iryna stoppte mitten im Satz, als sie sah, wer sich gerade ihrem Tisch näherte.

„Würdest du dich bitte von meiner Freundin entfernen?" Ronny Freitag packte Damians Schulter und wollte ihn hochziehen. Doch der kräftige Galerist schlug mit einer schnellen Bewegung die Hand von seinem Körper und widmete sich wieder dem Rinderfilet auf seinem Teller.

„Ich esse, wie du siehst. Und musst du nicht noch die Steaks für deine Gäste streicheln? Ich sollte vielleicht mal beim Restaurantleiter anrufen. Nicht, dass sie dich noch suchen."

„Auch wenn es dich nichts angeht: Ich wollte nur mal kurz nach meiner Freundin sehen, dann bin ich auch schon wieder oben."

„Du meinst wohl *meine* Freundin, bevor du sie mir ausgespannt hast!"

„Heul doch, Pinsellecker", sagte Ronny und wollte sich gerade neben Iryna an den Tisch setzen, als Damian ruckartig aufsprang. Dabei stieß er den Stuhl hinter sich weg, der polternd in den Gang zwischen den Tischreihen fiel, und stürzte sich auf seinen Kontrahenten. Durch den Schwung fielen beide auf den Nachbartisch, der krachend in sich zusammenfiel. Einige Kollegen, die am nächsten Tisch gesessen hatten, hatten ihre Plätze überstürzt verlassen und standen nun um die beiden Raufbolde herum, die abwechselnd versuchten, mit Faustschlägen und Tritten die Oberhand zu gewinnen. Wie bei Gaffern nach einem tragischen Verkehrsunfall auf der Autobahn wurden bereits die ersten Handys gezückt, um für die sozialen Netzwerke alles festzuhalten.

„Ich zeig dir, wer hier der Pinsellecker ist", keifte Damian. Er schaffte es gerade, einem Faustschlag auszuweichen und Ronny in den Schwitzkasten zu nehmen, als unvermittelt die andere Faust des Kellners in seinen Magen donnerte.

„Hört sofort auf!", schrie Iryna hysterisch. Sie war mittlerweile ebenfalls aufgesprungen und versuchte nun, Damian von Ronny wegzuzerren.

„Scheiße! Er blutet!" Sie sah, wie der erste Schwall Blut von Damians Unterlippe auf sein Hemd, Ronny und den Boden lief.

„Ronny! Damian!", kreischte sie und zog nun an ihrem Freund, der sich in einer Rolle mit seinem Gegner gedreht hatte und jetzt auf Damian saß. Er wollte gerade ausholen, als plötzlich jemand von hinten seinen Arm ergriff und wie in einer Schraubzwinge festhielt.

„Ey, auseinander, aber sofort! Ihr seid wohl verrückt geworden, oder soll ich euch direkt in einem Beiboot aussetzen?", schrie der Seco, dann packte er Ronny und zerrte ihn in einen Zwischengang, ehe er Damian mit einem unsanften Griff zurück auf die Beine half, während Iryna, eine Serviette auf seine Lippen drückte, um so den Blutfluss zum Stoppen zu bringen.

„Habt ihr sie noch alle? Kloppt euch wie zwei Saufbrüder um eine Flasche Schnaps? Das wird ein Nachspiel haben, habt ihr mich verstanden?! Ich dulde keine Gewalt auf meinem Schiff", sagte er mit lauter Stimme, um dann in Englisch fortzufahren: „So, und ihr anderen, essen oder gehen, ist das klar? Und alle Bilder oder Filmchen werden gelöscht. Und wenn ich nur ein Bild oder einen Clip bei Facebook oder Twitter sehe, dann war's das. Ist das bei jedem angekommen?"

Jan Fries schaute in die Runde, die über die vergangenen Minuten immer mehr neugierige Zuläufer bekommen hatte, und versuchte, sich jedes Gesicht einzuprägen, während sich die Zuschauermenge langsam auflöste und die Kollegen sich wieder dem eigentlichen Zweck ihres Aufenthalts in der Crew-Messe zuwandten und weiteraßen, sich zurück in die Schlange stellten oder ihr Tablett an die Spülstation brachten, um anschließend weiterzuarbeiten oder in einen hoffentlich ruhigeren Feierabend zu starten.

Auch am Ort des Geschehens ließ die Aufregung langsam nach. Die ersten Stühle wurden geschoben, Gespräche fortgesetzt oder neu begonnen, und einige Crew-Mitglieder, die etwas weiter hinten gesessen hatten und nur aufgestanden waren, um zu sehen, was sich da gerade abspielte, widmeten sich wieder ihren Handys, während sie auf Kollegen warteten, für die sie einen Platz freigehalten hatten.

„Was habt ihr euch eigentlich gedacht, zwei gestandene Jungs wie ihr?" Der Seco schüttelte immer noch den Kopf. Schweiß hatte sich auf seiner Stirn gebildet.

„Du gehst ins Hospital. Alkoholtest. Und sie sollen sich die aufgeplatzte Lippe mal anschauen. Hast du nicht gleich noch deine Auktion?"

„Ja!", sagte Damian und drückte sich immer noch die Serviette auf die Unterlippe.

„Gut, also danach umziehen und ab auf die Bühne. Ich sag oben kurz Bescheid, dass du später kommst. Und du." Jetzt wandte er sich an Ronny. „Wenn Damian auf der Bühne ist – und erst dann –, dann gehst du ebenfalls ins Hospital und machst dort einen Alkoholtest. Und nach der Auktion sprechen wir drei uns in meinem Büro. Bis dahin könnt ihr euch ja mal überlegen, was ihr zu eurer Verteidigung zu sagen habt. Also, man sieht sich", sagte er und ging wieder zu seinem Team zurück, das am anderen Ende des Restaurants zusammensaß.

„Was sollte das, hä?", machte Iryna da weiter, wo der Seco vor wenigen Augenblicken aufgehört hatte. „Das kann dich den Job kosten, und du bist noch in deinem ersten Vertrag, du Idiot!"

„Bye bye, Baby!" Damian machte eine abschätzige Winkbewegung und warf ihm aufreizend einen Handkuss zu.

„Freu dich nicht zu früh, weil wenn ich gehe, dann gehst du auch. Aber ich kann dir vorher auch noch dein komplettes Gesicht zu Brei schlagen, wenn du das willst ..."

„Nur zu, aber dann bist du endgültig weg und ich endlich um ein Problem ärmer."

„Wisst ihr was, ihr könnt mich mal, alle beide", fauchte Iryna, griff nach ihrem Handy, das immer noch auf dem Tisch lag, und verließ das Crew-Restaurant Richtung Nagasaki Road, der Hauptschlagader der Virgin of the Ocean, über die man wieder nach oben in den Passagier-Bereich wie auch zu den Crew-Kabinen auf Deck 2 und 3 gelangte.

„Iryna, jetzt warte doch", rief Ronny seiner Freundin hinterher. Er wollte Iryna schon nachlaufen, als er noch einmal kurz innehielt.

„Ich hätte dir gar nicht so viel Kraft zugetraut, Wehling. Aber überschätz dich nicht. Das ist noch keinem gut bekommen." Er grinste Damian abschätzig an. „Und du weißt ja, dass die Vergangenheit einen immer einholt."

KAPITEL 14

„Ist hier noch ein Platz frei?", fragte Miryam Dannenberg einen Mann mittleren Alters, der in seinem Hemd mit kleinen weiß-blauen Karos, der verwaschenen Jeans und dem Allerwelts-Gesicht mit diesem Dauergrinsen nicht durchschnittlicher hätte aussehen können. Neben ihm saß offenbar seine Frau.

Der Mann nickte und wies Miryam mit einer kurzen Kopfbewegung den freien Sitzplatz direkt neben sich im Theatrium auf Deck 10 zu.

„Oh, Sie waren doch auch dabei, in der Kathedrale, oder? Ich bin übrigens Elke Marin, und das ist mein Mann Mario", sagte jetzt die Frau und musterte Miryam mit einem Gesichtsausdruck, der zwischen neidisch interessiert und empört angewidert changierte. „Ich bekomme das Bild immer noch nicht aus dem Kopf."

„Miryam Dannenberg", stellte sich Miryam vor, die körperlich spürte, wie sich die beiden mit ihren Blicken an ihr festsaugten. Wobei sie nur vermuten konnte, ob er dasselbe sah wie sie. Sie trug einen schwarzen Hosenanzug aus Leder, der ein wenig an Batgirl erinnerte, große, goldene Ohrringe, die perfekt zu ihrem opulenten Collier des augenscheinlich selben Designers passten, und knallrote Lack-Pumps, die Miryam gleich um zehn Zentimeter hatten wachsen lassen. „Sollte jetzt nicht das Musik-Duo Jazz spielen?"

„Die Kunstauktion ist um 45 Minuten nach hinten ver-
schoben worden. Es gab wohl technische Probleme. Dafür
gibt der Galerist jetzt alles", erklärte Mario Marin, und wie
zur Bestätigung seiner Aussage schallte prompt die Stimme des Auktionators durch das Theatrium: *Das* könnte
das perfekte Bild sein, das Ihnen zu Ihrem bisherigen Leben noch gefehlt hat! Wollen Sie das wirklich verpassen?"

„Wissen Sie schon etwas Neues?"

„Wie Ihr Mann gerade sagte, ist die Kunstauktion ver-
schoben worden. Aber ich gehe davon aus, dass im Anschluss das Duo spielen wird." Miryam winkte einer Bedienung zu und bestellte sich einen Aperol Spritz.

„Nein, doch nicht wegen dem Duo." Elke Marin winkte
entrüstet ab, als sie sich Miryams ungeteilter Aufmerksamkeit wieder sicher war. „Ich meine die gekreuzigte
Nonne in Palma."

„Hat man Sie nicht kontaktiert?", fragte Miryam mit
hochgezogener Augenbraue, dann griff sie nach ihrem
Smartphone und las die Nachricht, die zuvor mit vibrie-
render Untermalung eingegangen war.

„Sie etwa? Uns sagt man ja nichts. Wir sind ja nur die
kleinen, einfachen Leute. Glauben Sie, die Frau musste
sehr leiden?"

„Jetzt lass die Dame doch! Wir haben Urlaub und sollten uns freuen, anstatt weiter über dieses tragische Unglück zu sprechen."

„Mario, ich wollte mich doch nur mit jemandem
austauschen, der mit dabei war und dieselben Bilder im
Kopf hat, die einen nachts nicht mehr ruhig schlafen lassen."

„Heute Nacht hast du dafür aber ordentlich geschnarcht." Miryam musste sich zusammenreißen, nicht in das ausgelassene Lachen des Mannes einzustimmen, der dafür nicht nur ärgerliche Blicke von den Gästen erntete, die auf den Bänken unter ihnen saßen, sondern gleich auch noch einen kräftigen Schlag gegen den linken Oberarm einstecken musste.

„Mario!", zischte Elke, um sich direkt für seinen verbalen Ausfall bei Miryam zu entschuldigen: „Mein Mann spinnt. Wo ist eigentlich Ihr Mann, oder sind Sie alleine unterwegs?", fragte Elke, in deren Frage ein weiterhin engagierter Galerist platzte: „Wollen Sie das wirklich verpassen? Es ist das letzte Blind Date dieser Late-Night-Auktion. Nicht, dass Sie sich im Nachhinein ärgern ..."

„Sind Sie auch Künstlerin?"

„Künstlerin?", fragte Miryam nach und unterschrieb den Getränkebon, der ihr zuvor von einem jungen philippinischen Kellner ausgehändigt worden war.

„Sie sehen so ... so aus, als würden Sie sich künstlerisch betätigen." Elke fuhr mit ihrer Hand imaginär über Miryams Hosenanzug, der im Sitzen ihren schlanken Körper noch stärker betonte.

„Nein, ich arbeite im Finanzsektor."

„Huhu, hier sind wir", rief Elke und winkte einem Ehepaar zu.

„War das ein Gebot, junge Dame auf Deck 10?" Elke erschrak, als das Bühnenlicht direkt auf sie gerichtet wurde. Als wäre sie beim Kirschenklauen in Nachbars Garten ertappt worden, schüttelte sie eifrig ihren Kopf. Doch der Galerist ließ nicht locker, als er sagte: „Also nein?

Vorsicht, Bekannten zuwinken während einer laufenden Kunstauktion kann teuer werden ..."

„Was wollte der denn?", fragte sie ihren Mann, als das Licht wieder von ihr weggeschwenkt worden war, um sich anschließend an die Freitags zu wenden, die mittlerweile die Bank erreicht hatten. „Dieses Mal haben wir euch einen Platz freigehalten." Sie deutete auf die Plätze neben sich.

„Bevor wir jetzt alle aufstehen müssen: Ich wollte sowieso gerade gehen", sagte Miryam und erhob sich von ihrem Platz. „Haben Sie noch einen wunderschönen Abend."

„Das ist ja mal ein heißes Outfit", sagte Uwe und setzte sich, mit einem Weizen in der Hand, neben Mario.

„Und die macht was mit Finanzen?! Phhh! Das Einzige, was die mit Finanzen zu tun hat, ist, das Geld zu zählen, das man ihr in den BH steckt", sagte Elke und rollte entrüstet mit den Augen.

„Das war jetzt aber nicht nett, oder kennst du die Frau etwa?", wollte Heike wissen.

„Ja, sie sind beste Freundinnen, weil sie auch auf unserem Ausflug in Palma mit dabei war", antwortete Mario für seine Frau und duckte sich, weil er jeden Augenblick einen weiteren Schlag erwartete.

„Ich kriege das Bild dieser Nonne einfach nicht mehr aus dem Kopf. Und manchmal hilft es ja, sich mit anderen Leidensgenossen auszutauschen, oder wie siehst du das, Heike?"

„Mir geht es ganz genauso. Und mittlerweile wäre ich echt froh gewesen, wir hätten diese Kreuzfahrt erst gar nicht gebucht."

„Du wolltest doch deinen Sohn sehen", warf Uwe mit einem leichten Anflug der gespielten Empörung ein und nahm einen weiteren Schluck aus seinem Weizenglas.

„Wenn ich ihn denn mal sehe ..."

„Wenn man vom Teufel spricht ... hey Ronny!", rief Elke, unterließ es dieses Mal aber, sich mit kräftigen Winkbewegungen über das Deck bemerkbar zu machen. Sie wollte ihre Sammlung der unnützen Andenken und Staubfänger nicht mit einem Gemälde eines ihr unbekannten Künstlers erweitern, dessen Rahmen sie auch wieder nur abstauben müsste.

„Endlich find ich euch!", begrüßte Ronny Freitag seine Eltern und die Marins.

„Junge, wie siehst du denn aus?", fragte Heike entsetzt und strich ihrem Sohn sorgenvoll über die Wangen.

„Hast du ein Veilchen, oder ist das nur die sparsame Beleuchtung hier?", meldete sich nun Uwe Freitag zu Wort und streckte seinem Sohn als Zeichen der Begrüßung die Faust entgegen, die Ronny mit seiner Faust abklatschte.

„Ein Veilchen?", schrie Heike und drehte den Kopf ihres Sohnes ins gedimmte Licht.

„Was ist passiert? Geht's dir gut? Soll ich dich zum Arzt bringen?"

„Da komme ich gerade her, Mutti. Ich hatte eine kleine Auseinandersetzung mit dem da ..." Er zeigte mit dem Kopf Richtung Bühne, auf der der Galerist gerade den Hammer schwang und freudig rief: „... zum Zweiten, letzte Chance ... zum Dritten. Verkauft für 3200 Euro an den Herrn auf Deck 9. Herzlichen Glückwunsch!"

„Du hast dich mit einem Kollegen geprügelt?" Heikes Besorgnis war im Nu verflogen.

„Ronny, machst du schon wieder Ärger? Reicht es nicht, was dir auf Mallorca passiert ist? Und auf Gran Canaria? Und bei uns? Willst du dir dein ganzes Leben versauen, nur weil du dich nicht im Griff hast?" Heike musste sich bremsen, nicht das Theatrium zusammenzuschreien, so enttäuscht war sie gerade von ihrem Sohn.

„Hätte ich lügen und sagen sollen, ich bin gegen eine Tür gelaufen? Und lass doch mal die alten Kamellen! Das kotzt mich echt an. Irgendwann muss doch auch mal gut sein ..."

„Du bist noch in der Probezeit!"

„Ich weiß, Mutti, aber deine Vorwürfe und Vorhaltungen machen es nicht besser. Ich muss da jetzt durch, und ich werde es irgendwie schon schaffen. Die brauchen mich, überall fehlen Leute."

„Das ist ja auch mal 'ne Einstellung, Ronny, alle Achtung. Ich bin aber sicher, dass die Reederei eher auf jemanden verzichtet, als einen Störenfried durchzufüttern, der auch noch ein Sicherheitsrisiko darstellt."

„Wir wollen es jetzt mal nicht übertreiben, oder, Elke?", sprang Uwe seinem Sohn zur Seite. „Kim Jong-un klaut dem Trump eher sein Toupet, bevor mein Sohn zu einem Sicherheitsrisiko wird."

„Aber es stimmt, Tantchen. Und außerdem, Mutti, hatten wir eine persönliche Auseinandersetzung, die nichts mit meinen Taten in der Vergangenheit zu tun hat."

„*Zu tun hat?* Sag bitte nicht, dass das noch nicht ausgestanden ist", sagte Heike und zog ihren Sohn leicht am

Oberarm, als dieser plötzlich – anstatt dem Gespräch weiter zu folgen –, sein Smartphone aus seiner Jeans zog und nun mit flinken Fingern eine Nachricht tippte. „Ronny, ich rede mit dir! Mach bitte keinen Scheiß und klär das, hörst du?!"

„Ja, versprochen, aber ich muss jetzt wieder, morgen wird ein langer Tag – mit Drill, Sicherheitseinweisung und Sternstunden-Besprechung. Vielleicht schaff ich es morgen nicht mal raus." Enttäuscht ließ er die Schultern fallen.

„Sternstunden-Besprechung?", fragte Elke, die das Wort zuvor noch nie gehört hatte.

„Ja, die Vielfahrer und Suiten-Gäste sind unsere Stars." Er deutete mit seinen Fingern Anführungszeichen an, und sein Blick verriet, was er von der morgigen Team-Runde und dem abendlichen Event hielt. „Wir veranstalten Sternstunden, die nur diesen Gäste vorbehalten sind, und servieren ihnen in unseren Gourmet-Restaurants ganz besondere kulinarische Highlights. Und das müssen wir Teams besprechen, also was gibt es zu essen, welcher Wein passt zu welchem Gang, wie wird was serviert, Zutaten, Abfolge und Besonderheiten ..."

„Das klingt nicht nach Urlaub, Junge."

„Nee, Vati, ich bin ja auch nicht im Urlaub. Das ist Arbeit. Harte Arbeit. Also, wir sehen uns sicherlich morgen, ich schreib ne WhatsApp, wenn ich durch bin. Schlaft gut!"

„Gute Nacht, Junge." Heike zog ihren Sohn – wie bei einem kleinen Bengel – liebevoll am Ohr und drückte ihn anschließend noch einmal feste an sich.

„Du auch, Ronny! Und wir sagen auch schon mal gute Nacht! Bis morgen dann!", sagte Elke und deutete ihrem Mann an, jetzt gehen zu wollen.

„Frühstück um 7.30 Uhr?"

„Ja, vor der *Großen Freiheit*!", bekräftigte Heike und sah den beiden Marins nach.

„Ich habe Angst, Ronny verbockt auch diesen Job."

„Weil er sich zur Wehr gesetzt hat?"

„Er hat sich mit jemandem geschlagen!"

„Mit dem Galeristen. Und der steht kerngesund auf der Bühne und versteigert irgendwelche Gemälde. Mach dir nicht immer so viele Sorgen, Perle."

Heike sah ihren Mann überrascht an: „So hast du mich ja schon länger nicht mehr genannt." Sie strahlte verlegen.

Er hob sein Weizenglas zu einem Gruß. „Du bist doch meine Perle, oder? Und sei froh, dass Ronny nicht weiß, was wir damals alles in seinem Alter angestellt haben. Dagegen ist er ein Waisenknabe."

„Oh ja, Uwe." Im Nu hatte sich ihr Strahlen verflüchtigt, und ein dunkler, unheilvoller Schatten legte sich auf ihre Augen. „Und er darf nie erfahren, was damals passiert ist."

„Hier bist du!", rief Kerstin Luckow und freute sich, ihre Freundin Miryam zu sehen. „Ich habe dich schon auf dem ganzen Schiff gesucht, nachdem du auch nicht per Whats-App zu erreichen warst. Ich wusste gar nicht, dass du dich für die Auktion interessierst, dann hätten wir zusammen hingehen können."

„Ich bin gerade erst gekommen", erwiderte Miryam. Sie saß auf einem Stehhocker angelehnt an die goldene Treppe, die aufs nächsthöhere Deck führte, und schaute dem Auktionator zu, der gerade eine Karikatur von Peter Bauer zur Versteigerung anbot.

„Ich brauchte eine kurze Pause." Sie deutete auf den Hugo in ihrem Glas.

„Ich saß bis eben noch unten auf Deck 9. Er hat wirklich sehr interessante Gemälde in der Versteigerung. Aber Karikaturen sind ja nicht so meins."

„Unten?", fragte Miryam kurz, und wie immer nippte sie nur an ihrem Getränk, das sie maximal bis zur Hälfte austrank.

„Unten ist man näher an den Bildern."

„Die Kunstwerke werden auch auf die LED-Wand projiziert, wie du siehst."

„Das ist nicht dasselbe", antwortete Kerstin und winkte eine Kellnerin herbei. „Eine süße Weißwein-Schorle, bitte." Sie reichte ihr die Bordkarte, dann wandte sie sich wieder Miryam zu. „Bilder wirken live am besten. Deshalb finde ich es auch immer so schade, wenn sie hinter Panzerglas eingesperrt werden, anstatt in Freiheit ihre wahre Schönheit entfalten zu dürfen. Bilder müssen atmen und gehören nicht in ein Gefängnis."

„Um diese Uhrzeit noch so pathetisch."

„Stimmt es denn nicht?"

„Ich will dir ja nicht widersprechen. Aber wer, wenn nicht du, weiß ganz genau, warum Bilder mit Laser und Bewegungsmeldern gesichert, von Überwachungskameras beobachtet und Sicherheitsleuten bewacht werden müssen, seitdem die Preise für Originale auf dem Schwarzmarkt immer horrendere Summen erreichen."

„Hast du etwa eine neue Anlagemöglichkeit entdeckt?"

„Ich habe es lieber mit Zahlen als mit der Kunst – wie du weißt."

„Oder mit den Männern."

„Beides ist so unstet, unkalkulierbar und unterliegt keiner mathematischen Formel. Aber apropos Männer. Der Kapitän hat eben angerufen. Ich soll dir ausrichten, dass er es morgen leider nicht schafft."

„Das habe ich mir schon gedacht", sagte Kerstin, die ihre Enttäuschung über diese Absage nicht verhehlen konnte. „Dann bummele ich eben morgen allein über den Markt. Wer weiß, wann ich hier noch mal hinkomme."

„So klang nicht mal meine Oma."

„Du weißt genau, was ich meine. Die Zeiten, in denen Männer mein Leben bestimmten, sind vorbei." Kerstin sah in ein erstauntes Gesicht.

„Das sind wohl böhmische Dörfer, oder?"

„Warum geben sich Frauen immer nur auf, nur weil sie denken, der Mann wird schon ihr Leben führen? Und wenn er es dann tut, also *sein* Leben lebt, dann passt es ihr auch wieder nicht."

„An dir ist auch eine Psychologin verloren gegangen." Mit einem lautlosen „Danke" nahm sie ihre Schorle entgegen.

„Ich analysiere nur. Menschen zu therapieren wäre mir persönlich viel zu anstrengend."

„Du hast es eben nur mit den Zahlen, ich weiß!" Kerstin liebte die kleinen Frotzeleien, und Miryam war die perfekte Sparringspartnerin dafür.

„Und ja, ich habe mich schon auf seine Stadtführung gefreut. Zumal er mir ja einige Tipps gegeben hat, was man sich morgen unbedingt ansehen sollte. Aber wie sagte *meine* Oma immer so schön: Wer nicht will, der hat schon."

Kapitel 15

Florenz

Francesca zitterte, als sie das Ospedale Santa Maria Nuova betrat. Der Arzt hatte am Telefon nichts Konkretes zu ihr gesagt. Er hatte sie nur aufgefordert, unverzüglich ins Krankenhaus zu kommen, weil ihre Mutter in die Klinik eingeliefert worden sei und es nicht gut aussehen würde um sie.

Als hätte man sie ihrer vernunftgesteuerten Rationalität beraubt, dank derer Francesca in bisher allen beruflichen wie privaten Lebenslagen einen kühlen Kopf bewahrt hatte, überschlugen sich seit jenem Anruf ihre Gedanken, was nur mit ihrer Mutter geschehen sein musste, dass es so ernst um sie stand. Hatte ihre Mutter einen Autounfall gehabt, war sie mit ihrem Rad angefahren worden oder zu Hause beim Gardinenaufhängen von der Leiter gefallen? Oder war es etwas Organisches und sie hatte einen Herzinfarkt erlitten, vielleicht sogar einen Schlaganfall, oder war es ihre Nierenschwäche, die zu einem multiplen Organversagen geführt hatte?

Ohne sich ihrem Besucher gegenüber näher zu erklären, hatte sie fluchtartig das Bett verlassen. Ihr Chef und Liebhaber Gennaro hatte natürlich wissen wollen, was los war. Aber sie wollte, sie konnte jetzt nicht reden. So hatte sie nur wortlos nach ihren Klamotten, dem Handy und ihrem Autoschlüssel gegriffen. Als sie ihn beim Hinausgehen gebeten hatte, er solle die Tür einfach hinter sich ins Schloss ziehen, da war er aus dem Bett gesprungen und hatte sie noch einmal fest an sich gedrückt.

Soll ich nicht mitkommen, hatte er in seiner ganz eigenen und so vertrauten Art gefragt, die sich anfühlte wie ein zarter Sommerwind. Am liebsten hätte sie jenes Telefonat ausgeblendet, sich wieder ihre Klamotten vom Körper gerissen und ihn zurück aufs Bett geschoben, um dort weiterzumachen, wo sie so abrupt aufgehört hatten.

Doch stattdessen erwiderte sie nur kühler, als sie es vorgehabt hatte: „Ich muss da jetzt alleine durch." Dann hatte sie ihm noch einen schnellen Kuss auf seine sinnlichen Lippen gegeben und war die Treppe hinuntergestürmt.

Sie hatte doch nur ihre Mutter Elena, und sie konnte einfach nicht zulassen, dass der Tod ihr jetzt auch noch die Mutter wegnahm. Zumindest noch nicht jetzt. Er hatte schon ihren Vater geholt, da war Francesca keine vier Jahre alt gewesen, und sie und ihre Mutter hatten seitdem eine ganz besonders enge, vertraute und sehr innige Beziehung – wenn man von einem Thema einmal absah.

Dennoch konnten sie immer über alles reden, einander um Rat fragen und sich gegenseitig aufbauen, wenn die andere gerade Zuspruch brauchte. Francesca erinnerte sich, wie ihre Mutter für sie da gewesen war, als sie ungewollt schwanger geworden war und bei einem unglücklichen Sturz auf der Treppe ihr Kind verloren hatte. Wie sie mit ihr gelernt hatte, um die Prüfung als angehende Kommissarin zu bestehen. Und wie sie sich um sie gesorgt, sie zur Reha gefahren, ihre Wohnung geputzt und für sie eingekauft hatte, als Francesca nach einem schweren Vespa-Unfall mit Schulterbruch, zertrümmertem Knie und zerschmetterter Hüfte wochenlang ans Bett gefesselt war.

Und auch wenn nicht gerade etwas Wichtiges anstand, man sich nicht umeinander kümmern musste und niemand gerade konkrete Hilfe benötigte, verbrachten Mutter und Tochter viel Zeit miteinander. Sie gingen oft zusammen am Arno entlang spazieren, trafen sich auf einen kurzen Plausch zu einem Espresso in der Stadt, besuchten die Oper oder fuhren gemeinsam übers Wochenende nach Südtirol, nach Rom oder auf die Insel Elba. Elena Baldini war eben nicht nur Mutter. Sie war für Francesca auch die geliebte Schwester, die sie nie hatte, die beste Freundin und der stärkste Anker in oftmals rauer und stürmischer See.

Du darfst noch nicht sterben, dachte Francesca und sprintete in die Intensivstation der Abteilung für Innere Medizin, auf der ihre Mutter nach Aussage der Frau am Empfang lag.

Noch während sie über die Gänge der Klinik lief, versuchte sie, ihre wilde Mähne zu bändigen, strich sich ihr zerknautschtes Oberteil glatt und zog sich, mit einem raschen Blick in die verspiegelte Scheibe eines Schwesternzimmers, ihre Lippen mit einem Lipgloss nach, um wenigstens vordergründig passabel auszusehen. Für das

Chaos in ihrem Inneren gab es weder Make-up noch ein teures Kleid, das das Durcheinander hätte kaschieren können.

„Scusi signora!" Francesca klopfte gegen die offen stehende Tür des Schwesternzimmers, bei dem man sich anmelden sollte, wenn man einen Angehörigen auf der Überwachungsstation besuchen wollte.

„Ich bin Francesca Baldini. Meine Mutter Elena Baldini liegt hier. Kann ich sie sehen?" Ihre Stimme klang zerbrechlich.

„Ja, bitte waschen und desinfizieren Sie sich Ihre Hände, dann können Sie eintreten. Zimmer 202", sagte die Schwester.

„Und was ist mit Mundschutz oder dem grünen Umhang?"

„Die sind nicht nötig. Das Immunsystem Ihrer Mutter ist zwar schwach, aber stabil."

„Wie geht es ihr?"

„Das kann ich Ihnen leider nicht sagen. Aber ich schicke den Arzt zu Ihnen, wenn er von seiner Visite zurück ist", versprach die Schwester und widmete sich wieder einer Krankenakte.

„Grazie a lei!"

Francesca verließ das Schwesternzimmer, lief den Flur entlang zu den Zimmern, die für die Intensivpflege vorgesehen waren, und wusch sich ausgiebig ihre Hände.

„Signora Baldini?"

„Ja?" Francesca drehte sich ruckartig um. Sie hatte nicht mitbekommen, wie plötzlich jemand an sie herangetreten war.

„Ich bin Dr. Luca Paresi, der Arzt Ihrer Mutter. Ich habe Sie vorhin angerufen."

„Francesca Baldini. Wie geht es meiner Mamma? Kann ich zu ihr?"

„Sie schläft gerade, Signora. Es geht ihr sehr schlecht."

„Die Nieren?", fragte Francesca geradeheraus.

„Ja, die Niereninsuffizienz hat sich dramatisch verschlimmert. Die eine Niere ist komplett ausgefallen, die andere Niere arbeitet nur noch zu knapp zehn Prozent."

„Und wofür nimmt sie die ganzen Medikamente?" Aufgebracht fuhr Francesca sich durch ihre unfrisierten Haare. Sie sehnte sich nach einer Zigarette. Das Rauchen hatte sie früher in solchen Momenten beruhigt. Die Kippe gab ihr Halt, an ihr konnte sie sich festhalten, wenn sie sich einsam und allein fühlte. Und der eingeatmete Qualm half ihr, so unlogisch sich das auch anhören mochte, einen klaren Gedanken zu fassen und sich auf das Wesentliche in einer oftmals ausweglosen Situation zu konzentrieren. Aber daran war hier und jetzt leider nicht zu denken

„Uns war von vornherein klar, dass die Medikamente die Krankheit nur verlangsamen. Sie können sie weder heilen noch zum Stillstand bringen. Auch jetzt haben wir sie stabilisiert und die Dialyse übernimmt die Aufgabe ihrer funktionslosen Nieren. Aber leider ist das keine Dauerlösung. Ganz im Gegenteil!"

„Und was bedeutet das jetzt?"

„Ihre Mutter braucht dringend eine Niere. Besser gestern als morgen. Aber ich kann Ihnen keine großen Hoffnungen machen. Die Warteliste ist lang, und Ihre Mutter hat ein Alter erreicht ..."

„... in dem man nicht mehr auf ein neues Organ hoffen sollte", vollendete sie den Satz des Arztes.

„Es tut mir leid", sagte er und zuckte entschuldigend mit den Achseln. „Ich habe diese Gesetze nicht gemacht."

„Das heißt, wenn sie keine neue Niere bekommt, dann wird sie ..." Francescas Stimme erstarb, noch ehe sie jene unumstößliche Tatsache ausgesprochen hatte.

„Sicherlich nicht sofort. Aber es wäre ein Wunder, wenn sie Weihnachten noch erleben würde."

„Und es gibt wirklich keine Möglichkeit, an eine Niere zu kommen? Also legal ...", schob sie schnell hinterher.

„Nein, aktuell warten hier in Italien knapp 8000 Menschen auf ein neues Organ – bei nicht mal 500 Organen, die uns pro Jahr durchschnittlich zur Verfügung stehen. Sie können sich ausrechnen, was das für die Menschen bedeutet, die erst jetzt auf die Warteliste gesetzt werden."

„Oh Gott." Francesca spürte, wie ihre Beine mehr und mehr nachgaben und ihr Kreislauf zu versagen drohte.

„Wollen Sie sich hinlegen?", fragte der Arzt und half ihr mit einem beherzten Griff um ihren Oberkörper, sich auf eine Bank zu setzen. „Ich kann gerne eine Schwester anpiepen."

Aber Francesca winkte nur ab. Sie wollte nur weg. Ganz weit weg. Schon als kleines Mädchen hatte sie früher einfach immer die Bettdecke über den Kopf gezogen und sich so vor Mammas Geschimpfe versteckt. Wie schön wäre es, wenn man einfach den Kopf in den Sand stecken könnte, in der Hoffnung, das Problem würde sie nicht sehen und ohne sie zu entdecken einfach weiterziehen.

„Geht es wieder?", fragte der Arzt in seiner ruhigen, fast schon beschwörenden Art, lächelte sie milde an und sah, wie langsam wieder etwas Farbe in Francescas Gesicht zurückkehrte.

„Ja, ich glaube schon."

„Eine Möglichkeit gibt es ..." Er machte eine dramatische Pause.

„Ja?" Francesca wurde hellhörig.

„Sie als Ihre Tochter könnten ihr eine Niere spenden. Vorausgesetzt natürlich, Sie sind geeignet und gesund."

„Ja, klar, sofort. Worauf warten wir noch?"

Sie erschrak, als sein aufbauendes Lächeln plötzlich verschwunden war.

„Da gibt es nur ein Problem: Ihre Mutter will nicht, dass Sie ihr eine Niere spenden."

Francesca schaute den Arzt entsetzt an. „Warum denn nicht?"

„Das ist es eben. Wir wissen es nicht. Natürlich gibt es Risiken. Aber die gibt es immer. Und der Eingriff ist mittlerweile längst Routine, und wir haben sehr gute Transplantations-Experten hier im Krankenhaus."

„Ich verstehe das nicht. Ich könnte ihr helfen, und sie will nicht ..."

„Sie sollten mit ihr sprechen. Dringend."

Mit diesen Worten hatte sich der Arzt von ihr verabschiedet und Francesca mit der einen, offenen Frage nach dem *Warum nicht?* allein gelassen.

Stundenlang hatte sie vor dem Zimmer gesessen und gewartet, bis ihr eine Schwester mitgeteilt hatte – es war kurz vor Mitternacht –, dass ihre Mutter aufgewacht sei und nach ihr gefragt habe.

„Sie können jetzt kurz zu ihr. Aber regen Sie sie bitte nicht auf. Sie ist von den Medikamenten noch sehr benommen und schwach", hatte die Schwester ihr noch mit auf den Weg gegeben und sie gleichzeitig gebeten, danach dann nach Hause zu gehen und sich ebenfalls etwas auszuruhen.

Das Zimmer ihrer Mutter war abgedunkelt. Nur das Notlicht leuchtete schwach. Monoton surrten die Geräte, an denen Elena Baldini angeschlossen war. Ab und zu hörte Francesca ein Piepen, wenn ein Apparat wieder eine Messung aufzeichnete. Ihre Mutter atmete gleichmäßig. Ihre Arme ruhten neben ihrem dünnen Körper.

Auch jetzt war sie wieder an die Dialyse angeschlossen worden. Ihre Nieren schafften es schon lange nicht mehr, selbstständig die Giftstoffe aus ihrem Körper herauszufiltern und auszuwaschen. Seit gut fünf Jahren ging ihre Mutter jeden zweiten Tag ins Krankenhaus zur Dialyse. Es war ein fester Bestandteil ihres Lebens geworden. Ihrer beider Leben.

Francesca legte ihre Handtasche auf die Fensterbank, dann zog sie vorsichtig den Stuhl unter dem Tisch hervor und stellte ihn neben das Bett ihrer Mutter. Sie streichelte sanft Elenas Wange und hauchte ihr einen Kuss auf die Stirn, ehe sie sich auf den Stuhl setzte und ebenfalls versuchte, ihren wieder galoppierenden Puls zu beruhigen. Mamma lebt, dachte sie und verbot sich, das Wörtchen „noch" anzufügen.

„Francesca?" Elena Baldini öffnete schwach die Augen und schaute in das sorgenvolle Gesicht ihrer Tochter.

„Ja, Mamma. Ich bin's, Francesca! Alles wird gut, ich bin ja da. Hast du Schmerzen?"

Elena schüttelte schwach den Kopf.

„Nein! Sie haben mir was gegeben." Sie zeigte auf den Tropf, der mit ihrem linken Arm verbunden war und der sie in gleichmäßigem Abstand mit einem Schmerzmittel versorgte.

„Du brauchst eine neue Niere, Mamma", sagte Francesca geradeheraus. Sie wollte nicht noch mehr Zeit vergeuden. Zeit, die so unendlich kostbar war. Und die sie bald nicht mehr haben würden.

„Ich weiß, Francesca! Aber ich bin zu alt." Wie immer war ihre Mutter auch in diesem Moment absolut rational und zu pragmatisch und desillusioniert, um sich etwas schönzureden.

„Aber ich kann dir doch eine Niere geben." Francesca spürte, wie die Hoffnung ihren Körper erfüllte. Ja, es gab eine Möglichkeit, ihrer Mutter ein längeres Leben zu ermöglichen. Diese Option hatte schon damals bestanden, bevor Elena zur Dialyse musste. Auch damals hatte Francesca ohne auch nur darüber nachzudenken angeboten, ihr eine Niere zu spenden. Aber damals hatte Elena abgelehnt, weil sich Francesca gerade von jenem schlimmen Unfall erholte und ihr Immunsystem zu schwach gewesen war für einen solchen Eingriff.

Sie verstand bis heute nicht, warum ihre Mutter nach Francescas vollständiger Genesung dieses Thema nie mehr angesprochen hatte.

140

„Wir schaffen das!" Francesca wollte ihre Hand auf die ihrer Mutter legen. Doch Elena zog sie unvermittelt weg.

„Was ist los, Mamma? Warum lässt du dir nicht helfen?" Francescas Stimme bebte. Sie war zutiefst verzweifelt, und am liebsten hätte sie ihre Mutter gepackt und kräftig geschüttelt. Doch Elena Baldini lag in ihrem Bett und schaute in die andere Richtung. Als hätte sie Angst, in die Augen ihrer Tochter zu blicken.

„Du kannst mir nicht helfen", sagte sie kühl, und Francesca zitterte plötzlich von der Kälte, die ihre Mutter ausstrahlte.

„Mamma, du wirst sterben. Hast du nicht den Arzt gehört? Ich gebe dir eine meiner Nieren. Ich lasse mich untersuchen, und ich bin sicher, das wird klappen. Ich bin deine Tochter, dein eigen Fleisch und Blut!"

„Nein, verdammt noch mal, und jetzt geh."

„Mamma?" Die ersten Tränen schossen in Francescas Augen, und die Umgebung um sie herum verschwamm in eine wässrige Unschärfe. „Du wirst sterben! Und ich will nicht, dass du stirbst", fügte sie mit schwacher Stimme hinzu, dann vergrub sie ihr Gesicht in ihre Hände und fing bitterlich an zu weinen. Sie hoffte inständig, endlich aus diesem Albtraum aufzuwachen. Doch dieser hatte gerade erst begonnen.

„Warum lässt du dir nicht von mir, deiner Tochter, helfen, Mamma?", stammelte sie tränenaufgelöst.

„Weil du nicht meine Tochter bist, Francesca!"

Kapitel 16

Florenz, Montag, 17. August 2015

Es war kurz vor 8 Uhr an einem gewöhnlichen Montagmorgen, als Francesca über die Piazza del Duomo lief. So langsam erwachte die Stadt und begrüßte einen jungfräulichen Tag, der laut Wetterbericht ein heißer werden sollte. Überall wurden die Rollläden der Geschäfte hochgezogen, Stühle und Tische bevölkerten bereits die Plätze und Straßen, und die ersten Reisegruppen schlenderten durch die Altstadtgassen, deren Häuser den Touristen um diese Tageszeit noch ein wenig Schatten spendeten.

Für Francesca hatte dieser ganz gewöhnliche Montag dagegen seine vertraute Normalität verloren und aus einem so alltäglichen Leben voller fester Rhythmen und lieb gewonnenen Selbstverständlichkeiten einen grausamen Albtraum werden lassen, aus dem es kein Erwachen zu geben schien.

Seit sie gegen 2 Uhr in der Nacht das Krankenzimmer und die Klinik verlassen hatte, stellte sie sich unentwegt dieselben Fragen. Wer bin ich? Wer ist meine richtige Mamma? Und was wäre aus mir geworden, wenn ich ein anderes Leben, *mein* Leben hätte führen dürfen?

Fragen, die durch die Beichte der Frau, die sie 42 Jahre ihre Mamma genannt hatte, gnadenlos in ihr Bewusstsein vorgedrungen waren. Fragen, mit denen sie nun ganz allein fertigwerden musste. Und Fragen, auf die sie nie eine Antwort erhalten würde. Ausgelöst durch diesen einen Satz, der sich tief in ihre Seele gefressen hatte und sich nie mehr daraus entfernen ließ: *„Weil du nicht meine Tochter bist, Francesca!"*

Sosehr Francesca auch gehofft hatte, sich verhört zu haben, so wusste sie, dass jedes Wort der bitteren Wahrheit entsprach, und sie fragte sich auch jetzt noch, ob es manchmal nicht einfach besser war, eben nicht immer alles wissen zu müssen oder wissen zu wollen. Meistens lebte es sich mit einer Lüge besser als mit der Wahrheit, war diese oftmals nicht nur grausam. Ihr faktischer Inhalt war auch unumkehrbar. Unverrückbar. So wie die mathematische Formel 1 plus 1 eben auch immer 2 ergab.

„Auch wenn ich es mir anders gewünscht habe, Francesca, aber du bist nicht meine Tochter. Daher kannst du mir auch nicht helfen. Du hast nicht dieselbe Blutgruppe", hatte Elena Baldini angefügt. Doch Francescas Gedanken waren längst woanders. Wie durch einen Filter drangen Elenas Worte in ihr Gehör. Dabei hatte sie diese Frau emotionslos und blickleer angeschaut, während Elena Baldini versuchte, sich zu rechtfertigen, nach Erklärungen zu suchen und um Verzeihung zu bitten für das, was damals passiert war. Auch daran erinnerte sich Francesca jetzt schwach zurück, als sie den Domplatz überquerte und weiter die Via De' Martelli Richtung Polizeipräsidium entlanghetzte. Sie brauchte Arbeit, viel Arbeit und noch mehr Ablenkung. Dringender denn je.

„Die Ärzte meinen, dass eine Nierentransplantation mit einer speziellen Therapie und modernen Medikamenten vielleicht möglich wäre. Aber ich will dir das nicht zumuten. Ich will nicht erneut in dein Leben eingreifen. In das Leben einer Frau, die ich zwar meine Tochter nenne, die es ja aber eigentlich gar nicht ist. Zumindest nicht leiblich. Im Herzen warst du es von dem Moment an, als ich dich zum ersten Mal in meinen Armen gehalten habe, Francesca. Und diese Liebe wird nie vergehen. Niemals! Das habe ich dir versprochen. Und dein Vater übrigens auch! Auch wenn er uns ja leider viel zu früh verlassen hat."

Elena hatte dabei Tränen in den Augen gehabt. Dann hatte sie für einige Momente die Augen geschlossen, um wieder etwas Kraft zu sammeln. Elena riss sich zusammen, so gut kannte Francesca die Frau, die erschöpft und müde vor ihr unter einem hellgelb bezogenen Betttuch lag. Sie wollte sich freisprechen und jenes Geheimnis offenbaren, das die beiden Frauen bisher getrennt hatte und das sie unter Umständen auch nie mehr einander näher bringen würde.

„Dein Pappa Vincenzo und ich haben uns so sehr ein Kind gewünscht. Aber irgendwie hat es nie geklappt", setzte sie erneut an, nachdem sie eine halbe Ewigkeit einfach nur dagelegen hatte. „Wir waren bei Wunderheilern und Kräuterfrauen, bekamen Mittelchen verabreicht und die Hand aufgelegt, aber nichts hat geholfen. Bis man hier in dieser Klinik eine Lösung für uns hatte. Und nicht nur für uns oder andere kinderlose Paare. Sondern auch für die *nessuni*, die Niemandskinder. Du bist so ein *nessuno*, Francesca. Ein Niemandskind."

Francesca spürte jetzt noch den Druck, den sie in diesem Moment gefühlt hatte. Eingesperrt in einer Schraubzwinge, die immer enger gedreht wurde, je mehr Elena erzählte.

„Niemand wollte dich – außer uns. Und wir haben stets versucht – seit Vincenzos Tod dann ich allein – dir ein gutes Leben zu ermöglichen. Ich will nicht sagen, das beste Leben. Aber ich habe zumindest immer alles gegeben, was in meiner Macht stand."

Eine Tatsache, die Francesca unumwunden zugeben musste. Auch wenn sie sich schon heute Nacht gefragt hatte, ob ein gestohlenes Leben so abbezahlt werden konnte.

„Wer ist sie?", war das Einzige, was Francesca von Elena hatte wissen wollen. Sie hatte Elena bis dahin einfach nur reden lassen. Sie wollte einfach nur zuhören und endlich die ganze, grausame Wahrheit wissen. Die Frau, die dort gebettet lag und dem Tod näher schien als dem Leben, war ihr auf einmal so fremd geworden, dass sie sich dafür schämte. Es war die Frau, die sie Mutter nannte. Die Frau, die sie groß gezogen hatte. Und dennoch fühlte es sich an wie ein Verrat. Aber von wem war sie verraten worden? Von Elena, der Frau, die sie Mamma nannte? Oder von der Frau, die eigentlich ihre Mutter war, die sie aber weggeben hatte?

„Deine Mutter? Das war die Abmachung. Francesca. Wir durften nichts erfahren und keine Recherchen anstellen, falls wir dich doch irgendwann einmal, wenn du alt genug sein würdest, mit deiner leiblichen Mutter zusammenführen wollten. Oder du den Wunsch hättest, sie kennenzulernen", hatte Elena mit gebrochener Stimme hinterhergeschoben. „Wir dachten, allen wäre mit dieser Entscheidung geholfen. Und wir waren ja nicht die Einzigen, die so zu einem Kind kamen."

Und dann war eine Stille, eine laute, unerbittliche, schmerzvolle Stille in den Raum geflutet, die dieses kleine Zimmer zum Bersten füllte. Einzig das Surren der Geräte war zu hören, gedämpft, als hätte man ein Tuch darüber geworfen, um von jenem monotonen Geräusch nicht verrückt zu werden.

Erneut war es Elena gewesen, die das Schweigen durchbrochen hatte: „Francesca, es tut mir leid. Bitte glaube mir ... Ich liebe dich, wie meine eigene Tochter. Du bist meine Tochter."

Francesca war versucht, Elena jene Worte zu glauben, die jedes Kind gerne von seiner Mutter hörte und die es genauso brauchte wie eine liebevolle Umarmung, den motivierenden Zuspruch nach einer schlechten Note oder den mitfühlenden Trost, wenn man sich das Knie aufgeschlagen hatte. Ja, sie wollte diese Worte so wahnsinnig gerne glauben.

Aber sie konnte einfach nichts darauf erwidern, denn sie wusste nicht, was sie hätte sagen sollen.

Sie hatte Elena lange angesehen. Dann war sie wortlos aufgestanden. Sie wollte, sie musste allein sein. Mit sich. Und einem Leben, das nicht mehr dasselbe war. Einem Leben, das sie hätte leben können, wenn man sie gelassen hätte. Aber andere Menschen, ihre Eltern, hatten damals entschieden, welches Leben sie zu leben hatte. Aber waren ihre Eltern noch ihre Eltern? Ihr bereits toter Vater, den sie so vergöttert hatte? Und ihre sterbenskranke Mutter, der sie seit dem Tod ihres Vaters alle Liebe geschenkt hatte? Und was war mit ihrer leiblichen Mutter? Hatte sie Francesca wirklich freiwillig zur Adoption gegeben? Oder war sie ihr entrissen worden, weil sie es nicht wert gewesen war, für ein Kind zu sorgen und es großzuziehen?

Warum ich? Warum nur verdammt noch mal ich, donnerte die Frage unaufhörlich in ihrem Kopf. Heute Morgen, an einem Montag, der nicht hätte alltäglicher sein können, wie auch schon in der Nacht, in der sie ziellos durch Florenz geirrt war, mit der Absicht, irgendwo, an einer Häuserecke, auf einem Platz, in einer der schwach beleuchteten und schlafenden Altstadtgassen, eine Antwort auf eben jene Frage zu finden. Doch die Mauern blieben genauso stumm, wie die Plätze verlassen waren. Selbst die orangefarbenen Lichtkegel der Straßenlaternen hatten sich verdunkelt, so war es Francesca vorgekommen, als sie von ihnen gestreift worden war. Seit gestern war sie ein *nessuno*, ein Niemandskind. Und daran schien sich bis heute nichts geändert zu haben.

Auch jetzt konnte sie sich nicht mehr daran erinnern, wie und wann sie nach Hause gekommen war. Gennaro war nicht mehr in der Wohnung gewesen, als sie die Tür aufgeschlossen hatte.

Sie wollte ihn auch nicht mit einem Anruf wecken, so gern sie auch seine beruhigende, zärtliche Stimme gehört hätte, in diesem Moment, in dem sie allein mit sich und der Frage, wer sie überhaupt war, in ihrer kleinen Wohnung stand.

Aber er war jetzt sicher zu Hause bei seiner Frau, die nun in seinen starken Armen lag. Und eine eingehende Nachricht oder gar ein Anruf mitten in der Nacht würde bei ihr nur Misstrauen säen.

Dabei hätte sich Francesca nichts sehnlicher gewünscht, als von Gennaro aufgefangen und getröstet zu werden, an seiner Schulter heulen und ihm von ihren Ängsten und diesem Vakuum in ihrem Herzen erzählen zu dürfen. Francesca war viel zu realistisch, um nur ansatzweise zu glauben, dass er eine Antwort auf ihre unzähligen und nie zu klärenden Fragen gehabt hätte. Und doch hätte er ihr auf seine liebevolle Art das Gefühl vermittelt, ein Jemand zu sein, der es aufrichtig und ehrlich mit ihr meinte, obwohl auch ihre Beziehung alles andere als einfach war.

So war sie dann nach einer Flasche Rotwein doch noch irgendwann auf ihrer Couch eingedöst, bis der Wecker sie gegen 6.30 Uhr aus einem unruhigen Schlaf gerissen hatte. Sie hatte sich einen schwarzen Kaffee gekocht, der genauso wenig schmeckte wie die Scheibe Toast, die halb vertrocknet in der Tüte auf sie gewartet hatte. Sie war dann schnell im Bad verschwunden und hatte fast eine halbe Stunde unter dem heißen Strahl der Dusche gestanden, um sich anschließend und in höchster Eile fertig zu machen.

Endlich war es Montag, der mit seinen gewöhnlichen Abläufen angegangen werden wollte. Wenigstens auf diese Alltäglichkeit konnte sie sich verlassen. Sie würden sie nicht verraten, wie es Elena getan hatte.

Es würde ein ganz normaler Tag werden. Francesca und ihre Kollegen ermittelten gerade in einem Mordfall an einem Olivenbauer aus dem Pesa-Tal, und der Staatsanwalt wollte am morgigen Dienstag den aktuellen Stand der Ermittlungen präsentiert bekommen. Daher musste sie heute alle bisher gesammelten Fakten zusammentragen und nach Prioritäten gewichten. Noch nie hatte sie sich so auf Büroarbeit gefreut wie an diesem Morgen.

Mit einem beruhigenden Gefühl der Sicherheit betrat Francesca kurz vor 8.30 Uhr das Präsidium, das in einem alten Kaufmanns-Palast untergebracht war und in seiner klassischen und zurückhaltenden Bauweise erhabene Eleganz ausstrahlte.

Bedächtiger als sonst lief sie die Treppen in den ersten Stock hoch, in dem das Kommissariat für Kapitalverbrechen seinen Dienstsitz hatte, und betrat die Abteilung, in der sie in wenigen Monaten bereits seit 15 Jahren arbeitete.

„Ah, gut, dass ich dich sehe, Francesca", wurde sie von der älteren Dame am Empfang des Kommissariats begrüßt. „Ich hoffe, du hast gut geschlafen?", fragte die Frau, und Francesca konnte das Mitleid in ihren Augen sehen. Aber woher wusste die Abteilungssekretärin von ihrer Lebensgeschichte, von der sie ja selbst erst seit wenigen Stunden Kenntnis hatte?

„Es tut mir so leid, aber hier sind deine Sachen!" Sie klopfte auf einen Karton, auf dem mit einem dicken Filzstift geschrieben der Name Francesca stand.

„*Meine* Sachen?"

„Ja! Weißt du es noch nicht? Du arbeitest jetzt in der Abteilung Organisierte Kriminalität. Über uns, im zweiten Stock."

Francesca lachte gequält auf: „Lustig!"

„Ich mache keinen Spaß."

„Was? Für so was habe ich jetzt echt keine Nerven!"

Die Frau zuckte entschuldigend mit den Achseln. „Ansage vom Chef! Er hat auch schon mit dem Abteilungsleiter gesprochen."

„Von Gennaro?" Francesca hörte, wie sie spitz aufschrie, als würde der Motor einer Kreissäge angeworfen werden. „Er versetzt mich? In eine andere Abteilung?"

Die Frau nickte zustimmend.

„Das kann er mit jedem anderen machen, aber nicht mit mir!"

„Und ob er das kann. Er ist der Chef. Und du wirst ja nicht entlassen, sondern wechselst nur die Einheit."

„Und warum?" Francescas Stimme brach ab. Sie musste sich plötzlich am Empfangstresen festhalten, so sehr zitterte ihr gesamter Körper.

„Er braucht keine Begründung, Francesca!"

„Wo ist er? Ich will mit ihm reden! Das kann er nicht mit mir machen. Nicht so und nicht jetzt." Ich habe doch sonst nichts, ergänzte sie gedanklich, während ihr die Tränen in die Augen schossen.

„Francesca, ich geb dir einen guten Rat: Lass es einfach! Du bist nicht die Erste, die er so absorviert hat", erwiderte die Frau und reichte ihr ein Taschentuch.

Dankbar schnäuzte sich Francesca die Nase. „Du weißt von uns?"

Die Frau lächelte sie milde an. „Ich wusste von jeder Frau!"

„Ich will zu ihm ...!" Francescas Augen funkelten. „Ich werde die Letzte sein, die er so behandelt hat!" Sie wollte gerade den Flur hinunterlaufen, als sie von der Frau hinterm Tresen zurückgehalten wurde.

„Gennaro ist nicht da!"

„Was? Er schmeißt mich raus, und dann verpisst sich der feige Hund auch noch, anstatt mir seine Entscheidung ins Gesicht zu sagen?" Francesca atmete schwer durch, während sie sich mit der rechten Hand eine Strähne aus ihrem Gesicht strich und hinters Ohr steckte.

„Ja, Gennaro hat etwas zu feiern. Seine Frau rief gerade an. Er wird zum ersten Mal Vater!"

KAPITEL 17

An Bord der Virgin of the Ocean

„Ich mache mir so langsam Sorgen, Uwe", sagte Heike Freitag und biss in ihr Käsebrötchen. Sie saß mit ihrem Mann Uwe im Buffet-Restaurant *Große Freiheit*, das an diesem Morgen bereits proppenvoll war. Alle Stühle und Bänke waren belegt, an den Auslagen, Brotkörben und der Omelett-Station drängelten sich die Passagiere, und die Servicekräfte kamen kaum hinterher, Kaffeekannen auszugeben, benutztes Geschirr einzusammeln oder die Tische abzuwaschen und für neu eintreffende Gäste herzurichten.

Es war kurz vor halb neun, und die Virgin of the Ocean lief bereits ins Hafenbecken ein, um in wenigen Minuten am Liegeplatz Mole Croisiere in Ajaccio festzumachen. Die meisten Gäste, sowohl die, die einen Landausflug gebucht hatten, als auch die, die individuell den Tag genießen wollten, konnten es kaum abwarten, von Bord zu gehen und möglichst als Erste einen Fuß auf die Insel Korsika zu setzen.

„Du machst dir wieder viel zu viele Gedanken, Heike. Ronny hatte ein Veilchen. Er klärt Dinge eben wie ein Mann. Ich bin ziemlich stolz auf ihn."

„Das meine ich doch gar nicht. Ich habe Angst, dass ihm etwas zustoßen wird."

„Weil er sich einmal mit Fäusten gewehrt hat? Schau dir doch diesen Galeristen an. Da hätte meine Faust auch gezuckt ..." Uwe rieb sich mit einem vordergründigen Grinsen die rechte Faust in seiner linken Hand, ehe er die Drohgebärde löste und sich den letzten Happen einer mit geräuchertem Lachs und Dillsauce belegten Scheibe Roggenbrot in den Mund schob.

„Uwe, du weißt genau, wovon ich spreche. Vielleicht war die tote Nonne in Palma ein Hinweis, sich nicht mit den falschen Leuten anzulegen. Was, meinte der Kommissar? Auf ihrem Habit stand: Peccavi! Das ist Lateinisch und heißt: Ich habe gesündigt. Also wenn das keine eindeutige Warnung ist." Heike zitterte plötzlich so stark, dass das Besteck im Ständer auf dem Tisch klirrte.

„Heike, du glaubst auch noch an den Weihnachtsmann, oder? Lass doch endlich mal diese alten Geschichten. Wir sollten die Vergangenheit endlich ruhen lassen und nach vorne schauen."

„Und wenn ihm doch etwas passiert? Warum sollte man sonst eine Nonne kreuzigen und ihr diese Botschaft auf den Habit schreiben?"

„Mach dich nicht lächerlich! Was sollte ihm denn passieren? Da hat sich wohl jemand einen grausigen Scherz erlaubt, um die Polizei hinters Licht zu führen. Nicht mehr und nicht weniger."

„Deine stoische Ruhe möchte ich haben. Trotzdem habe ich ein ungutes Gefühl, Uwe. Eine Mutter spürt so was."

„Wenn du meinst", sagte Uwe und nahm sich jetzt ein Mohnbrötchen aus dem Brotkorb.

„Elke hat sicherlich etwas mitbekommen. Sie weiß ja, dass er in Palma bereits im Gefängnis saß. Jetzt denkt sie, dass das erst der Anfang war und er immer mehr abdriftet und auf die schiefe Bahn gerät. Und uns gibt sie die Schuld, dass wir bei Ronnys Erziehung etwas falsch gemacht haben."

„Ach, lass die doch. Selbst keine Kinder, aber immer die besten Ratschläge geben. Solche Leute liebe ich. Außerdem sitzt sie im selben Boot wie wir. Mitgehangen, mitgefangen! Sie sollte sich also nicht zu weit aus dem Fenster lehnen."

„Das Gemälde ist immer noch nicht aufgetaucht." Heike schaute sich nach links und rechts um. Sie wollte sich vergewissern, dass ihnen niemand zuhörte.

„Ja und?" Uwe sah seine Frau über seine Lesebrille hinweg an, dann griff er nach der frisch gefüllten Thermoskanne, die eine Bedienung gerade gegen die leere ausgetauscht hatte, und schenkte sich eine Tasse Kaffee ein. „Uns ist damals auch nichts passiert. Heike, bitte, lass uns weiter frühstücken. Wo bleiben eigentlich die beiden anderen?"

„Wir haben aber auch unseren Auftrag erfüllt", flüsterte Heike, als sie merkte, dass die Gäste am Nachbartisch immer größere Ohren bekamen. „Was danach passiert ist, war nicht unsere Schuld. Ronny dagegen ... Ich würde gerne über den Markt bummeln und die örtlichen Delikatessen probieren", sagte Heike und sah in ein fragendes Gesicht. Erst als sie von Elke und Mario mit einem „Guten Morgen" begrüßt wurden, wusste Uwe, warum seine Frau so abrupt das Thema gewechselt hatte.

„Morgen", sagte Uwe kauend. „Ihr seid aber spät dran."

„Mario hat sich beim Zähneputzen sein Hemd versaut, und dann ist ihm auch noch ein Schnürsenkel gerissen", antwortete Elke und setzte sich neben Heike an den Frühstückstisch.

„Da fängt der Tag ja schon mal gut an. Deshalb zieht sich Uwe auch immer sein Hemd aus, bevor er sich die Zähne putzt."

„Meine Rede, aber der Herr weiß ja immer alles besser. Also musste er sich noch einmal umziehen." Elke machte eine Kopfbewegung in Richtung ihres Mannes, der mittlerweile neben seinem Schwager Uwe Platz genommen hatte.

„Elke, willst du auch 'nen Kaffee?", fragte Mario, ohne auf die spitze Bemerkung seiner Frau auch nur im Entferntesten einzugehen.

„Ich hole mir erst mal was zu essen, sonst wird der Kaffee ja kalt. Kommst du mit?", wandte sich Elke wieder an Heike, und beide Frauen fädelten sich in die Menschenschlange ein, die sich durch das Restaurant zog.

„Ich habe gar nicht gewusst, wie viele ältere Menschen an Bord sind. Das wird einem erst bewusst, wenn man sich mal in Ruhe umschaut und die ganzen Weißhäupter, Rollatoren und Gehstöcke sieht", sagte Heike, als die beiden Frauen mit beladenen Tellern an den Tisch zurückkehrten.

„Ich finde es toll, dass die älteren Leute noch etwas unternehmen und sich die Welt anschauen. Irgendwann ist es zu spät, wie bei Carlo, meinem Schwiegervater."

„Was, dein Vater ist tot, Mario? Das wussten wir gar nicht! Mein Beileid!" Heike schüttelte anteilnehmend den

Kopf und streichelte Mario, der ihr jetzt genau gegenübersaß, sanft die Hand.

Dankbar nickte er mit dem Kopf und wollte gerade etwas sagen, als ihm erneut seine Frau zuvorkam: „Ja, aber schade ist es nicht um ihn. Und wir hatten ja auch keinen wirklichen Kontakt. Mal ein Anruf alle paar Wochen oder ein Pflichtbesuch zu Weihnachten oder an seinem Geburtstag. Das reichte auch!"

„Wir haben uns immer gewundert, warum du überhaupt noch Kontakt zu ihm hattest, Mario ... Nach allem, was er dir angetan hat", schob Heike schnell hinterher.

„Er hatte ja nur seinen Vater", antwortete Elke für ihren Mann, der gedankenverloren in seiner Tasse herumrührte. „Und wenn du niemanden mehr sonst hast, dann hältst du dich auch an jemandem fest, der es eigentlich nicht wert ist, nur damit du wenigstens ein bisschen Familie hast."

„Ich hatte immer Angst vor ihm", sagte Heike bedrückt. „Sooft ich mir wünschte, einer von euch zu sein, so dankbar war ich immer, nicht in seiner Obhut gewesen zu sein.

„Nicht in seiner Obhut gewesen zu sein! Da spricht wieder die Lehrerin aus dir, Heike. Aber sag ruhig, was du wirklich denkst. Carlo war ein harter Hund! Er liebte es, uns zu drangsalieren, wo immer er konnte. Er wollte uns bis aufs Blut leiden sehen."

„Elke, bitte, Vergangenes ist vergangen. Das ist jetzt fast 40 Jahre her."

„Ja, aber du weißt, wozu er uns gebracht hat!"

„Bringen musste! Es war sein Auftrag, wenn du dich richtig erinnerst. Aber wir sind aus dem Schneider, unsere Schuld ist längst verjährt! Und er ist tot, und dabei sollten wir es belassen!", warf nun Uwe mit gedämpfter Stimme, aber bestimmtem Unterton ein, während er sein Smartphone aus seiner Hosentasche nahm und es entsicherte.

„Woran ist er gestorben?", fragte Heike nach.

„Einfach so, plötzlich und unerwartet war's vorbei. Das hat uns auch gewundert. Er war noch sehr fit, körperlich wie geistig. Er kam noch sehr gut allein zurecht, turnte in einer Senioren-Sportgruppe, ging wandern, fuhr Rad. Er wurde wirklich mitten aus dem Leben gerissen, wie man so schön sagt. Aber ihm wird niemand eine Träne nachweinen. Er war einfach nur ein widerlicher Bastard!"

„Er war sein Vater, Elke!" Uwe sah seine Schwester verständnislos an.

„Ach, auf einmal setzt du dich für ihn ein? Du kennst ihn doch. Er war grausam und brutal."

„Stimmt das, Uwe? Du hast immer erzählt, dass er streng war und euch traktiert hat, damit man auch das Letzte aus sich herausholte. Aber dann ergibt ja alles ein Bild."

„Was meinst du?", hakte nun Elke nach, während sie sich gerade ein Brötchen aufschnitt.

„Ich habe mich immer gewundert, warum er wieder irgendwelche blauen Flecken, großflächigen Schürfwunden oder einen verstauchten Knöchel hatte, wenn er nach dem Training zu mir kam."

„Und das war noch harmlos. Zu uns musste er ja auch netter sein. Wir waren ja nicht seine Schutzbefohlenen, sondern die Kinder anderer Leute. Aber wehe, wir haben nicht alles gegeben, Schwäche gezeigt oder sind an einer

Übung gescheitert! Dann musste Mario das stellvertretend für uns alle ausbaden."

„Elke, du übertreibst! Er wollte eben, dass wir die Besten sind", mischte sich wieder Uwe ein, der zwischenzeitlich auf seinem Smartphone herumgetippt hatte. „Und von nichts kommt eben auch nichts, und es hat uns auch nicht geschadet. Wir waren alle jung und brauchten eine Hand, die uns führt! Oder habt ihr irgendwelche körperlichen Einschränkungen zurückbehalten?"

„Und was ist mit den seelischen Verletzungen? Die sieht man im Zweifel nicht ..."

„Ach Heike! Du hörst irgendwann auch noch das Wasser weinen, oder aus welcher Frauenzeitschrift hast du diesen Mist schon wieder?"

„Uwe, auch wenn dir das vielleicht damals alles nichts ausgemacht hat, ein guter Vater ist etwas anderes. Und ich habe dich oft bemitleidet, Mario. Und doch konnten wir dir alle nicht helfen", bedauerte Heike und schob die Krümel um ihren Teller zusammen.

„Mario?" Uwe stupste seinen Sitznachbarn an und wollte ihm die Fußball-Ergebnisse zeigen, die auf dem hell erleuchteten Display seines Mobiltelefons angezeigt wurden, als er in ein verhärmtes Gesicht sah.

„Ja, irgendwann ist eben jeder mal an der Reihe", erwiderte Mario, ohne einen der drei Anwesenden anzuschauen. „Der eine früher, der andere später."

KAPITEL 18

Ajaccio

„Da ist ja mein Sonnenschein", sagte Ronny Freitag und umarmte seine Freundin so unerwartet plötzlich von hinten, dass diese laut aufquiekte. Ihr wäre bei diesem überraschenden Überfall ihres Freundes fast das Eis heruntergefallen, an dem sie zuvor ausgiebig geleckt hatte, ehe sie plötzlich seine Lippen auf ihren spürte und einen innigen Kuss nach dem anderen erhielt.

„Was willst du denn hier, Freitag? Hast du nicht IPM?", fragte Damian Wehling und verdrehte genervt die Augen, als er sich umdrehte und die beiden herumturteln sah. Anders als Iryna und er gehörte Ronny zu den Crew-Mitgliedern, die heute nicht das Schiff verlassen durften. Aus Sicherheitsgründen war es vorgeschrieben, dass immer eine Mindestanzahl von Besatzungs-Mitgliedern an Bord bleiben musste. Dies richtete sich nach einem festen Schema, das auch die Offiziere miteinschloss.

„Ich habe getauscht, wie du siehst", erwiderte Ronny und konzentrierte sich wieder auf die Lippenakrobatik.

„Lass das mal nicht den Seco wissen", warf nun Denys Schelestjuk ein, der mit Iryna und Damian das Schiff für einen längeren Spaziergag durch Ajaccio verlassen hatte. „Er hat es nicht so gerne, wenn wir IPM tauschen."

Die drei waren bereits mit den ersten Passagieren gegen 9.30 Uhr von Bord gegangen und vom Liegeplatz in die Stadt gelaufen, die sich sanft an den Berg Salario anschmiegte und es wie eine Katze, die in der Sonne lag, genoss, von den warmen Sonnenstrahlen eines jungen Morgens gekrault zu werden.

Sie hatten nur knapp zwei Stunden Zeit, ehe sie wieder zurück an Bord sein mussten. Daher hatten sie sich kein festes Ziel für ihren letzten Anlauf Ajaccios ausgesucht, sondern wollten sich einfach nur von der Stadt, die wie eine Perle zwischen den zwei Austernschalen in der Bucht lag, treiben lassen.

Direkt hinter dem Kreuzfahrtterminal und auf der anderen Seite des Quai de la République schloss sich der Place Foch an, auf dem auch am heutigen Montagmorgen bereits die Marktstände aufgebaut waren. Händler boten Stoffe, Handarbeitskunst und Schnitzereien an. Über dem gesamten Markt lag der hauchzarte, aber gleichzeitig so intensive Duft von Mandeln und Thymian, Lavendel und Feigen, gegorener Milch und geräucherter Wurst.

So kamen sie nicht umhin, hier und dort etwas zu probieren, den köstlichen Kastanienhonig zu naschen und sich ein Brot mit Brocciu-Schafskäse schmieren zu lassen, während ihnen an einem anderen Stand ein Stück Prisuttu-Schinken, eine der typischen korsischen Delikatessen, gereicht wurde.

Anschließend waren sie über die Avenue du Premier Consul auf den Place du Général de Gaulle gelaufen und hatten sich an einem kleinen Kiosk jeweils ein Panini und eine Cola gekauft und sich mit ihrer Bestellung und den Leckereien vom Markt in die Sonne gesetzt.

Sie hatten sich bereits wieder auf dem Rückweg zum Schiff befunden, als Ronny sie gut dreißig Minuten später in der Rue Forcioli Conti, die geradewegs auf die Zitadelle führte, in Höhe der Kathedrale, in der Denys und Iryna noch unbedingt eine Kerze anzünden wollten, abgefangen hatte.

„Es ist alles geklärt mit ihm!", erwiderte Ronny und löste sich nun von Irynas Mund, um seine Lippen nun begierig über das Eis zu stülpen, an dem seine Freundin genüsslich schleckte und das vor wenigen Augenblicken fast noch aus ihrer Hand gefallen wäre. Sie reichte ihm das Eis, das er mit wenigen Bissen komplett verschlang.

Die Kathedrale auf der anderen Straßenseite wirkte für ein katholisches Gotteshaus unscheinbar, gegenüber den italienischen Kirchen gar profan. Das Querschiff, im Grundriss eines lateinischen Kreuzes erbaut, schien kaum ausgeprägt, und die drei inneren Schiffe ließen sich durch die fehlende Relation zwischen Höhe und Breite kaum erkennen. Dafür zeugten die sieben seitlichen Kapellen im Innern der Kathedrale, das imposante Kuppeldach und vor allem die Barock-Fassade in einem Ockerton, der mit der Sonne um das fröhlichste Strahlen wetteiferte, von einem unerklärbaren Charme.

„Habt ihr euch abgesprochen?", fragte Denys und sah von Damian zu Ronny hinüber.

Beide trugen eine kurze weiße Hose, ein hellblaues Shirt und ein Basecap sowie Sonnenbrille und Flip-Flops. Zudem waren sie sich auch körperlich sehr ähnlich, was nicht selten dazu führte, dass sie von Kollegen verwechselt wurden, wenn man einen der beiden auf der Nagasaki Road auf Deck 3 erblickte. Ein Umstand, der für beide Männer ebenfalls unerträglich war. Beide verbrachten viel Zeit an den Sportgeräten, besaßen einen sportiven Gang und waren – im Gegensatz zu Iryna und Denys – bereits sommerlich gebräunt.

„Ja, er hat mir meine Sachen rausgelegt." Ronny grinste frech, dann kramte er eine Schachtel Zigaretten aus den weißen Cargoshorts, zündete sich eine Kippe an, nahm einen Zug und reichte sie an Iryna weiter, ehe er eine weitere Zigarette aus der Schachtel fingerte.

„Freitag, hast du gestern nicht schon genug abbekommen?"

„Ihr nervt, wisst ihr das eigentlich?", schaltete sich nun Iryna ein. Als sie merkte, dass ihr Einwurf ohne Reaktion blieb, holte sie ihr Smartphone aus ihrem Bastkorb.

„Du meinst das Veilchen? Das kriegt auch Iryna hin, wenn sie beim Sex wild um sich schlägt. Eigentlich müsstest du das doch wissen, oder, Wehling?"

„Ey, verrat doch nicht immer alles", echauffierte sich Iryna theatralisch und kniff Ronny liebevoll in die Seite.

„Witzig, witzig!"

„Mensch, hab' dich doch nicht so", sagte Iryna und warf sich ebenfalls äußerst publikumswirksam an Damians Hals. „Du bist doch längst über mich hinweg, oder warum hat am Seetag die kleine Scout-Maus deine Kabine am Nachmittag so überstürzt verlassen?"

„Das ist etwas anderes", gab Damian kleinlaut zu und löste sich aus Irynas Umarmung, als in dem Moment eine

Nachricht auf ihrem Smartphone aufploppte, das sie immer noch in ihrer anderen Hand hielt.

„Was ist los, Babe?"

„Nichts, eine Anweisung vom Coach!", sagte Iryna, schob sich ihre Sonnenbrille ins Haar und zeigte Denys ihr Handy.

„Und deshalb zitterst du?"

„Mir ist gerade etwas schlecht, sorry. Frauensache. Aber davon versteht ihr ja nichts!" Sie lächelte gequält, nahm das Handy wieder entgegen und setzte sich erneut ihre Designer-Sonnenbrille auf.

„Ach, der Wehling schon. Stimmt's oder hab ich recht?"

„Freitag, halt einfach mal dein Maul. Immer 'ne dicke Lippe riskieren!"

„Wer hat die dicke Lippe von uns beiden?", sagte Ronny und spielte provozierend mit dem Finger an seiner Unterlippe herum.

„So langsam reicht's!" Damian wollte sich gerade auf Ronny stürzen, als Denys ihn zurückhielt.

„Jungs, was soll das? Ist es das wert?"

„Lass mich!", brummte Damian und stieß Denys von sich.

„Ich möchte gerne noch in die Kirche, bevor wir zurückmüssen." Auch Iryna war mehr als genervt und hatte keine Lust mehr auf diesen Stress zwischen ihrem Exfreund und ihrem aktuellen Lover.

„Ich komme mit", sagte Denys, und die beiden Artisten schlenderten die Straße weiter hinunter.

„Die Orthodoxen und ihr Glaube! Na meinetwegen, ich bin dabei!"

„Dir ist auch nichts heilig, was Freitag? Hauptsache noch mal schnell nen blöden Spruch gerissen! Bleibt mal stehen, ich will die Kathedrale noch schnell ohne diesen Penner aufnehmen."

„Hast wohl keine Freunde, oder warum hängst du eigentlich immer bei uns rum, Wehling?"

„Das sagt ja genau der Richtige!" Damian baute sich vor ihm auf, dann schob er den Kopf nach vorne, als wollte er Ronny etwas zuflüstern. Doch anstatt seine Stimme zu senken, hob er sie und brüllte Ronny fast an: „Weiß deine Freundin eigentlich, wer du bist?"

„Was?"

„Ja, du hast schon ganz genau verstanden, was ich gesagt habe. Ich finde, sie sollte die ganze Wahrheit erfahren. Wer du bist und wer du vorher warst."

„Was meint er damit?", fragte Iryna, die mittlerweile stehen geblieben war, und setzte ihre Sonnenbrille erneut ab.

„Ach, der macht sich doch nur wieder wichtig! Aber das hier ist keine Auktion, Wehling!"

„Weißt du, Freitag, ihr habt schon meinen Vater auf dem Gewissen. Aber so leicht lasse ich mich nicht aus dem Weg räumen!", blaffte Damian und lief vom Bürgersteig auf die Straße, um für ein besseres Motiv die Seite zu wechseln und vom Vorplatz der Kirche aus die Kathedrale aus einem anderen Winkel zu fotografieren. Tauben pickten entspannt auf dem Platz, auf einer Bank saß ein älterer Mann und blätterte in der Tageszeitung, und in den Gassen, die rechts und links von der Kathedrale abgingen, suchten einige Passagiere der Virgin of the Ocean – wie

164

man auch von Weitem an den Halsbändern mit dem aufgedruckten Logo der Reederei unschwer erkennen konnte – in den kleinen Geschäften nach dem richtigen Souvenir für die Daheimgebliebenen.

„Damian! Was soll das? Kannst du das mal bitte erklären?", rief Iryna dem Galeristen hinterher, der aber wie einige Minuten zuvor nicht auf ihre Bitte reagierte. „Ronny, weißt du, was er meint?"

„Der spinnt doch!", kläffte Ronny und winkte abschätzig ab, als sich der Galerist noch einmal kurz zu den anderen umdrehte. Damian hatte mittlerweile die Straßenmitte erreicht und war bereits in die Knie gegangen, um als leidenschaftlicher Fotograf das Hinweggleiten der Wolken über der Kathedrale mit einzufangen, jedoch nicht ohne sich vorher vergewissert zu haben, dass kein Auto auf der Straße entlangfuhr, was ihn beim Fotografieren gestört hätte.

„Ich will eine Antwort, Ronny! Was meint er mit ob ich wüsste, wer du eigentlich bist?", bestand Iryna auf eine Erklärung.

„Da musst du ihn fragen", erwiderte Ronny, immer noch schwer genervt, und schaute von seiner Freundin zu Damian hinüber, als er plötzlich aus den Augenwinkeln sah, wie eine schwarze Limousine mit durchdrehenden Reifen aus einer Parkbucht fuhr und direkt auf Damian zuraste.

„Damian!", schrie Ronny, doch da hatte der Wagen den Galeristen, der noch aufgesprungen war, bereits erfasst. Der Körper des jungen Mannes flog durch die Luft und knallte mit einem dumpfen Schlag auf die Straße. Seine

Gliedmaßen waren unnatürlich abgeknickt. Der Kopf war an der Aufschlagstelle eingedrückt. Blut lief auf die Straße und saugte sich in die anthrazitfarben glänzende Asphaltschicht.

Damian Wehling bewegte sich noch ein letztes Mal, ehe der Tod sich seines Körpers bemächtigte. Wie bei einer Prozession stoben die Tauben in alle Himmelsrichtungen, als der schmerzerfüllte Schrei einer jungen Frau die schlafenden Altstadtgassen Ajaccios jäh aus ihrer Vormittagsruhe riss.

KAPITEL 19

„Du verheimlichst mir was!", sagte Elke Marin und sah aus dem Augenwinkel, wie Heike Freitag fast der filigrane Halsschmuck aus den Händen geglitten wäre. Zufrieden mit der Reaktion auf ihren verbalen Angriff wandte sie sich wieder ihrem Spiegelbild zu, das ihr aber leider auch nicht sagen wollte, welcher Chiffonschal besser zu ihrem weißen Sommerkleid passte.

„Tut mir leid, Elke, aber ich weiß wirklich nicht, was du meinst", sagte Heike, die sich wider Erwarten schneller gefangen hatte als gedacht.

Beide Frauen hatten nach einem ausgiebigen Frühstück im Buffet-Restaurant *Große Freiheit* gegen 9.15 Uhr die Virgin of the Ocean verlassen, um gemütlich durch Ajaccio zu laufen. Sie wollten in Ruhe die Stadt erkunden, über den Markt schlendern, der ihnen von vielen Passagieren bereits am Vortag empfohlen worden war, und gegen Mittag in einem kleinen Bistro einkehren, um sich die korsische Lebensart auch kulinarisch einzuverleiben.

Schon vor Wochen hatten sich beide Paare darauf verständigt, erst einmal nur Ausflüge für Rom und Florenz zu buchen. In Ajaccio auf Korsika wollten sie auf eigene Faust an Land gehen, und für Barcelona wollten sie sich erst während der Reise und damit kurzfristig für einen Landausflug entscheiden, „*Schließlich sind wir ja im Ur-*

laub und nicht auf der Flucht", wie es Uwe Freitag so treffend formuliert hatte.

So hatten sie ihre Expedition auf dem Markt begonnen und sich gleich am ersten Stand jeweils ein Glas Kastanienhonig gekauft, das sie, im Gegensatz zu anderen Lebensmitteln, auch mit an Bord nehmen durften. Frische Lebensmittel wie Obst und Gemüse, geräucherte, aber nicht abgepackte Wurst oder nicht eingeschweißter Käse, ofenwarme Croissants, gefüllte Teilchen oder süße Tartes wie deftige Quiches waren durch die Bestimmungen der Reederei jedoch davon ausgenommen und mussten noch vor der Gangway aufgegessen oder leider in die dafür extra aufgestellten Mülltonnen weggeworfen werden.

Nachdem sie ihren Bummel beendet und kurz einen Blick ins Geburtshaus Napoleons geworfen hatten, waren sie auf der Rue Roi de Rome in einer kleinen Boutique gelandet, die alles hatte, was das geneigte Frauenherz schneller und höher schlagen ließ. Große wie kleine Taschen, extravagante Schuhe, ausgefallene Strickmode, handgefertigten Schmuck, bunte Schals und luftige Sommerkleider gehörten genauso zum vielfältigen Angebot wie weite Mäntel, eng sitzende Hosen, verspielte Tops und wallende Röcke.

„Du weißt genau, was ich meine, Heike. Und es hat irgendwas mit Ronny zu tun und seiner Zeit hier auf Mallorca. Soll ich lieber den mintgrünen oder den lachsfarbenen Schal nehmen?", schob sie hinterher und zeigte Heike ihre Auswahl.

„Das ist doch Terrakotta!", beharrte Heike und hielt

168

sich nun selbst zwei verschieden gestaltete Ohrringe an ihr rechtes Ohr.

„Dann eben Terrakotta! Ich finde, das verstärkt meinen Sonnenbrand im Gesicht!", sagte Elke und schnaufte enttäuscht. Auch sie hatte sich auf Anhieb in den roten Schal verliebt. Aber zu viel Sonne und zu wenig Creme hatten ihre Gesichtsfarbe von einem hellen Hautton zu einem feurigen Rot gefärbt, das nur langsam in den von so vielen Sonnenanbetern gewünschten Braunton überging.

„Dann nimm doch den anderen! Oder wähle einfach eine ganz andere Farbe aus. Wie ist es mit dem Gelb dort?" Heike machte eine leichte Kopfbewegung in Richtung einer Ankleidepuppe, die zu einem weißen Kaftan Schal, Hut und Tasche in knalligem Gelb trug.

„Du musst nicht ablenken, Liebes!"

„Ich dachte, du bist dir nicht ganz sicher, ob du lieber Rot, also Terrakotta, oder ..."

„Heike!", fuhr Elke ihre Schwägerin an und warf die beiden Schals auf einen großen Ohrensessel, der als Warteinsel für ungeduldige Ehemänner neben die Anproben gestellt worden war.

„Was für krumme Dinger laufen da, Heike? Hat dein Sohn irgendetwas angestellt?"

„Nein, Elke, wo denkst du hin?!"

„Ist er in Gefahr?", setzte Elke nach und rechnete mit einer genauso schnellen Antwort.

Doch Heikes Zögern war eindeutig zu lang. „Ich weiß es nicht."

„Was weißt du nicht? Er ist dein Sohn ..."

„Es ist alles so kompliziert, und Uwe denkt doch sowieso nur, ich bin verrückt und höre schon die Flöhe husten."

„Geht es um das Gemälde? Mensch Heike, du weißt doch, was es heißt, sich mit den Falschen anzulegen."

„Er brauchte nun mal das Geld, um seine Spielschulden zu begleichen. Aber ich weiß nicht, was mit dem Bild geschehen ist."

Jetzt war es Elke Marin, die zögerte. Ihr fehlten einfach die richtigen Worte, die beschreiben konnten, was sie gerade fühlte. Und welche Angst sich plötzlich in ihr ausbreitete.

„Ich dachte, ihr habt euren Sohn aus dem Gefängnis geholt und das Bild dem Bistum zurückgegeben?"

„Der Bischof hat Ronny da rausgeholt. Aber wir sollten der Polizei und den Medien gegenüber sagen, dass wir die Kaution für ihn gestellt haben."

„Und das Gemälde?"

„Das ist es ja. Es ist bis heute nicht wieder aufgetaucht."

„Dann kann es ja nur Ronny haben ..."

„Er sagt, er hat es nicht mehr."

„Und du glaubst ihm?"

„Er ist mein Sohn! Natürlich glaube ich ihm ..."

„Aber wo ist es dann?"

Heike zuckte resigniert mit den Achseln. „Ich weiß es nicht. Aber genau das ist es ja, was mich so beunruhigt. Bei uns ist damals auch ein Kunstwerk nicht dort angekommen, wo es hinsollte. Und wir beide wissen, was danach passiert ist."

KAPITEL 20

Als Kerstin Luckow die Stufen zum Hauptportal der Kathedrale Notre-Dame-de-l'Assomption erklommen hatte, sah sie sich noch einmal nach rechts und links um. Sie atmete entspannt durch, dann schaute sie ein letztes Mal auf ihr Smartphone, schaltete es aus und betrat das Eingangsportal der Kirche.

Es war jetzt zwei Tage her, dass der Mann sie mit seinem Anruf so überrumpelt hatte. Warum hatte er sie erneut erinnern müssen? Hatte er so wenig Vertrauen? Sie wusste doch um ihren Auftrag! Auch schon vor jenem Telefonat in Palma de Mallorca.

Zumal er nachdrücklich klargemacht hatte, was man von ihr verlangte. Das würde niemand vergessen. Und sie erst recht nicht. Dabei würde das, was sie zu erledigen hatte, erst übermorgen anstehen. Und dennoch hatte sie das Gefühl, auch hier und jetzt, an diesem wunderschönen Montagmittag in Ajaccio, beobachtet und verfolgt zu werden. Und hatte der Mann am Telefon nicht genau davon gesprochen, jeden ihrer Schritte zu kennen? Aber wie sollte er das bewerkstelligen? Sie hatte ihn weder an Bord gesehen noch war ihr jemand aufgefallen, als sie durch die Altstadtgassen geschlendert war. Hatte er sich einfach nur gut getarnt, sodass sie ihn bisher nicht bemerkt hatte? Oder hatte er gar jemanden angeheuert, sie auf dem Schiff wie jetzt auch in der korsischen Küstenstadt zu beschatten?

Kerstin, du spinnst, dachte sie und schaute kurz gen Himmel, der sich auch heute in einem satten, sommerlichen Blau über ihr ergoss. Bereits am gestrigen Seetag hatte er sich von seiner reinsten Schönheit gezeigt, und nicht eine einzige Wolke, nicht einmal ein zarter Schleier oder tief hängendes Nebelfeld hatte es gewagt, jene Vollkommenheit zu stören.

Eine angenehme Kühle empfing sie, als sie das weihrauchgetränkte Querschiff erreichte. Die Kathedrale war um diese Uhrzeit gut besucht. Eine Reisegruppe stand gerade an der Inschrift der Grabtafel Napoleons, andere Besucher – mit großen Kameras und noch imposanteren Objektiven in den Händen oder um ihren Hals hängend – suchten nach der richtigen Perspektive, um Kirchenschiff, Altar und Deckenmalerei auf ein Foto zu bekommen. In den Bänken saßen Gläubige andächtig mit gefalteten Händen, manche knieten im Gebet versunken, andere ließen einfach nur den mystischen Ort auf sich wirken.

Elektrische Kerzen leuchteten entlang der Seitengänge, auf deren Wänden der Kreuzweg Jesu Christi in seiner gesamten Dramatik bildlich dargestellt worden war. Matt floss das Tageslicht durch die Oberlichter und gab dem Kirchenschiff eine besondere Stimmung, die Ruhe und Ehrfurcht zugleich ausstrahlte.

Es war ein bescheidener Ort, weit weniger prunkvoll als italienische Gotteshäuser. Und doch erhaben und würdevoll. Gott zeigt eben auch in der kleinsten Sache seine vollkommene Größe, musste Kerstin an einen Spruch denken, den sie irgendwo einmal aufgeschnappt hatte, und setzte sich in eine Bank.

Sie war nach dem Frühstück allein von Bord gegangen. Miryam hatte sich für einen Golf-Ausflug nach Sperone entschieden, der als einer der schönsten Golfplätze der Welt galt. Wie Kerstin in der Ausflugsbeschreibung gelesen hatte, bestach der 18-Loch-Golfplatz mit einem atemberaubenden Ausblick über das türkisblaue Meer nach Sardinien. Doch die beiden spektakulären Höhepunkte waren laut der Beschreibung Loch 15 und 16, bei denen der Golfer den kleinen weißen Ball über eine Meeresbucht schlagen musste.

Wie die meisten anderen Gäste der Virgin of the Ocean, die Korsika auf eigene Faust erkunden wollten, war sie ebenfalls erst einmal ausgiebig über den Markt geschlendert, hatte süße Feigen probiert und ein kleines Glas Cap Corse gekostet, einen korsischen Aperitifwein, der wie ein süßer Martini schmeckte. Danach hatte sie sich von einem Ziegenbauern in die hohe Kunst des Käsemachens einführen lassen, um währenddessen von seinen dargebotenen Köstlichkeiten zu naschen, die von einem intensiv schmeckenden Bergkäse bis zu einem ausgereiften Weichkäse reichten. Ihr Favorit war der Brin d'Amour, ein Weichkäse aus Schafsmilch, der nach Rosmarin, Thymian, Oregano, Lavendel und Wacholder schmeckte. Er hatte das Aroma des Maquis, des Buschwaldes der Insel mit seinem typischen dichten Unterholz – ein intensiver Geschmack nach Korsika.

Anschließend war sie dann über die Rue de la Porta in die Altstadt gelaufen, deren Gassen durch die hohen Häuser noch enger aussahen, als es die Bilder im Internet und in Miryams Reiseführer bereits erahnen ließen.

Erneut kreisten ihre Gedanken um jenes Telefonat und den anstehenden Auftrag. Sie spürte, wie das Kribbeln in ihrem Körper stärker wurde. Es war ein heikler Plan, und sie wusste weder wie man sie empfangen noch was sie erwarten würde. Es war ein Auftrag mit ungewissem Ausgang, auch wenn sie sich bestens dafür vorbereitet hatte.

Man hatte ihr bereits vor zehn Tagen die Adresse des Einsatzortes zukommen lassen. Noch vor der Abreise hatte sie bei Google Maps nach dem Ort und den Busfahrzeiten geschaut und sich die passende Verbindung notiert, die sie am Mittwochmittag nehmen musste. Jetzt musste sie nur noch Miryam loswerden. Aber noch hatte sich ihre Freundin nicht dazu geäußert, was sie übermorgen unternehmen wollte. Dabei plante sie gerne immer alles im Voraus, um Pläne nicht selten wenige Stunden vorher umzustoßen und feste Verabredungen sausen zu lassen und etwas ganz anderes zu machen. Es wäre also alles andere als verwunderlich, wenn Miryam, kurz bevor Kerstin den Bus bestieg, beschließen würde, ihre Freundin zu begleiten. Ein Vorhaben, das Kerstin bereits im Keim ersticken musste, denn es durfte niemand von dieser Aktion und vor allem nicht von dem Ort erfahren, den sie aufsuchen sollte. Zu viel stand auf dem Spiel. Vor allem finanziell. Doch nicht für sie. Für Kerstin ging es um mehr. Es ging um ihre Existenz. Und darum, dass ein lang gehütetes Geheimnis auch weiterhin als ein solches bewahrt bleiben würde. Sie hoffte inständig, dass der Mann sich auch an seine Abmachung halten würde, wenn sie ihren Auftrag erfolgreich erfüllte. Aber was hatte er am Telefon nur damit gemeint, dass sie ihnen nicht entkommen könnte? Was hatte er noch gegen sie in der Hand?

„Wo haben Sie denn Ihre Reisebegleitung gelassen?", wurde Kerstin aus ihren Gedanken gerissen. Irritiert schaute sie den Mann an, den sie bereits auf dem Ausflug in die Kathedrale von Palma de Mallorca gesehen hatte. Er war ebenfalls ein Passagier, wie Kerstin an der Bordkarte erkannte, die an einem Band um seinen Hals baumelte.

„Darf ich mich zu Ihnen setzen, oder möchten Sie lieber ungestört sein?"

Sie nickte ihm kurz zu, auch wenn sie lieber weiter ihren Gedanken nachgehangen hätte. Sie räusperte sich kurz, dann sagte sie: „Meine Freundin interessiert sich nicht so für Kunst."

„Dann hat aber das Interesse Ihrer Freundin schnell nachgelassen. Gestern saß sie noch in der Late-Night-Auktion neben uns. Ich bin übrigens Mario. Mario Marin."

„Kerstin Luckow!" Beide verzichteten darauf, sich gegenseitig die Hände zu reichen. Irgendwie war eine Kirchenbank nicht der passende Ort für weltliche Förmlichkeiten.

„Also war sie doch da!", sagte Kerstin mehr zu sich selbst als zu ihrem Sitznachbarn. Sie wunderte sich, warum Miryam ihr gegenüber nicht ganz ehrlich gewesen war. Was war denn schon dabei zuzugeben, doch die Auktion besucht zu haben?

„Aber Sie sind ja heute auch alleine unterwegs", sagte Kerstin und erinnerte sich, dass sie bei dem Ausflug in Palma stets eine Dame an Marios Seite gesehen hatte.

„Sie meinen meine Frau Elke? Ja, sie hat es nicht so mit Gotteshäusern. Wir sind eben Kinder des Ostens. Vielen Ostdeutschen fehlt dieses Gen." Mario lächelte milde.

„Aber Ihnen nicht!?" Kerstin wusste nicht genau, ob sie ihre Erwiderung als Aussage oder als Frage formulieren sollte.

„Na, Sie sind doch auch hier!"

Jetzt musste Kerstin grinsen. „Da spricht man auf Arbeit jahrelang bestes Oxford-Englisch, um seine Herkunft zu verschleiern, und dann trifft man in der Kathedrale von Ajaccio einen Ossi, und schon ist man enttarnt."

„Ja, Ossis erkennt man eben sofort! Oder ist dir das etwa peinlich?" Er schaute sie herausfordernd an.

„Nein! Aber die Briten haben es nicht so mit den Deutschen, und da versuche ich, mich auch sprachlich bestens anzupassen."

„Ah, eine Lehrerin aus London! Alle Achtung! Wie meine Schwägerin. Also die ist auch Lehrerin, nur in Gotha und nicht in London. Die ist übrigens auch mit ihrem Mann auf dem Schiff."

„Nicht ganz, ich bin Provenienzforscherin bei Christie's ... Also ich untersuche Bilder auf ihre Herkunft, ihre Entstehung und ihre Geschichte", unterbrach sie sich selbst mitten im Satz, als sie merkte, dass mit Mario bereits der zweite Mann binnen kürzester Zeit nichts mit der offiziellen Bezeichnung ihres Berufes anfangen konnte. „Und Sie?", fragte Kerstin, die weiterhin beim Siezen blieb, während ihr Gegenüber schnell die Anredeform gewechselt hatte.

„Ich bin Elektriker. Na ja, ich mache auch Schlüssel-
dienst und reinige Abflussrohre, wenn es sein muss. Man
darf sich eben für ehrliche Arbeit nicht zu schade sein.
Wenn du mal Hilfe brauchst ..."

„Für London?"

„Ich bin immer mal wieder im Ausland tätig. Vor zwei
Wochen war ich erst in Italien. Ist das nicht ein wunder-
schöner Ort?", wechselte er plötzlich das Thema. „Ich finde, Kirchen haben etwas Beruhigendes. Und sie geben mir
Kraft. Ich bin bestimmt kein gläubiger Mensch, aber ich
zünde immer, wenn ich in eine Kirche gehe, egal wo, eine
Kerze für meine Eltern an."

„Mein aufrichtiges Beileid! Das hört sich alles noch
sehr frisch an ..."

„Mein Vati ist vor ein paar Wochen verstorben. Meine Mutti habe ich nie kennengelernt. Aber sie muss ein
wunderbarer Mensch gewesen sein ... Zumindest stelle
ich sie mir so vor. Wie Maria, die Mutter Gottes, als
Wesen engelsgleich, wunderschön und absolut vollkommen."

Was für ein Bild einer Mutter, die er selbst nie kennengelernt hat, dachte Kerstin und sah den Mann, der neben
ihr saß, in einer Mischung aus Achtung und Verwunderung an. Mario wirkte trotz dieser Beschreibungen seines
Gefühlslebens alles andere als weichlich. Seine sportliche
Figur mit kleinem Bauchansatz passte perfekt zu seinen
markanten Gesichtszügen. Auch im Sitzen war er nur un-
wesentlich größer als sie. Sein dünnes, aber immer noch
volles Haar changierte zwischen einem hellen Grau und
einem gerstenfarbenen Dunkelblond. Doch am auffälligs-

ten waren sein Grübchen im Kinn, sein breites Kreuz und die kräftigen Oberarme, die sich unter seinem T-Shirt abzeichneten, und seine Augen. Diese strahlten etwas Sentimentales, fast schon Trauriges aus und ließen ihn dadurch fast noch interessanter erscheinen. Er hat was für sein Alter, fand Kerstin, die ihn auf Mitte 50 bis maximal Anfang 60 schätzte.

„Kennst du die Marienikonen? Ich liebe diese besonderen Bildnisse der Mutter Gottes. Die schönsten werden gerade in den Vatikanischen Museen ausgestellt."

„Also sind Sie morgen auch auf dem Ausflug nach Rom mit dabei?" Schon seit Wochen freute sich Kerstin auf diesen Tagesausflug, der mit einem kurzen Bummel durch die Ewige Stadt starten und als Highlight eine Führung durch das Museum beinhalten würde.

„Ja! Ich habe den Ausflug erst gestern gebucht, da sich meine Frau leider auch gestern nicht dazu überreden ließ mitzukommen." Er zuckte mit den Achseln. „Dabei frage ich mich immer, wie man diese geschnitzten Kunstwerke nicht schön finden kann." Er zeigte auf die Seitenkapelle in seinem Rücken, in der Maria ihren Sohn Jesus auf dem Arm trug. „Was für eine liebevolle, aufopferungsvolle Frau. Und wie sie sich immer um ihren Sohn gekümmert hat. Voller Hingabe. Genau so, wie es meine Mutti mit mir getan hätte."

Kerstin spürte, wie die Worte eines für sie fremden Mannes ihr nähergingen, als sie es erwartet hatte. „Ich hoffe, Ihr Vater konnte diesen Verlust irgendwie kompensieren …" Bemüht suchte sie nach den richtigen Worten.

178

„Wie Väter das eben so können."

„Das tut mir leid!"

„Ja, mir auch! Nun bin ich also Vollwaise. Aber wenigstens habe ich noch Maria." Ohne eine Reaktion abzuwarten, drehte er sich wieder Richtung Seitenaltar.

„Ja, diese Kunstwerke haben wirklich etwas Göttliches. Als würden sie über den Dingen stehen. Dabei sind sie von Menschen geschaffen."

„Schön gesagt ..."

„Und manche dieser Bildnisse sind so unglaublich wertvoll, dass Menschen alles dafür tun würden, sie zu besitzen."

Er sah sie verächtlich an. „Immer geht alles nur ums Geld!"

„Für manche Menschen schon! Aber ich bin auf Ihrer Seite, Mario", fügte Kerstin an, die bemerkt hatte, wie schnell die Stimmung gekippt war. „Denn ich untersuche Bilder nicht nur, ich soll sie manchmal auch ihren rechtmäßigen Besitzern zurückgeben, wenn die Gemälde zuvor geraubt wurden, plötzlich aber irgendwo wieder auftauchen."

„Verjährt so etwas nicht?"

„In manchen Ländern schon, wie in Deutschland. Bei uns endet die Verjährungsfrist nach 30 Jahren. In anderen Ländern nicht. Da bleibt das Bild immer das Eigentum des rechtmäßigen Besitzers. Selbst nach dessen Tod."

„Das wusste ich gar nicht! Dann sind Sie also eine Detektivin?"

„Sagen wir so, es gehört zu meinen Aufgaben dazu. Aber es kommt nicht so häufig vor."

„Das klingt, als wären Sie Teil eines Dan-Brown-Romans."

Jetzt musste Kerstin plötzlich laut auflachen. Andere Besucher schauten sie irritiert an, und zwei Bänke weiter hörte sie ein echauffiertes „Pssst!".

„Und, ist irgendwo ein Bild geraubt worden, das Sie zurückholen müssen?"

Für einen kurzen Moment stockte Kerstin, und sie hoffte, dass Mario ihr Zögern nicht mitbekommen hatte, als sie rasch antwortete: „Ich bin im Urlaub! Die Arbeit habe ich zu Hause gelassen."

„Ich glaube, da ist gerade der Abenteurer mit mir durchgegangen." Mario zuckte entschuldigend mit den Achseln. „Aber wäre es nicht spannend, während dieser Reise ein Gemälde zu entdecken, das es in seiner Schönheit und Reinheit nur ein einziges Mal auf dieser Welt gibt?"

„Jetzt sind Sie wirklich der kleine Junge, der überall ein Abenteuer wittert."

„Müssen Sie nicht auch so abenteuerlustig sein, um jene seltenen Schätze zu finden?"

„Ich bekomme einen Auftrag, weil über die Herkunft eines Bildes geforscht werden soll, ob es sich um ein Original handelt. Ich gehe ja nicht einfach in ein Haus und schaue mir die dort hängenden Kunstwerke und Gemälde an oder suche auf Dachböden nach verschollenen oder geraubten Kunstschätzen."

Sie lächelte milde und wollte sich gerade erheben, als Mario sie zurückhielt. „Und ich dachte, Sie würden diese Kreuzfahrt mit einem Kunstauftrag verbinden."

Tiefgründig lächelte er sie an, ehe er die Bank auf der anderen Seite verließ. Einen Moment zu lange sah sie ihm nach, und auf einmal fror sie in der Kathedrale, und Kerstin fragte sich, wie dieser Mann so unvermittelt hatte ins Schwarze treffen können.

KAPITEL 21

„Ist er tot?", fragte Iryna Kowalenko mit gebrochener Stimme und schluchzte. Dabei wusste sie längst, dass ihr Exfreund diesen Angriff und den anschließenden Aufprall nicht hatte überleben können. Dennoch hoffte sie, dass der Kapitän ihr etwas anderes sagen würde und eine unumkehrbare Tatsache doch noch würde rückgängig machen können.

Doch als sie in sein Gesicht sah, da wusste sie, dass auch er keine übermenschlichen Fähigkeiten besaß und Damian nicht wieder zum Leben erwecken konnte.

„Es tut mir leid!", sagte Hauke Jensen und deutete Ronny an, in dessen Arme sich Iryna geflüchtet hatte, ihr noch mehr Halt zu geben.

Hauke Jensen war wie sein Security Officer Jan Fries sofort zum Unfallort geeilt und hatte als Erstes mit den ermittelnden Beamten der korsischen Kriminalpolizei gesprochen. Die Kollegen von der Kriminaltechnik versuchten bereits, den Tathergang zu rekonstruieren. Jan war als ehemaliger Polizist direkt zu seinen Ex-Kollegen gegangen, um sich über die Ermittlungsarbeit zu informieren, Fragen zum Opfer zu beantworten und seine vollumfängliche Hilfe anzubieten, falls diese bis zum Auslaufen benötigt werden würde. Schon auf dem Weg in die Rue Forcioli Conti hatte es weder für den Kapitän noch für den Seco den kleinsten Zweifel gegeben, die Reise trotz der persönlichen Betroffenheit durch den tragischen Unfalltod eines Besatzungsmitglieds fortzusetzen.

Der Kapitän als oberster Dienstherr und erster Verantwortlicher für die Crew hatte nach seinem Gespräch mit der Polizei noch kurz mit den Ersthelfern gesprochen, um sich nach dem Gesundheitszustand der beteiligten Crewmitglieder zu informieren, ehe er dann zu seinen Kollegen gegangen war, die sich mittlerweile etwas vom Unfallort entfernt hatten und nun auf dem Vorplatz der Kathedrale standen. Er empfand nicht nur die Pflicht, für sie da sein zu müssen. Er wollte es auch. Er fühlte sich verantwortlich und hoffte, sie würden in ihm einen Verbündeten sehen, dem man sich anvertrauen konnte. Mit dem man über seine Ängste sprechen konnte und der einem das Gefühl gab, in einer solchen Situation nicht alleine zu sein.

Wie er von den Sanitätern erfahren hatte, war Iryna direkt nach dem Unglück zusammengebrochen. Ihr Make-up war verschmiert, die Haare zerzaust, und ihre Sonnenbrille hatte nur noch einen Bügel. Auch Ronny Freitag und Denys Schelestjuk standen unter Schock und waren wie Iryna von den Sanitätern untersucht worden. Alle drei hatten das Drama hautnah mitansehen müssen. Doch nur Iryna hatte ein Beruhigungsmittel verabreicht bekommen, wie der leitende Notarzt Hauke ebenfalls kurz mitgeteilt hatte.

„Er ist regelrecht auf ihn zugerast. Das war kein Unfall", schniefte Iryna und vergrub ihr Gesicht zwischen Ronnys Brust und seiner linken Schulter.

„Uns ist der Wagen vorher nicht aufgefallen. Aber das haben wir schon der Polizei gesagt", pflichtete Ronny bei und streichelte seiner Freundin beruhigend über den Kopf, nachdem Hauke sie ebenfalls kurz um eine Schilderung des tödlichen Unfalls gebeten hatte.

„Wie, kein Unfall?"

„Nein, er ist erst aus der Bucht gefahren, als Damian mitten auf der Straße stand, um die Kathedrale zu fotografieren."

„Ihr glaubt also, er hat es auf Damian ...?" Weiter wollte Hauke seinen Gedanken nicht laut zu Ende denken. Auch, um eine immer noch schwer traumatisierte Iryna nicht weiter zu verängstigen. Doch es war zu spät. Iryna fing erneut an zu weinen. Sie versuchte sich krampfhaft an Ronny festzuhalten, der sie seinerseits langsam in Richtung einer Bank schob und sich gemeinsam mit seiner wimmernden Freundin darauf setzte.

Hauke sah in Richtung Kirche. Die Sonnenstrahlen tanzten auf der Fassade, als könnten sie nicht glücklicher sein. Das Portal strahlte eine Ruhe und Gemütlichkeit aus, die sich fernab jener Welt befand, die gerade um ihn herum herrschte. Das sanfte Rauschen der Palmenblätter über ihm erinnerte ihn an seine letzte Karibiktour mit Schnorcheln, Rum und weißen Sandstränden.

Doch das Hier und Jetzt wirkte verstörend. Polizeibänder flatterten im leichten Sommerwind. Überall standen Gaffer herum und beobachteten den abgesperrten Bereich, in dem sich mehr als 20 Menschen aufhielten und ihrer Arbeit nachgingen.

Polizisten führten Gespräche mit neugierigen Passanten, befragten Zeugen oder regelten den Verkehr an der Kreuzung Rue Forcioli Conti und Rue Soeur Alphonse, die in die Rue Notre Dame überging. Ihre Kollegen von der Spurensicherung nahmen Abdrücke des Reifengummis, das sich beim Durchdrehen auf den Asphalt abgerieben hatte. Die Mitarbeiter eines Bestattungsunternehmens hatten Damians Leichnam in einen Plastiksarg gelegt und ins Krankenhaus transportiert. Jan Fries war mit ihnen gefahren, um von der Klinik aus die Reederei zu verständigen, Damians Eltern zu benachrichtigen und alle notwendigen Formalitäten zu erledigen.

„Er ist auf ihn zugerast, als wollte er Damian absichtlich umfahren!", bestätigte Denys Irynas Schilderung.

„Absichtlich?", fragte Hauke erneut. Er brauchte einen Moment Zeit, das gerade Gehörte zu verarbeiten. „Der Fahrer hat also nicht die Kontrolle über seinen Wagen verloren?" Hauke merkte, wie lächerlich seine Nachfrage für die Umstehenden klingen musste. Das Auto war mit durchdrehenden Reifen und aufheulendem Motor davongerast, nachdem es den Galeristen über den Haufen gefahren hatte. Und trotz Großfahndung war die Limousine bis jetzt nicht gefunden worden, wie ein Kripo-Beamter ihm noch vor wenigen Minuten versichert hatte.

„Nein! Dieser Typ hat ihn einfach umgefahren. Wie eine Pylone." Ronnys Augen funkelten, während er seine Freundin noch fester an sich drückte.

„Habt ihr ihn gesehen, ihn erkannt?"

„Nein! Wir haben nichts gesehen, weder den Fahrer noch das Nummernschild."

„Die Scheiben waren abgedunkelt, und dann ging ja alles auch so furchtbar schnell", sagte Denys.

„Aber warum macht man so was? Wer wollte ihn töten?"

„Das haben wir uns auch schon gefragt. Aber das kann nur ein Geisteskranker gewesen sein, der einfach Spaß daran findet, andere Menschen umzufahren und zu töten", versuchte Denys, eine Antwort auf jene zigmal gestellte Frage zu finden.

„Ja, die Computerspiele geben ihm nicht mehr den richtigen Kick! Da musste er sich jetzt menschliche Zielscheiben suchen!"

„Ronny!", ermahnte Hauke den jungen Mann, der ihn um einen halben Kopf überragte, auch in diesen düsteren Momenten doch bitte sachlich zu bleiben.

„Auch die Polizei geht von einem feigen und hinterhältigen Anschlag aus. Was sollen wir jetzt machen?", fragte Denys.

„Wir gehen jetzt zurück zum Schiff. Der Seco bleibt an Land und kümmert sich um alles Weitere. Ich habe mit dem Crew Purser gesprochen, ihr seid heute alle vom Dienst freigestellt. Und auch das Hospital weiß Bescheid, wenn ihr euch dort etwas zur Beruhigung geben lassen wollt."

Mit diesen Worten hatte Hauke die drei dann zurück zum Schiff begleitet und sie gemeinsam mit einer Ärztin und einer Krankenschwester auf ihre Kabinen gebracht.

Jetzt stand er auf der Brücke und schaute in die Weite des Ozeans. Weit entfernt am Horizont ragten die Felsen der Iles Sanguinaires, der blutrünstigen Inseln, wie Nadeln aus dem dunkelblauen Meer hinaus.

Als er sich umdrehte, fiel sein Blick auf die Stadt, die von den Griechen den Beinamen „Kalliste", die Schönste, verliehen bekommen hatte. Häuser in den unterschiedlichsten Sand-, Gelb- und Ocker-Tönen beherrschten das Bild, das friedlicher und lieblicher nicht hätte sein können. Lilafarbener Oleander und violette Bougainvilleas in den Parks, als Häuserranken oder eingepflanzt entlang der Hafenpromenade, gaben der Stadt im Kontrast dazu aufregende Farbkleckse. Dahinter schloss sich ein dichter, saftig grüner Pinienwald an, der sich wie ein Teppich über das bergige Hinterland legte.

Blaue, rote und weiße Fischerboote schaukelten im Hafenbecken. Möwen sonnten sich einbeinig auf den Stegen, putzten ihr Gefieder oder starteten zu einem neuen Flug, um sich anschließend vom Aufwind tragen zu lassen. Die Palmenkronen überdeckten den Place Foch und den Markt, auf dem auch jetzt wieder eine geschäftige Betriebsamkeit herrschte. Er sah, wie Standbesitzer wild gestikulierend auf ihre aktuellen Angebote hinwiesen, handelsfreudige Kunden um den besten Preis feilschten und Touristen wie Einheimische von den unzähligen kulinarischen Köstlichkeiten probierten.

Doch heute hatte Ajaccio seine Schönheit, nach der sich auch Napoleon Bonaparte, der Sohn der Stadt, in seiner Abwesenheit stets zurückgesehnt hatte, und die gesellige Gemütlichkeit verloren. Sie hatten einem grausamen Unfall, der Tod in die Altstadt gebracht hatte, weichen müssen. Die dunklen Stellen, in denen sich das Blut in den Asphalt gefressen hatte, das von den Mitarbeitern der Stadtreinigung mit ätzenden Mitteln entfernt worden war, erinnerten an jenes tragische Unglück, das seine Besatzung um ein Mitglied hatte schrumpfen lassen.

Es war kein Unfall! Auch jetzt, einige Stunden später, kreisten seine Gedanken um jene Aussage der jungen Artistin, die mit schockstarrem Blick, aber fester und klarer Stimme diesen Satz immer und immer wieder wiederholt hatte. *Er ist auf Damian zugerast, als wollte er ihn absichtlich umfahren!*

Was wusste er eigentlich über seinen Galeristen Damian Wehling? Er fuhr bereits seinen dritten Vertrag für die Reederei. Er war ein sehr guter Auktionator und ein noch besserer Verkäufer, wie ihm der Kreuzfahrtdirektor bei einer der letzten Sitzungen gesagt hatte, als sie die Umsatzzahlen der zurückliegenden Reisen besprochen hatten. Und er war der Exfreund von eben jener Iryna Kowalenko, so der Crew Purser, für die er sich erst gestern in der Crew-Messe mit Ronny Freitag, ihrem neuen Freund, geprügelt hatte.

Er musste zugeben, er kannte Damian Wehling nicht besonders gut. Vielleicht würde sein Seco Jan Fries mehr über den 36-Jährigen herausfinden, wenn er wieder zurück an Bord war.

Aber selbst wenn Jan den Galeristen besser kannte oder er über seine speziellen Kanäle und Quellen, die er als ehemaliger Polizist immer noch pflegte, mehr über Damian erfahren würde, Hauke konnte sich auch im Entferntesten nicht vorstellen, was der Grund für einen Mordanschlag gewesen sein könnte. Oder war Damian nur ein Zufallsopfer gewesen, das einfach nur zur falschen Zeit am falschen Ort gewesen war, und hätte es somit jeden Menschen treffen können, der sich gerade um diese Uhrzeit in der Rue Forcioli Conti aufgehalten hatte?

Ob die Nonne auch ein Zufallsopfer gewesen war, fragte er sich, und musste augenblicklich an die tote Gottesfrau denken, deren Bild durch die Medien und sozialen Netzwerke gegangen war. Und auch vor zwei Tagen in der Kathedrale Palmas waren Crew-Mitglieder wie auch Passagiere involviert gewesen. Zwar nicht als direkt Betroffene oder gar Opfer, aber immerhin hatte eine Reisegruppe die Frau entdeckt, die ans Kreuz genagelt über dem Altar der Kathedrale gehangen hatte.

Erst die tote Nonne und nun der Galerist. War es wirklich ein Zufall, dass die beiden ausgerechnet dann hatten sterben müssen, als die Virgin of the Ocean im Hafen von Palma und Ajaccio gelegen hatte? Und Hauke fragte sich, welches Unglück sie für ihr nächstes Ziel zu erwarten hatten. Und ob dieses ebenfalls tödlich enden würde.

KAPITEL 22

„Ich will nicht mehr! Ich kann das nicht!" Iryna Kowalenko lag in einem hellgrauen Nicki-Anzug in ihrem Bett, das Oberbett bis ans Kinn gezogen, während ein Kälteschauer nach dem anderen ihren schlanken Körper durchfuhr. Sie bibberte, als wäre sie von der schlimmsten Wintergrippe heimgesucht worden. Dabei war sie körperlich und organisch topfit, wie ihr die Ärztin des Hospitals nach einer weiteren Untersuchung bestätigt hatte.

Obwohl es draußen immer noch um die 28 Grad Celsius warm war, hatte sie die Heizung bis zum Anschlag hochgedreht. Aber trotz eines kuscheligen Hausanzugs, des dicken Oberbetts und einer überhitzten Kabine wollte ihr Inneres sich einfach nicht weiter aufwärmen.

„Du musst dich zusammenreißen. Oder willst du, dass deine Mutter so endet ... oder wir?", betonte Denys Schelestjuk mit Nachdruck. Er saß im Schneidersitz vor Irynas Bett und funkelte sie mit zusammengekniffenen Augen an. Dann zog er sein Smartphone aus der Hosentasche und zeigte ihr erneut das Foto, das er ebenfalls am gestrigen Seetag zugesandt bekommen hatte und das auch jetzt nicht an Wirkung verlor.

„Es sind nur noch zwei Aufträge." Anders als Iryna trug er mit der kurzen Hose und dem weißen T-Shirt immer noch dieselben Kleidungsstücke wie am Vormittag. Und ihm war weniger kalt, dafür kämpfte er bereits seit dem schrecklichen Unfall in Ajaccio gegen eine Übelkeit an, die auch nach einem eingenommen Medikament einfach nicht abklingen wollte.

„Woher bist du dir da so sicher? Sie haben uns in der Hand." Iryna zitterte. „Sie können jederzeit bestimmen, dass es noch lange nicht zu Ende ist. Und ich habe meine Mama seit Samstag nicht mehr erreicht ..." Sie strich sich mit der Bettdecke an der Nase entlang.

„Was?"

„Ja! Ich habe ihr mehrere Nachrichten geschrieben und sie aus dem Café heraus versucht anzurufen. Aber sie geht einfach nicht ran. Was ist, wenn sie ihr längst etwas ..." Weiter wollte sie diesen Gedanken nicht denken. Sie konnte sich ungefähr ausmalen, wozu diese Menschen fähig waren. Das, was man mit Damian angestellt hatte, war schon schlimm gewesen. Aber sie würden sich für sie noch ganz andere Dinge überlegen. Und ihre Mütter oder weitere ihnen nahestehende Menschen würden davon nicht verschont werden.

„Es können nicht unsere Mütter sein, weder deine noch meine! Sie würden ein viel zu hohes Risiko eingehen, dass wir dann gar nicht mehr kooperieren ..."

„Das sind ja beruhigende Aussichten, Denys!" Iryna war zu kraftlos, um verächtlich zu schnauben.

„Aber es ist doch so, oder was würdest du tun, wenn du auf deren Seite wärst?"

„Darüber habe ich mir noch nie Gedanken gemacht!" Warum sollte sie auch? Sie waren die, die man erpressen konnte, weil sie vor gut zwei Jahren einmal eine falsche Entscheidung getroffen hatten.

Sie waren beide sehr jung gewesen. Jung und viel zu unerfahren, um zu erkennen, wer es gut mit ihnen meinte und wer nicht. Dabei hatten sie sich nur Geld leihen wollen, um davon ein Flugticket und ein Hotelzimmer zu bezahlen. Für ukrainische Verhältnisse waren ein Hin- und Rückflug nach Hamburg und ein Zimmer in der Hansestadt für mehrere Nächte einfach viel zu teuer. Unbezahlbar sogar. Dabei wollten sie doch nur am Casting für die Akrobaten und Trapezkünstler teilnehmen, in der Hoffnung, einen der wenigen freien Plätze im Showensemble der Reederei Star Lines zu erhalten. Ein erfolgreicher Abschluss an der Artistenschule in Kiew war zwar immer noch der wichtigste Türöffner, aber wenn man nicht in einem Zirkus arbeiten wollte, dann blieben nicht mehr so viele andere Bereiche übrig, in denen Akrobaten engagiert wurden. Darüber hinaus garantierten die Verträge von sechs Monaten am Stück als Ausgleich einen längeren Aufenthalt in der Heimat und bei der Familie. Engagements an US-amerikanischen Musical-Häusern oder in Show-Parks hatten viel härtere Dienstzeiten. Von der deutlich schlechteren Bezahlung mal ganz abgesehen. Und auch das war kein unwichtiger Punkt, da beide hohe Kredite aufgenommen hatten, um sich überhaupt die Ausbildung in Kiew leisten zu können.

„Ich werde gleich noch mal zu Hause anrufen und fragen, ob alles in Ordnung ist!", versicherte Denys.

„Und was wenn nicht?"

192

„Dann werde ich sofort absteigen und nach Hause fliegen! Was glaubst du? Meinst du, ich werde dann noch meinen Arsch für die riskieren?"

„Aber das hieße ja, deine Mama wäre ..."

„Iryna, es hilft uns nicht, wenn wir uns beide jetzt gegenseitig runterziehen."

„Und warum haben sie uns dann noch keine weiteren Infos geschickt?" Iryna spürte, wie ihr die Tränen die Wangen herunterliefen. „Oder hast du etwas bekommen?"

„Vielleicht wollten sie abwarten, wie wir nach dem heutigen Vormittag reagieren." Denys zuckte mit den Achseln. „Ich mache mir eher Sorgen um den Kapitän und Jan."

Iryna schaute ihn verständnislos an. „Wie meinst du das?" Sie schälte sich aus ihrem Bett, griff nach ihrer Handtasche, die zwischen gerollten Turn-Ballerinas, einem einzelnen Designer-Pump und abgelaufenen Sportschuhen, zusammengeknüllten Oberteilen, einer zerknautschten Jeans, abgestandenen Energy-Drink-Dosen und geöffneten Chips- und Süßigkeiten-Tüten stand, und fischte ein bereits benutztes Taschentuch heraus.

„Ach Iryna. Die werden es doch nicht darauf beruhen lassen, dass Damian von einem Irren über den Haufen gefahren worden ist. Jan war früher Polizist. Der wird schon wissen, dass das Absicht und Berechnung war, und dann ist es nur eine Frage der Zeit, bis sie auch bei uns nachbohren ..."

„Aber Damian hat doch nichts mit uns zu tun. Er weiß noch nicht mal was von unserer Sache. Selbst Ronny ..."
Ein Klopfen unterbrach Irynas Erwiderung.

„Wer ist das?", fragte Denys und schaute von Iryna zur Tür und wieder zurück. „Glaubst du, das ist Jan?", flüsterte er Iryna zu.

„Das ist Ronny!"

„Wer auch sonst ...?!" Denys erhob sich aus seinem Schneidersitz und legte den rechten Zeigefinger auf seine Lippen, dann sagte er mit gesenkter Stimme: „Es ist auch besser, wenn Ronny nichts davon weiß. Es reicht doch, dass einer deiner Lover tot ist, oder?!"

„Denys!", zischte Iryna, um dann auf Ukrainisch nachzuschieben: „Was soll das? Das klingt ja, als wäre es meine Schuld ...", keifte Iryna und vergrub sich unter ihrer Bettdecke.

Doch Denys hatte nicht vor, darauf zu reagieren, als er die Tür öffnete und Ronny in die stickige Kabine ließ: „Hab ich euch bei was gestört? Boah, reißt mal die Fenster auf. Hier geht man ja ein!"

„Deine Witze waren auch schon besser!" Denys hatte nach Ronnys Eintritt die Kabinentür wieder geschlossen und folgte dem Gast nun Richtung Bett. Iryna bewohnte, im Gegensatz zu ihrem Freund Ronny, der sich eine Kabine mit einem anderen Crew-Mitglied teilen musste, aber seit seiner Liaison fast nur noch bei Iryna schlief, eine Einzelkabine mit integriertem Bad und einem Bullauge, das man aber wie alle Fenster im Crew-Bereich nicht öffnen konnte.

„Hey Babe, geht's dir besser?" Ronny hatte sich mittlerweile auf die Bettkante gesetzt und strich über ihren schlanken Körper, ehe er langsam die Decke wegzog, unter der seine Freundin in Embryonalstellung zusammengerollt lag.

„Es geht!", sagte Iryna, legte beide Arme um die Hüften ihres Freundes und kuschelte sich an ihn an. „Du bist ja klatschnass geschwitzt!"

„Ich bin die Treppen runtergespurtet, und vorher musste ich noch meine Eltern beruhigen. Die dachten schon, ich wäre tot ..."

„Hat das oben so schnell die Runde gemacht?", fragte Denys und griff nach seiner Wasserflasche, die wie ein unumstößliches Mahnmal der Ordnung inmitten des ganzen Chaos auf dem Fußboden stand.

„Ja, es gibt kein anderes Gesprächsthema. Einige Gäste waren gerade in der Kathedrale, als ..." Er stoppte abrupt mitten im Satz, als er in die tränenunterlaufenen Augen seiner Freundin sah. „Und meine Mutter lief gerade mit meiner Tante durch die Altstadt. Sie hat uns gesehen, als wir dann mit dem Kapitän zurück zum Schiff gelaufen sind, und hat die Mädels von der Rezeption so lange belagert, bis sie endlich mit mir sprechen konnte. Was für ein Generve! Aber sie wollten mich ja unbedingt besuchen und eine Tour mit mir fahren. Wären sie mal besser zu Hause geblieben!"

Sei froh, dass du überhaupt noch eine Mama hast, dachte Iryna, und sie sehnte sich nach ihrer Mutter, von der sie schon seit Freitag nichts mehr gehört hatte. Sie schaute auf ihr Smartphone, das neben ihr im Bett lag, und drückte auf die Starttaste, um das Handy aus seinem Stand-by-Modus zu erwecken. Doch das hell erleuchtete Display, auf dessen Hintergrundbild ein junges Paar zu sehen war, das sich vor dem türkisblauen Wasser der Karibik leidenschaftlich küsste, zeigte keinen Eingang einer neuen Nachricht an.

„Freu dich doch! Unsere Mütter können sich so eine Kreuzfahrt nicht leisten", erwiderte Denys spöttisch.

„Du kannst sie doch auf Mitreise mitnehmen!", war die prompte Antwort.

„Genau, Irynas Mutter schläft dann zwischen euch und passt schön auf, dass auch alles da bleibt, wo es hingehört."

„Sicher, Alter! Du hast doch auch 'ne Einzelkabine! Nimm du sie doch."

„Jungs, bitte, Damian ist tot", mahnte Iryna und setzte sich auf.

„Ich geh noch 'ne Runde laufen. Ich muss mich abreagieren! Bis morgen", verabschiedete sich Denys und zog die Kabinentür hinter sich zu.

„Wir müssen uns auch ablenken, sonst werden wir noch verrückt!"

„Ronny, ich weiß gerade gar nichts ...", sagte Iryna und erschrak, als plötzlich eine Nachricht auf ihrem Smartphone aufploppte. Wie automatisch galoppierte ihr Puls. Mama, dachte sie und nahm das Mobiltelefon in die Hand. Doch ihre Freude, endlich etwas von ihrer Mutter zu hören, schlug augenblicklich in Enttäuschung um, als sie die Nachricht las: *Ich werde da sein*, stand dort, ohne den Namen des Absenders, irgendwelche Grüße oder eine nähere Ortsangabe. Wobei das auch nicht nötig war. Iryna wusste genau, welchen Ort der Verfasser meinte.

„Wer schreibt dir?" Unvermittelt riss Ronny ihr das Smartphone aus den Händen.

„Gib her!", fauchte Iryna und stürzte sich auf ihren Freund.

„Was soll das? Hast du einen anderen?"

„Spinnst du?"

„*Ich werde da sein.* Das klingt jetzt schon sehr eindeutig! Und sag nicht, derjenige hätte sich mit der Nummer vertan ...", schrie Ronny und hielt Iryna, die es zuvor nicht geschafft hatte, ihrem Freund das Telefon wieder zu entreißen, das Smartphone hin.

„Ronny, das geht dich nichts an ..."

„Was heißt, das geht mich nichts an?" Er packte sie fest am Oberarm und zog sie zu sich heran.

„Aua, du tust mir weh! Damian hätte so was ... Tut mir leid!", schob sie schnell hinterher, als Ronny plötzlich aufgesprungen war.

„Muss ich mir das jetzt immer anhören? *Damian hat dies, Damian hat jenes?*"

„Ich sag doch, dass es mir leidtut ... Aber ich hatte eine Überraschung für dich geplant ..."

„Hattest?" Ronny schien sich schneller wieder beruhigt zu haben, als Iryna erwartet hatte. Er setzte sich erneut zu ihr aufs Bett und gab ihr einen innigen Kuss. „Ich Idiot!"

Iryna lächelte müde. „Nicht immer so ungeduldig. Aber ich muss die Überraschung leider aufschieben. Ich komme morgen nicht vom Schiff. Hab IPM."

„Oh nein! Ich wollte mit dir nach Rom! Tausch doch ..." Jetzt gab sie ihm einen Kuss. Sie liebte seinen Pragmatismus – aber auch der stieß irgendwann an seine Grenzen.

„Ich hab schon gefragt, aber alle haben was vor oder müssen auch an Bord bleiben ... Und Damian ist ..." Erneut fing sie an zu heulen.

Ronny nahm seine Freundin zärtlich in den Arm und drückte sie fest an seine Brust. „Alles wird gut."

„Hoffentlich, Ronny, hoffentlich ... Was ist ...?"

„Was ist was?" Er sah sie durchdringend an.

Sie schluckte, dann räusperte sie sich und versuchte erneut, ihre Frage zu stellen: „Was ist, wenn gar nicht Damian das Ziel war, sondern du?" Jetzt war es raus. Ein Gedanke, der sie schon seit Stunden bewegte. Und vor dem sie sich verstecken wollte, tief unter ihrer Decke in der viel zu warmen Kabine.

„Du meinst heute Nachmittag?"

Sie nickte schwach. „Ihr hattet dasselbe an." Zur Bestätigung ihrer Worte zog sie leicht an seinem hellblauen Shirt. „Ihr seid beide gleich groß und sportlich gebaut. Man hätte euch leicht verwechseln können." Sie schniefte und sah ihn aus großen, runden und sich nach Schutz und Zärtlichkeit sehnenden Augen an.

„Ich weiß, Süße, ich weiß!" Er küsste sie auf ihre Stirn. Dann drückte er sie wieder fest an sich und strich ihr zur Beruhigung über ihre blonden Haare. „Das frage ich mich auch schon die ganze Zeit!"

KAPITEL 23

Florenz

Francesca Baldini war immer noch völlig konsterniert, als sie die Piazza della Santissima Annunziata erreichte. Ihre Gedanken rangen nach den Worten, die den Moment der Abfuhr nur annähernd hätten beschreiben können. Einer Abfuhr, die nicht von ihrem Exlover Gennaro persönlich ausgesprochen worden war, sondern die er Francesca über die Abteilungssekretärin hatte ausrichten lassen.

Was hatte sich Gennaro nur dabei gedacht, sie *so* abzuservieren? Erst gestern hatten sie sich eine ganze Nacht lang bis in den Morgen hinein geliebt. Sie hatten nicht genug voneinander bekommen. Zwei Körper, die miteinander verschmolzen waren und die erst der Anruf aus dem Krankenhaus hatte trennen können.

Seit Monaten hatten sie sich geliebt, begehrt und vergöttert. Sie ihn wie er sie. So hatte sie gedacht. Doch nun, in der Stunde der Trennung, hatte er nicht mal ein persönliches Wort für sie übrig. Er war einfach zu feige, ihr selbst, von Angesicht zu Angesicht, seine Entscheidung mitzuteilen. Er, der starke Mann, der ihr Fels war. Er, der kluge Mann, der als Chef auch ihr berufliches Vorbild darstellte. Er, der schöne Mann, nach dem sie sich in den vergangenen Monaten so verzehrt hatte.

Doch das Schlimmste war, wie er sie bloßgestellt hatte. Sie konnte damit leben, dass sie nicht die Erste war und vielleicht auch nicht die Einzige. Sie hatte auch jederzeit damit rechnen müssen, dass er sich final für seine Frau entscheiden würde, vor allem dann, wenn – wie jetzt – ein Kind unterwegs war, vielleicht sogar der Stammhalter.

Aber hatte er ihr das ausgerechnet im Präsidium antun müssen? Sie so sehr zu verraten, dass er sie nicht mal mehr in seinem Team haben wollte, um sie in die Abteilung für Organisierte Kriminalität versetzen zu lassen, was der Beerdigung ihrer Karriere gleichkam? Sie aus seinem Leben zu verbannen, als könnte sie ihm noch gefährlich werden, ein Geheimnis aus seiner Vergangenheit aufdecken, das sein Leben hätte zerstören können?

Sie konnte es drehen und wenden, wie sie wollte, sie fand einfach keine passenden Antworten auf jene nicht gestellten Fragen, die sie seit Stunden bewegten.

Aber Fragen zu stellen, auf die ich sowieso keine Antwort erhalte, ist ja mittlerweile mein Spezialgebiet, dachte sie, und sie erwischte sich – nicht das erste Mal an diesem Tag – wie verbittert sie war. Verbittert und zutiefst verletzt. Denn schon wieder war sie von einem geliebten und ihr nahestehenden Menschen verraten worden. Einfach so und vollkommen aus dem Nichts heraus. Der sie mit einem Scherbenhaufen allein zurückließ, der sich einmal ihr Leben genannt hatte.

Aber wenn der Verstand doch weiß, dass es müßig ist, nach Antworten zu suchen, warum kann sich das Herz dann damit nicht zufriedengeben, fragte sie sich und lief über den Platz, dessen hellgrauer Belag sie trotz aufgesetzter Sonnenbrille blendete. Die Sonne stand auch um diese Uhrzeit, es war jetzt kurz nach 16 Uhr, immer noch sehr hoch.

Sie hätte ihrem Exlover auch im Krankenhaus und in Anwesenheit seiner Frau auflauern, ihm eine unglaubliche Szene machen und ihn so richtig rundmachen können – nicht nur verbal. Doch Francesca war zu stolz, um mit ihm zu sprechen und sich mit irgendwelchen Ausflüchten und Rechtfertigungsversuchen abspeisen zu lassen.

Sie war vielleicht ein Nessuno, ein Niemandskind, aber sie war keine Frau, die einem Kerl nachlief und sich mit einer solchen Abfuhr, wenn auch zugegebenermaßen einer aus der untersten Schublade, nicht zufriedengeben würde.

Dabei hatte sie tatsächlich kurz überlegt, seiner Frau von ihrer Liaison zu erzählen. Aber dann würde ein Kind im Zweifel allein aufwachsen, und sie wusste nur zu gut, dass ein unbeteiligtes Kind dieses Schicksal nicht verdient hatte.

Sie hatte auch daran gedacht, ihm seinen Wagen anzuzünden. Aber so etwas klappte sowieso nur in Hollywood-Filmen und war darüber hinaus viel zu kindisch.

Und ja, für einen kurzen Moment war es ihr ebenfalls in den Sinn gekommen, ein Bild aus ihren kleinen Sex-Filmchen zu extrahieren und ans Schwarze Brett des Präsidiums zu hängen. Aber auch davon war sie schneller abgerückt, als sie überhaupt erst einen Gedanken darüber verwendet hatte. Jeder würde wissen, dass sie dahinterstecken würde. Und diesen Erfolg wollte sie ihm nach dieser Trennung erst recht nicht auch noch gönnen.

Gennaro war Geschichte und sie war wieder Single. So sehr er sie auch verletzt hatte, diese Tatsache war unumkehrbar. Trotzdem fühlte es sich so an, als stünde sie inmitten eines Scherbenhaufens, der mal ihr Leben gewesen war. Und ihre Aufgabe bestand nun darin die in Tausende Splitter zersprungenen Scherben zusammenzukehren, einzusammeln und nach Wichtigkeit zu sortieren. Es durfte kein einziger Splitter fehlen, um das, was von ihrem so geliebten Leben übrig geblieben war, wieder als ein solches zusammenzusetzen.

Auch beruflich musste sie sich auf einschneidende Veränderungen einstellen. Anstatt sich um Tötungsdelikte zu kümmern, musste sie nun die Ermittlungen in einem schwierigen Fall von Kunstraub leiten. Auch diese Versetzung hatte sie Gennaro zu verdanken.

Ihr neuer Vorgesetzter, bei dem sie sich direkt nach ihrem Auszug aus der alten Einheit kurz vorgestellt hatte und der mit Gennaro sehr gut und eng befreundet war, forderte einen zügigen Ermittlungserfolg von ihr ein. Schließlich ging es mit einem Stück des Gürtels der Heiligen Jungfrau um einen der seltensten und kostbarsten Kirchenschätze auf italienischem Boden.

Vielleicht finde ich ja hier die richtige Eingebung, dachte sie und betrat die Basilica della Santissima Annunziata, die bei Touristen wie bei Florentinern als eine spirituelle Ruhestätte fernab des hektischen Trubels rund um den Dom oder die Kreuzkirche galt.

Hier hatte sie sich für 16 Uhr mit Pater Matteo verabredet. Sie war zuvor in Prato und im Dom gewesen, um selbst einmal die Kapelle, aus der die Kunsträuber jene heilige Reliquie gestohlen hatten, in Augenschein zu nehmen. Die Mitarbeiter des benachbarten Museums hatten sie nicht nur an Pater Matteo verwiesen. Sie waren auch sehr ungehalten über die Tatsache, dass seit dem Kunstraub vor fünf Wochen nichts passiert war, was Francesca nur mit fehlenden Kapazitäten, unterbesetzten Dienststellen und einer langen Prioritätenliste, die nach und nach abgearbeitet werden würde, erklären konnte.

Wie Francesca erfahren hatte, war der junge Pater als studierter Kunsthistoriker vom Erzbischof eingesetzt worden, um sich um den Kunstraub zu kümmern. Wobei kümmern nicht bedeutete, so hatte er Francesca bereits am Telefon erzählt, selbst nach den Räubern zu fahnden, einen Privatdetektiv zu engagieren, der die gestohlene Reliquie ausfindig machen sollte, oder den wertvollen, weil einmaligen Kirchenschatz eigenmächtig zurückzukaufen, sollte sich der neue Besitzer mit einer Geldforderung bei der Erzdiözese melden.

„Meine Aufgabe ist es, Ansprechpartner für die Polizei zu sein und die ermittelnden Beamten mit Auskünften zu versorgen. Und natürlich werde ich den Bischof über den aktuellen Ermittlungsstand unterrichten", hatte er am Telefon versichert.

Francesca war gespannt, ob er ihr etwas erzählen konnte, das die Kollegen nicht schon längst in Erfahrung gebracht und in den Akten über jenen Raub vermerkt hatten. Ehrlicherweise ging sie nicht davon aus, da sie die Ermittlungsarbeit ihrer Kollegen sehr schätzte und die Akten gut geführt waren. Pater Matteo war dementsprechend auch nicht wirklich euphorisch, mit einer weiteren Polizistin zu sprechen, von der er bis dato noch nie etwas gehört zu haben schien, zumal die Ermittlungen in den vergangenen fünf Wochen keine Fortschritte erzielt hatten.

„Ich erwarte Sie dann in der Basilika. Aber es wäre – auch im Sinne des Erzbischofs – mehr als begrüßenswert, wenn Fakten und Einzelheiten nicht erneut zusammengetragen werden, sondern auch zu Ergebnissen führen würden!", hatte sie die Resignation in seiner Stimme deutlich heraushören können.

Francesca liebte die Basilika, die der Heiligen Mutter Gottes geweiht war und die ihre wahre Schönheit vor allem im Inneren ihres von außen gar nicht so mächtig wirkenden Schiffes offenbarte. Der atemberaubende Innenraum mit seinen bunten Marmorverkleidungen an Bögen und Pfeilern besaß eine goldene Decke, die einen schier erschlug, wenn man die Kirche betrat. Überdimensional große Fresken bekannter italienischer Maler, manche davon mehr als 500 Jahre alt, verzierten die Wände. Links vom Eingang stand die Kapelle der Heiligen Verkündigung, in der das Bild der Jungfrau Maria aufbewahrt wurde.

„Signora Commissario", wurde Francesca von Pater Matteo begrüßt, der durch einen Seiteneingang die Kirche betreten hatte und so fast unbemerkt an Francesca herangetreten war. „Womit kann ich Ihnen helfen?"

„Danke, dass Sie sich Zeit genommen haben, Pater." Sie schüttelte ihm die feingliedrige Hand, die aus dem eng geschnittenen Ärmel der Soutane herausschaute. „Ich habe, wie bereits erwähnt, die Ermittlungen im Kunstraub von Prato übernommen und würde mich dazu gern mit Ihnen unterhalten."

Er atmete schwer durch. „Dazu habe ich Ihren Kollegen doch schon alles erzählt. Der Diebstahl ist jetzt mehr als einen Monat her, und seit der Aufnahme des Einbruchs und Raubes sind Sie die Erste, die sich seitdem wieder gemeldet hat. Gibt es etwa einen Ermittlungsfortschritt? Oder haben Sie die Täter sogar geschnappt?"

Sie ahnte, dass er sie herausfordern wollte. Natürlich hatten sie bisher keinen Erfolg vorzuweisen. Und wenn sie ehrlich war, dann hatten ihre Kollegen aus verschiedenen Gründen die Ermittlungen sogar hintanstellen müssen. Auch in Italien gehörte der Raub von Kirchenschätzen nicht zu den Fällen mit der höchsten Priorität, wie ihr die Kollegen mitgeteilt hatten.

„Ich rolle den Fall noch einmal von vorne auf, suche nach neuen Spuren und Hinweisen, denen wir bisher nicht nachgegangen sind", erklärte Francesca. Sie hatte nicht vor, sich für mögliche Versäumnisse anderer oder die schleppende Ermittlungsarbeit im Allgemeinen zu rechtfertigen.

„Ich weiß leider nicht, wie ich Ihnen noch helfen soll. Ich habe bereits alles gesagt, was ich weiß."

„Es wundert mich, dass es keine Alarmanlage oder Bewegungsmelder gab. Auch keine Sensoren, die bei einem

Temperaturabfall anspringen ... Ist das heutzutage nicht schon Standard?"

„Sie sind gut informiert!" Anerkennend zog er die rechte Augenbraue hoch. Er schien tatsächlich von ihrem Kenntnisstand imponiert zu sein.

„Das ist mein Job!"

„Die Kirche kann sich solch aufwendige Sicherheitsvorkehrungen nicht leisten. Wo soll man anfangen, wo aufhören? Aber es ist natürlich ein entsetzlicher Verlust für die Kirche.

Selbst der Erzbischof fragte mich, wer es denn nur wagen würde, Gott zu bestehlen? Wir gingen bisher eben immer vom Guten im Menschen aus."

„Bisher?"

„Sicherlich werden wir uns künftig schon intensivere Gedanken machen müssen. Aber die Reliquie lag in einem fest verschlossenen Sarkophag, zu dem selbst ich keinen Schlüssel besitze. Die Kapelle war ebenfalls verschlossen. Das wussten die Täter, sonst hätten sie nicht den Weg durchs Fenster nehmen müssen."

„Das Fenster war also tatsächlich offen?"

Er nickte energisch. „Ja, es war gekippt. Es wird nachts verschlossen. Aber uns ist nie in den Sinn gekommen, dass es jemand so probieren würde. Sie haben ja gesehen, wie hoch das Fenster ist. Allein beim Hinaufschauen wird mir immer schwindelig."

„Wie sind sie aufs Dach gekommen? Auch über das Baugerüst?" Francesca erinnerte sich, dass in den Akten die Aussage eines Zeugen notiert war, der gesehen haben wollte, wie zwei Menschen von jenem Baugerüst herabgestiegen waren und eindeutig nicht nach Bauarbeitern ausgesehen hatten.

„Wir können es nur vermuten. Das Baugerüst ist eine Möglichkeit, nur niemand hat sie dort raufklettern sehen. Oder sie sind über ein anderes Gebäude auf das Dach geklettert. Aber da machen wir uns die Vermutungen jenes Zeugen ebenfalls zu eigen. Und er konnte nicht mal sagen, ob es eine Frau und ein Mann oder zwei Männer beziehungsweise zwei Frauen gewesen waren."

Francesca atmete tief durch. Das sah alles schwer nach einer Sackgasse aus. „Zwei Frauen?"

„Ja, unmöglich ist das nicht. Hier in der weltbekannten Artistenschule gibt es viele talentierte junge Frauen, die spielend leicht an einer Häuserwand hochklettern können."

„Sie meinen, es waren Artisten, Pater Matteo?"

„Ich habe nur gesagt, was ich schon mal gesehen habe. Man braucht aber auf jeden Fall eine besondere Körperbeherrschung, um in dieser Höhe durch jenes Fenster in eine Kirche einzusteigen. Es gab kein Netz, das einen aufgefangen hätte."

„Warum gerade Kirchenschätze, Pater?" Francesca hatte bei einem schnellen Blick ins Internet recherchiert, dass es in jüngster Zeit einige Raubzüge auf Kirchenschätze gegeben hatte.

„Wenn ich das wüsste, Signora Baldini. Vielleicht verbinden manche Menschen etwas mit einer Devotionalie, erhoffen sich Heilung oder Linderung einer Erkrankung oder erfreuen sich einfach an ihrer Schönheit ..."

Francesca sah, wie der Pater seine Gedanken sortierte. „Der Kunstraub von Kirchenschätzen hat zugenommen, sagen Sie?"

„Ja, und nicht nur bei uns. Vor wenigen Monaten ist die Ikone der Gottesmutter von Wladimir aus der Tretjakow-Galerie in Moskau gestohlen worden.

Die Wladimirskaja ist eine der wichtigsten Ikonen der gesamten russischen Orthodoxie", sagte der Pater.

„Ja, und ich denke, dass das eine Spur sein könnte."

„Vielleicht kann Ihnen Schwester Maria Innocentia weiterhelfen. Sie hat früher hier am Ospedale gearbeitet, bis das Kloster der Servitinnen geschlossen wurde und sie den Orden verlassen musste."

„Gab es im Kloster auch einen Kunstraub?", fragte Francesca, die darüber nichts in den Akten gefunden hatte.

„Nicht in unserem Kloster, sondern auf Mallorca."

„Auf Mallorca?"

„Ja, ich gebe Ihnen die Adresse. Einen Augenblick bitte. Ich bin gleich wieder da."

„Pater?"

Der Geistliche blieb abrupt stehen und drehte sich zu ihr um. „Ja?"

„Eine Frage noch: Warum ist das Kloster der Servitinnen geschlossen worden?"

„Es gab leider keinen Nachwuchs mehr bei den Nonnen."

„Ich verstehe. Aber warum musste Schwester Maria Innocentia dann das Kloster verlassen? Sie hätte doch sicherlich bei Ihnen, ihren Glaubensbrüdern, leben dürfen ..."

Francesca merkte, wie der Pater plötzlich nach den richtigen Worten suchte. „Das sollten Sie Schwester Maria Innocentia schon selbst fragen!"

Kapitel 24

Palma de Mallorca, Dienstag, 18. August 2015

Als Francesca Baldini am frühen Nachmittag in der Altstadt Palma de Mallorcas, unweit der Kathedrale La Seu, aus dem Taxi stieg, kitzelte sie der angenehme Seewind auf der Haut, der nach dem Salz und der Tiefe des Meeres schmeckte. Irgendwo hatte jemand einen Grill angeworfen, und in der Luft hing der Duft von frischem Knoblauch und gesättigtem Olivenöl.

Anders als in Florenz, wo sich die Hitze des Sommers schwer und bleiern in den Gassen der Altstadt staute, kühlte das Mittelmeer wie eine Klimaanlage die mallorquinische Hauptstadt.

Francesca spürte ein Hungergefühl in sich hochsteigen. Schon seit Sonntag hatte sie nichts Anständiges mehr gegessen. Ein kleiner Salat hier, ein Stück Pizza dort und dazu einen Espresso nach dem anderen. Irgendwie waren ihr Essen und Trinken und auch Schlafen wie zum menschlichen Organismus dazugehörende Pflichten vorgekommen. Dabei hatte sie sich bisher immer als Genussmensch gesehen, der gerne und bewusst aß, für den ein gutes Glas Wein genauso zu einem mehrgängigen Menü dazugehörte, wie der anschließende Kaffee oder die Espressi über Tag zelebriert werden mussten, und der es liebte, unter der Woche mindestens sechs, am Wochenende auch gerne acht Stunden zu schlafen und hier und da mal ein kleines Nickerchen zur Erholung einzulegen.

Doch seit Elenas Beichte war mehr aus den Fugen geraten als nur der bloße Umstand, dass sie nicht die Tochter der Frau war, die sie bislang immer als ihre Mutter angesehen hatte. Nachdem sie am Sonntag das Krankenhaus fluchtartig verlassen hatte, hatte sie gestern weder den Drang verspürt noch die Kraft aufgebracht, bei Elena vorbeizuschauen. Francesca hatte einfach Angst, wie sie mit der neuen Situation umgehen sollte. Sie konnte den Kontakt zu Elena nicht abbrechen und sie als ihre Mutter verleugnen. Dafür war sie ihr als Mensch definitiv zu wichtig. Sie war für 42 Jahre bis Sonntagnacht ihre leibliche Mutter gewesen.

Aber sie konnte ebenso wenig genauso weitermachen, als wäre nichts geschehen, als hätte sie die bittere Wahrheit nicht erfahren. Sie musste mit ihr reden, sie fragen, wie Elena das alles sah – auch wenn sie sich sicher war, Elenas Antwort bereits zu kennen.

So war sie dann am Morgen, noch ehe der Flieger sie von Florenz über Mailand auf die größte Baleareninsel bringen sollte, doch noch ins Ospedale Santa Maria Nuova gefahren, um Elena zu sehen, mit ihr – soweit das Elenas Kraft hergab – über ihre neue Beziehung zu sprechen und vor allem mehr über ein Nessuno, ein Niemandskind, zu erfahren.

Francesca hatte noch am Vorabend im Internet recherchiert und versucht, so viele Informationen zu sammeln, wie es ging. Aber je mehr sie las, desto resignierter und enttäuschter wurde sie. Denn anders als in Spanien, wo fast 300.000 Kinder ihren leiblichen Müttern geraubt und entrissen und für viel Geld weiterverkauft worden waren, konnte sie kaum etwas über die Niemandskinder in Italien herausfinden.

Auf einer Seite las sie etwas über das Schicksal eines Kindes, das immer noch nach seinen Eltern suchte. Unter einem anderen Link berichtete eine Frau, wie man ihr nach der Entbindung ein totes Kind in den Arm gelegt hatte, damit man ihren kerngesunden Jungen an Eltern weitervermitteln konnte, die sich so sehnlich ein Kind gewünscht hatten. Und als Querverweis stieß sie auf einen engagierten Anwalt, der bereits seine Zulassung verloren hatte, weil er sich für die vergessenen Opfer eines noch immer nicht aufgedeckten und erst recht nicht aufgearbeiteten Skandals einsetzte und dringend nach weiteren Niemandskindern und Eltern suchte, denen man die Kinder entrissen hatte. Sie hatte sich seine Nummer notiert und würde ihn in den nächsten Tagen mal kontaktieren, in der Hoffnung, er würde ihr weiterhelfen und ihr mehr über diesen Skandal und die Niemandskinder erzählen können. Sie konnte sich immer noch nicht richtig vorstellen, wie das alles passieren konnte und warum bis heute nahezu nichts an die Öffentlichkeit gedrungen war.

Elena hatte apathisch in ihrem Bett gelegen. Sie war nicht ansprechbar gewesen. Einzig ihr ruhiger, gleichmäßiger Atem hatte Francesca signalisiert, dass ihre Mutter noch am Leben war. Sie hatte ihr sanft über die Wange gestreichelt und ihr einen Kuss auf die Stirn gehaucht, ehe sie zum Taxi, das vor der Klinik auf sie gewartet hatte, geeilt und anschließend zum Flughafen gefahren war.

Nun stand sie in der vor sich hin dösenden Altstadt Palmas und blinzelte in die Sonne. Vor lauter Hektik hatte sie ihre Sonnenbrille zu Hause vergessen. Ihr Ziel lag in der Carrer de la Porta de Mar, nur wenige Minuten von der Ehrfurcht gebietenden Kathedrale La Seu entfernt. Pater Matteo hatte ihr nach ihrem Gespräch noch die Adresse gegeben. Francesca war dann ins Präsidium zurückgekehrt, um ihren Besuch bei der Oberin des Hieronymitinnen-Klosters Sant Jeroni anzukündigen und nach Rücksprache mit ihrem Chef einen Flug nach Mallorca zu buchen. Doch niemand war ans Telefon gegangen. Auch wenn es ein gewisses Risiko gab, nicht weiterzukommen und womöglich nicht einmal von den Nonnen empfangen zu werden, so musste sie es versuchen und mit Schwester Maria Innocentia über den Kunstraub sprechen. Es war ihre einzige Spur.

Interessiert sah sie sich um. Es war ihr erster Aufenthalt auf der Insel, von der sie schon so viel gelesen und noch mehr gehört hatte. Die gepflasterten Straßen wurden von in sanften Rosé-, Ocker- oder Gelb-Tönen gestrichenen Häusern gesäumt. Grüne Fensterläden, verzierte Holztüren und eingefasste Beete, in denen Bougainvilleas blühten, gaben den Gassen eine vertraute Gemütlichkeit. Hier und da knatterte ein Roller durch die Straßen, auf der Plaza de Sant Jeroni plätscherte ein Brunnen, und an einer Straßenecke unterhielten sich zwei ältere Paare, die zwei Damen jeweils auf ihrem Rollator sitzend, temperamentvoll und gestenreich.

Das Kloster selbst – an den maurischen Baustil angelehnt – besaß eine so unscheinbare Pforte, dass Francesca
fast daran vorbeigelaufen wäre. Erst beim erneuten Absu-
chen der hohen Mauern entdeckte sie die Tür, die zwar aus
Holz gefertigt worden war, sich aber farblich ans Mauer-
werk angepasst hatte.

Beherzt drückte sie die Klingel. Hoffentlich ist jemand
da, dachte sie, als sie kein Echo aus dem Inneren des
mächtigen Gebäudes vernahm. Sie wollte bereits ein weiteres Mal den Knopf betätigen, als sich die kleine Luke in
Kopfhöhe öffnete.

„Wir haben jetzt keine Besuchszeiten!", sagte eine ältere
Nonne, die kaum durch die Öffnung schauen konnte, auf
Spanisch und knallte die kleine Luke zu.

„Ich bin von der Polizei", sagte Francesca, die nur vermuten konnte, was die Nonne da gerade gesagt hatte, und
zeigte ihren Ausweis. Francesca sprach kein Spanisch und
konnte sich mit der Oberin nur auf Englisch verständigen.

„Italienische Polizei?", fragte die Ordensfrau jetzt auf
Italienisch, nachdem sie erneut das Türchen geöffnet hatte. „Wir haben bereits alles gesagt, Signora Baldini. Bitte
stören Sie nicht unsere Gebete."

„Ich möchte nur kurz mit Schwester Maria Innocentia sprechen", versuchte es Francesca erneut. So langsam
schwand die Hoffnung, dass sie mit ihrem Überraschungs-
besuch noch Erfolg haben würde, was nicht an der möglichen Sprachbarriere lag, da die Ordensfrau selbst in gu-
tem Italienisch geantwortet hatte.

Doch anders als erwartet ging plötzlich die Eingangs-
pforte auf, und die Nonne trat in den Türrahmen. Durch

das braune Schulterkleid, das sie über der weißen Tunika trug, und den schwarzen Schleier wirkte die Nonne jetzt deutlich größer.

„Schwester Maria Innocentia ist tot, Frau Kommissarin!"

„Tot?" Francesca hörte plötzlich das Blut in ihren Ohren rauschen.

„Ja, sie hat sich mit dem Teufel eingelassen."

„Wie meinen Sie das, *Sie hat sich mit dem Teufel eingelassen?*"

Die Nonne schaute mit schnellen Blicken die beiden Straßenseiten der Carrer de la Porta de Mar hinunter, dann sagte sie mit gedämpfter Stimme: „Kommen Sie!"

Francesca folgte ihr durch den Eingangsbereich in den Klosterhof, der von filigranen Säulen eingerahmt wurde. Der Innenbereich war klein. Zwei Wege kreuzten sich und unterteilten den vorderen Bereich in einen kleinen Gemüsegarten. Die beiden hinteren Felder, die komplett im Schatten lagen, waren für den Friedhof des Konvents vorbehalten, wie Francesca an den sieben Eisenkreuzen unschwer erkennen konnte.

„Ich bin Schwester Maria Gratia, die Oberin dieses Konvents, dem sich auch Schwester Maria Innocentia angeschlossen hat. Sie wollte hier ihren Lebensabend verbringen und Gott nahe sein, nachdem ihr eigenes Kloster in Florenz geschlossen wurde. Aber unser allmächtiger Vater hat sie für ihre Sünden schwer büßen lassen ..." Ihre Stimme brach.

„Weil sie das Kloster ausgeraubt hat?", fragte Francesca ohne Umschweife nach, während sie gemächlich durch den Kreuzgang schritten.

„Signora Baldini, der Bischof wollte uns das Kloster wegnehmen. Unser Zuhause."

Damit bestätigte die Oberin, was Francesca bereits im Internet nachgelesen hatte. Die Nonnen waren nicht ausgeraubt worden, wie sie zunächst angenommen hatte, sondern hatten sich selbst bestohlen, um mit dem Erlös des Kircheninterieurs die finanziell äußerst prekäre Lage zu verbessern und so weiter im Kloster leben zu dürfen.

„Aber im Internet ..."

Schwester Maria Gratia hielt plötzlich ihren Arm: „Ich weiß, was im Internet steht, Signora Commissario! Aber wie immer ist das nur die eine Seite der Medaille. Der Bischof wollte uns enteignen und uns aus diesem Kloster hinauswerfen, um daraus ein Luxushotel und teure Wohnanlagen zu machen."

„Mit welcher Begründung?"

„Eigentlich braucht seine Exzellenz natürlich keine Begründung. Aber in einem Vier-Augen-Gespräch meinte er zu mir, dass wir ja sowieso irgendwann ausstürben, das Kloster aber jedes Jahr sehr viel Geld für Unterhalt, Reparaturen und Verwaltung koste. Durch einen Verkauf würde es dem Bistum viel besser gehen und wir könnten uns – von unserem neuen Alterssitz auf dem Land, den er uns freundlicherweise angeboten hat – viel intensiver um karitative und barmherzige Projekte kümmern. Dabei werden wir hier in der Stadt gebraucht, wo man uns kennt und über die vielen Jahre Vertrauen zu uns aufgebaut hat!"

„Das gute alte schlechte Gewissen!"

„Ja, aber nicht mit uns, Signora Baldini! Wir haben unser gesamtes Leben dem Heiligen Hieronymus gewidmet, um auf seinen Pfaden Jesus Christus nachzufolgen. Gerade unter Francos Diktatur haben wir uns um die Ärmsten der Armen gekümmert, politisch Verfolgten Unterschlupf gewährt oder ihnen zur Flucht verholfen, damit sie nicht von den Barbaren umgebracht wurden. Aber so etwas wird schnell vergessen. Genauso wie unsere aktuellen Aufgaben: Seelsorge, Patientenbegleitung, Hospizbesuche, Obdachlosenküche." Die Oberin ließ resigniert die Schultern sinken.

„Gab es keine Alternative zum Schließen des Klosters?"

„Unsere einzige Option war es, uns selbst zu tragen. Aber wie? Mit ein paar Flaschen Wein, angebautem Obst und Gemüse und unseren orientalischen Stoffen war es schwer, überhaupt über die Runden zu kommen. Selbst mit der finanziellen Unterstützung des Bistums."

„Und dann kommen Sie auf eine solche Idee?"

„Es war nicht unsere Idee ... Aber es war die einzige Lösung, die wir hatten. Also haben wir Ja gesagt und unsere Kirchenschätze in einer Nacht-und-Nebel-Aktion wegbringen lassen."

„Und Sie glaubten wirklich, dass das niemandem auffallen und Sie damit durchkommen würden?" Francesca hatte die kleine Frau mit dem entschlossenen Schritt, den wachen Augen, die sie an einen Falken erinnerten, und den von jahrelangem Fleiß und harter Arbeit gezeichneten Händen für nicht so leichtgläubig gehalten.

„Es klang alles so perfekt. Und wären wir nicht verraten worden ..."

„Wessen Idee war es denn, wenn nicht Ihre?"

„In den vergangenen Jahren wohnten immer mal wieder junge Männer für einige Monate bei uns. Sie arbeiteten als Animateure in den teuren Hotels. Da es aber in der Hochsaison keine freien Zimmer gibt, bezogen sie ein Zimmer in unserem Kloster. Sie erhielten freie Kost und Logis, dafür halfen sie uns im Gegenzug bei dem Nötigsten. Sie brachten eine kaputte Toilette wieder zum Laufen, mähten den Rasen, putzten die Fenster, erledigten die schweren Einkäufe oder sorgten sich um unser Auto. Das Übliche eben. So auch Ronny Freitag. Ein junger Mann aus Deutschland. Er fing am 1. März bei uns an und sollte uns eigentlich den ganzen Sommer über helfen, bis er dann wohl ein besseres Angebot erhielt.“

„Aber?“

„Wie Sie sicherlich wissen, ist unser fingierter Raub aufgeflogen. Als Täter kam für die Polizei nur Ronny Freitag infrage. Es kam zwar zu keiner Anklage, und der Bischof hat ihn natürlich auch begnadigt. Aber dennoch wollte er mit uns nichts mehr zu tun haben.“

„Ich verstehe jetzt aber immer noch nicht, was das mit Schwester Maria Innocentia zu tun hat und warum sie sich mit dem Teufel eingelassen hat?“

„Schwester Maria Innocentia hat ihm geholfen ... Ich hatte damals diesem Plan nur zugestimmt, wenn wir als Hieronymitinnen rausgehalten würden, man uns nichts nachweisen könne. Also haben die beiden diese Aktion geplant und durchgeführt.“

„Damit Sie sauber bleiben und nicht Ihr Kloster verlieren, sollte – wie geschehen – doch alles auffliegen.“

Die Oberin nickte schwach. „Ein teuflischer Plan, den Schwester Maria Innocentia mit ihrem Leben bezahlt hat." Sie schluchzte. Dann nahm sie ein Stofftuch aus der Tasche ihres Habits und schnäuzte sich.

„Schwester Maria Innocentia hat Ronny dabei geholfen?" Francesca schaute die Ordensfrau ungläubig an.

Die Nonne nickte schwach. „Und als Strafe ist sie am Samstagmorgen tot in der Kathedrale aufgefunden worden."

Francesca zog skeptisch die rechte Augenbraue zusammen. Schwester Maria Innocentia kann unmöglich die Nonne sein, die ans Kreuz genagelt und über dem Altar der Kathedrale La Seu aufgehängt worden ist, dachte sie, und doch wusste sie die Antwort. Francesca hatte am Morgen einen Bericht in der Tageszeitung über einen äußerst grausamen Ritualmord quergelesen, der in seiner Ausführung alles bisher Dagewesene bei Weitem übertroffen hatte, so der Reporter.

Francesca sah, wie sich Schwester Maria Gratia verkrampft an ihrem Taschentuch festhielt, während ihre dünnen Unterarme heftig zitterten.

„Wollen Sie sich nicht setzen?", sagte Francesca und führte die Nonne, ohne auf eine Antwort zu warten, zu einer Bank, die von hohen Oleanderbüschen eingerahmt wurde.

„Sie war ein so fröhlicher, lebensbejahender Mensch. Ich werde es mir nie verzeihen, dass sie wegen unseres egoistischen Verhaltens und dieser weltlichen Tat hat sterben müssen."

„Wie kommen Sie darauf?", wollte Francesca wissen, die sich ärgerte, den Zeitungsbericht nicht gründlich gelesen zu haben.

Die Nonne räusperte sich, ehe sie fortfuhr: „Schwester Maria Innocentia und Ronny wollten die Kunstwerke und das Interieur auf dem Schwarzmarkt verkaufen. Er meinte, so würde ihnen erst recht niemand auf die Schliche kommen und dort würde man einen deutlich besseren Preis für die Kirchenschätze erhalten. Doch der Bischof bekam Wind von unserem Plan und konfiszierte das gesamte Interieur, noch bevor wir es hätten stehlen können, da es ja Eigentum der Katholischen Kirche und nicht unseres Klosters sei."

„Und?" Francesca wusste immer noch nicht, worauf die Nonne hinauswollte.

„Ronny hat nicht alles zurückgebracht. Das Bildnis der Mondsichelmadonna von Francisco de Zurbaran ist bis heute nicht aufgetaucht. Dabei hätte uns der Erlös, den wir aus dem Verkauf des Gemäldes erhalten hätten, für die nächsten Jahrzehnte gerettet."

„Jahrzehnte?"

„Ja, ein Experte, dem wir eine Fotografie des Bildes gezeigt haben, meinte, auf dem Schwarzmarkt wäre das Gemälde 20 Millionen Euro wert. Vielleicht sogar mehr ..."

„Und Sie meinen, dafür hat Ihre Glaubensschwester sterben müssen?"

Francesca spürte plötzlich eine unangenehme Kälte über ihren Rücken huschen, und sie fragte sich, ob es nicht ein Ritualmord, sondern eine Auftragstat gewesen war. Bestellt von Menschen, superreich, mächtig und einflussreich, die bereits alles auf der Welt besitzen und nun auch die wertvollsten Kunstwerke der Welt ihr Eigen nennen wollen, wie sie in einem Interview bei der Einarbeitung in diesen Fall gelesen hatte. Und die Einschätzung dieses Kunsthistorikers, der namentlich nicht genannt werden wollte, ging sogar so weit, dass solche Menschen auch nicht vor Mord zurückschrecken würden, um besagte Unikate in ihren Besitz zu bekommen.

Die Oberin nickte erneut schwach. „Das ist meine Befürchtung. Elisabetta Donato, so ihr weltlicher Name, lebte seit jenem Tag in Angst. Ihnen war ja bereits ein Vorschuss gezahlt worden, den diese Leute natürlich wiederhaben wollten. Und Ronny ist nur wenige Tage zuvor abgehauen."

„Mit dem Geld und dem Bild?"

„Tja, die Polizei hat nichts bei ihm gefunden, und er beteuerte bis zuletzt seine Unschuld. Aber es dauerte nicht lange, da kreuzten diese Männer hier auf und setzten Schwester Maria Innocentia unter Druck, bis sie ihnen sagte, wo sie Ronny finden könnten. Sie war ganz fertig, so ist sie von diesen Menschen angegangen worden. Mit denen ist nicht zu spaßen."

„Und wo finde ich diesen Ronny Freitag?"

„Soweit ich mich erinnern kann, wollte er auf einem Schiff anheuern."

„Können Sie mir auch den Namen des Schiffes nennen. Oder zumindest die Reederei?"

„Oh ja, Signora Baldini. Es gibt wohl kaum einen passenderen Namen für ein Schiff in dieser Angelegenheit als die Virgin of the Ocean."

Wie wahr, dachte Francesca. „Sie wussten, dass er aufs Schiff wollte?"

„Ja, sein Aufenthalt bei uns endete am 22. Mai, und sein Vertrag auf dem Kreuzfahrtschiff begann bereits einen Tag später."

„Aber wenn Sie das wissen, glauben Sie dann nicht, dass auch die Käufer das hätten herausfinden können? Es scheint ja kein Geheimnis zu sein, dass Ronny auf einem Schiff angeheuert hat. Warum hätten diese Mittelsmänner sich die Finger schmutzig machen und Ihre Glaubensschwester ermorden sollen?"

„Vielleicht hat Schwester Maria Innocentia uns gegenüber nie die ganze Wahrheit gesagt. Auch Nonnen sind nur Menschen, und der Teufel ist perfekt darin, uns mit irdischen Mitteln zu verführen. Davor ist niemand gefeit. Selbst Jesus wäre fast schwach geworden."

„Hat man denn irgendetwas bei ihr gefunden?"

„Nein, wir und auch die Polizei haben auch bei ihr alles durchsucht. Ihr Schlafgemach, die Kapelle, das Kloster. Wir haben aber nichts gefunden. Dafür müssen wir nun zum 1. September hier raus." Schwester Maria Gratia schien erneut den Tränen nahe zu sein. „55 Jahre habe ich hier gelebt und gedient. Aber die Wege des Herrn sind nicht nur unergründlich. Er will dich nur zum Licht leiten."

„Das tut mir leid!", sagte Francesca, und sie empfand großes Mitgefühl für diese kleine, willensstarke und so kämpferische Person, die selbst im Moment der Niederlage die Kraft für einen Neubeginn sah.

„Das heißt, dass Ronny das Bild haben muss?!"

„Ja, ich bin sogar felsenfest davon überzeugt. Er wird das Gemälde irgendwo versteckt und mittlerweile vielleicht sogar verkauft haben. An jenen Mittelsmann oder an einen anderen Interessenten, der ihm noch mehr Geld dafür geboten hat. Er war spielsüchtig, müssen Sie wissen, und hatte immense Schulden, wie er uns gegenüber gebeichtet hat, die er aber über anständige und ehrliche Arbeit abtragen wollte. So sagte er zumindest."

Schwester Maria Gratia zögerte plötzlich. „Oder er hat das Bild immer noch, auf dem Schiff oder irgendwo versteckt, weil er es vielleicht noch braucht." Die Oberin schaute Francesca aus zusammengekniffenen Augen an. „Als Pfand für sein Leben."

KAPITEL 25

Rom

„Scheiße!", rief Heike Freitag und verzog angewidert das Gesicht. Sie stand mitten in der Pinakothek der Vatikanischen Museen und schaute nun auf ihr vormals weißes Top hinunter, während um sie herum Menschen drängelten und schubsten, plötzlich und ohne Vorwarnung stehen blieben oder sich gegenseitig umrannten, weil sie ohne nach vorne zu schauen einfach weiterliefen.

„Na na, Schatz, was für eine Ausdrucksweise!", echauffierte sich ihr Mann Uwe mit einem schelmischen Grinsen.

„Und das von einer Lehrerin!", stimmte Heikes Schwägerin Elke in die Frotzeleien mit ein.

„Und ich habe mich schon gewundert, warum meine Hand plötzlich so nass ist", überging Heike die Kommentare.

„Das sieht aus, als wärst du aus der Luft angegriffen worden", meldete sich nun auch Mario Marin zu Wort, ehe er sein Augenmerk wieder auf die Kostbarkeiten legte, die in den unterschiedlich großen Glaskästen und Vitrinen ausgestellt wurden.

„Du bist richtig beschissen worden!", deutete jetzt auch Elke auf Heikes Oberteil. Ein großer, grün-braun schimmernder Flatschen hatte sich tief in die Baumwolle gesogen. Mehrere kleinere Flecken, wie der Schweif einer Sternschnuppe, gaben in ähnlichen Farbtönen dem Top ein neues, einmaliges Muster.

„Dann war das das schmatzende Geräusch, das ich eben gehört habe, als wir draußen gewartet haben!" Heike erinnerte sich an den eigenartigen Laut, der kurz in ihr Ohr gedrungen war und sich angehört hatte, als würde ein in Fett schwimmender Pfannkuchen auf einen frisch gebohnerten Fußboden klatschen.

„Du trägst eindeutig ein Original und passt damit perfekt in diese heiligen Hallen!" Uwe lachte und streichelte seiner Frau über die Schulter.

„Ihr habt gut lachen. Ihr müsst jetzt wenigstens nicht rumlaufen wie der letzte Penner."

„Das hätte uns doch auch passieren können", beschwichtigte Elke Marin und schaute vorsichtshalber an sich herunter.

„Ich geh gleich nach Hause und leg mich ins Bett!"

„Na, dann viel Spaß, Schatz. Da sind wir dann aber schneller wieder in Gotha als du!"

Heike lächelte müde. Ihr Mann war nicht der beste Witze-Erzähler. Aber auch darüber konnte sie hinwegsehen. Viel schlimmer war der Umstand, dass sie immer noch so völlig durch den Wind war. Was wiederum aber nicht daran lag, dass dieser Tag schon sehr unglücklich begonnen hatte. Kurz nach dem Aufstehen war sie im Badezimmer gefallen und hatte sich das Knie leicht aufgeschlagen, weil sie die Stufe zum Bad nicht gesehen hatte. Anschließend hatte sie sich den Schnürsenkel ihres Halbschuhs abgerissen, als sie nur einmal kurz fester daran gezogen hatte. Und am Frühstückstisch hatte sie in einem unachtsamen Moment ihren Becher umgestoßen, dessen schwarzer Inhalt natürlich über Heikes weiße Hose gelaufen war, sodass sie sich noch vor Ausflugsbeginn schnell hatte umziehen müssen.

Nein, ihre Unkonzentriertheit und Übernervosität waren einzig und allein den Gedanken geschuldet, die sie sich um ihren Sohn Ronny machte. Schon als sie gestern das Horn des Krankenwagens durch die engen Gassen der Altstadt Ajaccios hatte hallen hören, ahnte Heike, dass ihr Sohn in größter Gefahr schwebte. Anders als befürchtet war ihrem Sohn dann aber Gott sei Dank nichts passiert, als das Auto auf den Galeristen zugerast war und diesen dabei tödlich verletzt hatte. Und doch ließ dieser feige Angriff Heike seitdem nicht mehr los. Konnte es wirklich nur eine unglückliche Fügung gewesen sein, wie Ronny meinte, dass der Fahrer um diese Uhrzeit dort auf ein Ziel gelauert hatte? Aber was war, wenn es kein Zufall gewesen und der Wagen mit Absicht auf die kleine Gruppe zugesteuert war? Und was, wenn der Attentäter gar nicht den Galeristen, sondern Ronny hatte treffen wollen, die sich beide an dem Tag zum Verwechseln ähnlich gesehen hatten?

Natürlich hatte sie ihren Sohn auf ihre Vermutungen angesprochen. Doch wie immer hatte er ihre Überlegungen als Unsinn abgetan und sie – ganz wie sein Vater – in den Arm genommen. Sie bräuchte sich keine Sorgen zu machen, war seine lapidare Antwort gewesen, die er mit einem aufbauenden Lächeln garniert hatte. Aber genau das veranlasste eine Mutter, erst recht beunruhigt zu sein und Angst um das einzige Kind zu haben.

Heike wusste, dass die Vergangenheit einen einholen konnte. Das war bei ihnen damals schon so gewesen. Also warum sollte sich in der heutigen Zeit daran etwas geändert haben? Und wie bereits vor knapp 36 Jahren, so war es auch heute ein Bild, das Fluch und Segen zugleich bedeutete. Das über Wohl und Wehe entschied. Und für das damals jemand hatte sterben müssen.

Sie musste unbedingt mit Ronny unter vier Augen sprechen und ihn vom Ernst der Lage überzeugen, der ihm anscheinend immer noch nicht bewusst war. Denn wenn sich jenes Bild immer noch als Faustpfand in seinem Besitz befand und sich der Fahrer tatsächlich geirrt hatte, dann stand Ronny ganz oben auf jener Liste, von der Namen nur mit einem dicken schwarzen Strich gelöscht wurden.

„Du zitterst ja!", holte sie Elke Marin aus ihren Gedanken zurück.

„Was? Ja, ich finde es hier etwas kühl ..."

„Typisch Frau. Die frieren auch bei 30 Grad im Schatten", bemerkte Uwe und folgte Mario durch die Pinakothek, in der sonst Meisterwerke der berühmtesten Persönlichkeiten der italienischen Kunstgeschichte hingen und ausgestellt waren, darunter Giotto, Beato Angelico, Melozzo da Forlì, Perugino, Raffael, Leonardo, Tizian, Veronese, Caravaggio und Crespi. Doch für die Sonderausstellung über die Marienikonen des Christentums – von der Antike bis in die Neuzeit – mussten jene Meister weichen, um den wertvollsten und einzigartigen Marienbildnissen der Russisch-Orthodoxen wie auch der Katholischen Kirche Platz zu machen.

Es war Marios Wunsch gewesen, diesen Ausflug zu buchen, da er sich unbedingt die Marienikonen anschauen wollte. Während Heike sich schnell diesem Wunsch anschließen konnte, zeigten Marios Elke und Heikes Mann Uwe anfangs wenig Begeisterung, die knapp bemessene Zeit auch noch mit einem Museumsbesuch zu verkürzen.

„Wir sind vier und haben fünf Städte, also darf jeder einen Wunsch äußern und wir schließen uns dem dann an, oder derjenige, der keine Lust darauf hat, macht einfach etwas anderes", hatte sie sich für Mario eingesetzt, der zwar eigentlich ihren Zuspruch nicht nötig hatte, ihr aber trotzdem dankbar gewesen war, als sie ihm damals bei der Planung dieser Kreuzfahrt zur Seite gesprungen war.

Daraufhin hatte auch Uwe seine Bereitschaft signalisiert, den Ausflug „Geführter Spaziergang durch Rom und Besuch der Vatikanischen Museen" mitzumachen.

Selbst Elke, die sich eher zurückhaltend verhielt, was Werke, Geschmack und Wissen in der Kunst betraf, wollte ihrem Mann zuliebe in die zweistündige Ausstellung. Wobei die Vatikanischen Museen seit 10 Uhr geöffnet hatten, der Ausflug aber wegen des regen Ansturms nur ein bestimmtes Zeitfenster abdecken konnte. Dafür musste man sich nicht wie die anderen Touristen oder Passagiere, die Rom und die Museen lieber auf eigene Faust entdecken wollten, in die langen Schlangen einreihen, da die Reiseleiterin die Karten an der Kasse für die jeweilige Gruppe abholen würde.

„Bist du sehr enttäuscht, dass du die Ikone der Gottesmutter von Wladimir nicht sehen kannst?" Heike erinnerte sich noch sehr genau an die Meldung in den Nachrichten über den spektakulären Raub des Marienbildnisses aus der Tretjakow-Galerie in Moskau, die als eine der wichtigsten und heiligsten Ikonen der Russisch-Orthodoxen Kirche galt.

Mario zuckte mit den Achseln. „Anscheinend hat jemand einen so großen Gefallen an ihr gefunden, dass er sie unbedingt haben musste. Verstehen kann ich es nur zu gut!"

„Mario, sag nur, du hast sie?", scherzte Uwe Freitag und boxte seinem Schwager neckisch in die Seite.

„Was würde ich dafür geben, dieses Schmuckstück zu besitzen!"

KAPITEL 26

„Irgendwoher kenne ich diesen Namen", sagte Kerstin Luckow und wuschelte sich mit der rechten Hand durchs offene Haar, als hoffte sie, die Antwort würde aus ihrer Mähne fallen.

„Überlegst du immer noch, wer dieser Mario ist?" Miryam Dannenberg hatte erst gar nicht vor, ihr Desinteresse zu heucheln. Sie tippte wild mit den Fingern ihrer rechten Hand auf ihrem Smartphone herum, während sie hin und wieder auf das Display eines zweiten Mobiltelefons schaute, das in ihrer anderen Hand ruhte und nur ab und zu von ihrem linken Daumen bedient wurde.

„Wenn das Urlaub ist, wie sieht dann erst Arbeit bei dir aus?"

„Kerstin, sage ich etwas über deine Arbeit? Für einen Außenstehenden sieht ein stundenlanges Starren durch eine Lupe auf ein- und dieselbe Stelle auch nicht gerade wie körperliche Schwerstarbeit aus, was es deiner Meinung nach aber ist."

„Was hat das eine mit dem anderen zu tun?" Kerstin verstand Miryam nicht. Wie so oft in solchen Situationen, in denen Miryam dann äußerst kühl und teilweise herablassend reagierte, obwohl Kerstin ihre Freundin doch eigentlich verstehen und nach ihren Beweggründen für eine solche Verhaltensweise fragen wollte. Mit verschränkten

Armen schaute sie ihre Freundin an, die sich aber weiterhin viel lieber mit ihren Smartphones beschäftigte, als Kerstin mehr Aufmerksamkeit zu schenken, so wie es der Anstand eigentlich geboten hätte.

„Ja, ich zermartere mir seit gestern den Kopf", beließ sie es dabei. Es hatte ohnedies keinen Sinn, mit Miryam zu diskutieren. Sie musste sowieso immer das letzte Wort haben. Wenn sie überhaupt mit einem sprach, denn meistens klinkte sie sich aus jeder länger geführten Debatte aus und war mit ihren Gedanken gerade ganz woanders. „Irgendwas sagt mir der Name!"

„Dann sprich ihn doch einfach an und kläre, was du von ihm wissen willst!"

„Wenn das so einfach wäre. Ich habe ihn zuvor andauernd gesehen und seit gestern Nachmittag gar nicht mehr. Außerdem reist er ja nicht allein."

„Ach, hat sich der Kapitän nicht mehr gemeldet?" Auch das war typisch Miryam: Obwohl sie einem den Eindruck vermittelte, desinteressiert zu sein und sich nur um ihre Angelegenheiten zu kümmern, so war sie doch immer hellwach, wusste über fast alles Bescheid und war eine Meisterin im Beobachten ihrer Umwelt.

„Was du wieder denkst! Und nein, darum geht es hier nicht ..."

„Ah, dann geht es also um deinen Geheimauftrag. Ich verstehe!"

„Das glaube ich kaum, aber jedenfalls würde ich ihn gerne alleine abpassen. Und vielleicht habe ich ja Glück, weil er auch in diese Ausstellung wollte. Wenn wir denn endlich mal reinkommen."

Es dauerte noch eine geschlagene Stunde, bis sie endlich an der Reihe waren und kurz vor 16 Uhr und damit vor dem letzten Einlass die Vatikanischen Museen betraten. Auch wenn sich nahezu alles in einem Gebäude, dem Vatikanischen Palast, befand, in dem auch die Sixtinische Kapelle untergebracht war, so handelte es sich doch um mehrere im Laufe der Zeit entstandene Sammlungen, wie Kerstin wusste.

Die ausgestellten Exponate gehörten zu einer der wichtigsten und größten Sammlungen der Welt und umfassten die Bereiche der orientalischen Altertümer – vom Alten Ägypten bis Assyrien – die klassische Antike mit ihrer griechisch-römischen Kunst, die etruskisch-italienischen Altertümer aus dem heutigen Italien vor der Römerzeit, frühchristliche und mittelalterliche Kunst, Werke aus der Renaissance bis ins 19. Jahrhundert, zeitgenössische Kunst sowie eine völkerkundliche Ausstellung.

„Und sag du mir bitte nicht, ich würde nur arbeiten. Ist es nicht dein Arbeitgeber, der dich bat, während deines Urlaubs einen geheimen Auftrag zu erledigen?", fragte Miryam, als sie sich durch die Menschenmassen gezwängt und die Pinakothek erreicht hatten, in der die Sonderausstellung zu den Marienikonen des Christentums untergebracht war.

„Du interpretierst da viel zu viel hinein, Miryam. Und du weißt genau, um was es geht. Das habe ich dir schon erzählt."

„Ja, aber andere Menschen fliegen dafür von London in die Toskana, fahren zu dieser Adresse, überprüfen das

Bild auf seine Echtheit und fliegen wieder zurück. Oder aber jener ominöse Besitzer kommt zu euch und lässt sein Kunstwerk in euren Räumen untersuchen."

„Pssst!", fuhr Kerstin ihre Freundin an.

„Was hast du? Hier sind so viele Leute! Niemand weiß, worüber wir sprechen. Erst durch dein theatralisches *Pssst* lenkst du die Blicke auf uns!"

„Der Besitzer des Gemäldes hat den Wunsch geäußert, dass wir zu ihm kommen sollen, weil er aus Altersgründen nicht mehr fliegen kann", überging Kerstin erneut den Einwurf ihrer Freundin. Flüsternd ergänzte sie: „Und da ist man auf mich zugekommen, weil man wusste, dass ich sowieso in die Toskana fahre. Ohne Spuren zu hinterlassen."

„Das klingt ja schon nach einem Action-Thriller." Miryams Augen funkelten vielsagend.

„Na ja, ich reise mittags an und bin nach zwei Stunden wieder weg, und niemand hat etwas davon mitbekommen."

„Erzähl das mal keinem mordslustigen Passagier! Sonst bringst du da noch einige auf dumme Gedanken!", sagte Miryam und lachte plötzlich laut los.

Vielleicht hat ja in der Tat jemand diesen Gedanken ausgeführt, dachte Kerstin und lachte ebenfalls kurz auf, auch wenn ihr alles andere als zum Lachen zumute war. Sie musste an den gestrigen schrecklichen Unfall des Galeristen in Ajaccio denken. Die Nachricht von seinem tragischen Tod und die wildesten Theorien über den Unfallhergang, die von Selbstmord bis zu einem terroristischen Anschlag reichten, hatten sich auch unter den Passagieren wie ein Lauffeuer verbreitet.

„Hier ist kein Empfang!" Miryams fröhliche Stimmung war im Nu wie weggeblasen. Genervt hielt sie ihr Smartphone hoch, in der Hoffnung, so wieder ein Netz und damit eine Verbindung zur Außenwelt zu bekommen. „Das kann doch jetzt nicht wahr sein!"

„Wir befinden uns hier im Vatikanischen Palast mit teilweise meterdicken Mauern."

„Warum musste ich auch mitkommen?"

„Du wolltest doch!", empörte sich Kerstin. Sie hatte sich schon gewundert, warum Miryam einen ganzen Tag durch Rom laufen und sogar noch mit ihr die Sonderausstellung in den Vatikanischen Museen besuchen wollte.

„Ja, weil ich schon ein schlechtes Gewissen hatte. Und wie wird es einem gedankt?"

„Und nur weil du keinen Internetempfang hast, versaust du uns diesen schönen Tag?" Kerstin sah ihre Freundin verwundert an. Sie hatte bei Miryam schon viel erlebt, und dennoch schaffte ihre Freundin es immer wieder, sie mit solchen kleinen spitzen Bemerkungen zu enttäuschen. Dabei hatten sie wirklich einen sehr angenehmen und vergnügten Tag verlebt. Nach einem geführten Spaziergang durch Rom, den sie über die Reederei gebucht hatten, waren sie durch die Stadt flaniert. Sie hatten sich vor dem Pantheon mit römischen Soldaten fotografieren lassen, am Trevi-Brunnen eine obligatorische Münze ins Wasser geworfen und auf der Piazza Navona einen überteuerten Salat und ein noch teureres Mineralwasser bestellt, dafür aber auch den weltbesten Espresso getrunken.

„Gott sei Dank, ich habe wieder Empfang!" Miryam freute sich und schaute mit einem freudestrahlenden Lächeln von ihrem Smartphone auf.

„Ist das nicht der Mann, den du so händeringend suchst?" Miryam zeigte auf einen Herrn, der gerade vor der Salus Populi Romani, der bedeutendsten Marienikone der Katholischen Kirche, stand, als in dem Moment der Feueralarm losging.

KAPITEL 27

Sie wussten, heute war der Tag aller Tage. Ein Tag, der so viel entscheiden würde. Ein Tag, der ihr Leben wie das geliebter Menschen nachhaltig beeinflussen konnte.

Umso nervöser waren sie, als sie ihr Ziel erreichten. Es hatte alles viel länger gedauert als geplant, um in die Stadt zu kommen. Sie hatten den ersten, frühen Bus verpasst, der ihr Vorhaben deutlich erleichtert hätte. Dann waren sie aufgehalten worden und konnten erst eine Verbindung nehmen, die sie um die Mittagszeit in die Stadt hätte bringen sollen. Doch ein Verkehrsunfall mit Straßensperrung auf der großen Einfallstraße hatte erneut ihre Planung verzögert.

Der Nachmittag war mittlerweile weit fortgeschritten, als sie sich in die Besucherschlange der Vatikanischen Museen einreihten. Ihre Kontaktperson hatte ihnen die Eintrittskarten besorgt und in einem Schließfach im Bahnhof deponiert. Es war alles bestens vorbereitet, auch wenn der morgendliche Überraschungsangriff übers Dach, für den sie bei ihrem letzten Rom-Besuch bereits alles ausgekundschaftet hatten, idealer und unauffälliger verlaufen wäre.

Jetzt mussten sie sich durch die Menschenmasse hindurchquälen, unauffällig an Wärtern und Museumsangestellten vorbeihuschen, was nahezu unmöglich war, weil sie ihre Karten vorzeigen und danach noch die Sicherheitsschranken passieren mussten, um überhaupt erst in den majestätischen Palast zu gelangen, der unzählige Schätze seltenster und wertvollster Sammlungen beherbergte. Darüber hinaus waren überall Überwachungskameras angebracht, die sie im Zweifel auch bei ihrem ersten Vorhaben gefilmt hätten. Aber da hätten sie sich viel besser vor den neugierigen Objektiven verstecken können. Sie mussten hoffen, als gewöhnliche Touristen getarnt in dem Menschenschwarm, der sich durch die Flure und Räume schob, unterzutauchen und den Spezialisten der Polizei wie der beauftragten Sicherheitsfirma, die sich später die Bänder ansehen würden, nicht weiter aufzufallen. Und sie brauchten die Hilfe eines Dritten von außen, der im richtigen Moment den Knopf betätigte. Aber genau das war das Zünglein an der Waage, schließlich wussten sie nicht, ob die zugesicherte Unterstützung auch wirklich erscheinen und ihnen dann auch helfen würde. Es konnte eben immer etwas dazwischenkommen.

„Wir müssen das Beste hoffen. Wir schaffen es auch so, vertrau mir!", sagte nun die etwas kleinere Person und schaute ihren Mitstreiter mit einem aufmunternden Lächeln an. „Du weißt doch, was in der Nachricht stand?"

„Ich werde da sein! Aber das kann viel bedeuten. Und wir wissen nicht mal, wie er aussieht!"

„Wir kennen doch sowieso nur ein Gesicht. Aber ich bin sicher, wir müssen auch nicht wissen, wer uns hilft. Hauptsache ist doch, dass derjenige da ist und wir unsere Arbeit erledigen können."

Wobei der Satz *Ich werde da sein* natürlich auch bedeutete, dass man sie beobachten und jeden ihrer Schritte verfolgen würde. Man hatte sie im Fokus. Und sie ahnten, dass die unzähligen Kameras nichts gegen die Blicke waren, mit denen man ihr Tun und Handeln überwachen würde.

Gekonnt mischten sie sich unter die Menschen, die wissbegierig, interessiert und angezogen von der Fülle der Schönheiten durch die Sammlungen liefen. Es war kurz vor 16 Uhr, und die letzten Besucher strömten von hinten nach, ehe in wenigen Minuten der Eingangsbereich der Vatikanischen Museen für den heutigen Tag geschlossen werden würde.

Direkt hinter dem Eingangsportal schloss sich das Museo Gregoriano Profano mit seinen Grabskulpturen, Altären und Sarkophagen aus der römischen Kaiserzeit aus dem 1. bis 3. Jahrhundert nach Christus an. Doch sie hatten auch heute keine Muße, sich jenen Schönheiten aus Stein und den bildhauerischen Werken näher zu widmen. Ihr Ziel war eine ganz besondere Vitrine am hinteren Ende der Pinakothek, in der gerade einmalige und ebenfalls jahrhundertealte Marienikonen der verschiedenen christlichen Kirchen gezeigt wurden.

„Was ist das Signal?", fragte wieder die etwas kleinere Person. Sie waren mittlerweile an ihrem Zielort angelangt. Vor ihnen schwebte an zwei fast unsichtbaren Fäden aufgehängt in einer mannshohen Vitrine die Salus Populi Romani, die Ikone der Gottesmutter, auf der die Mutter Gottes mit ihrem Sohn abgebildet war.

Wie sie wussten, war die Salus Populi Romani als die bedeutendste Marienikone Roms nicht nur eines der Heiligtümer der Christenheit, sie galt auch seit dem 15.

Jahrhundert als wundertätig, was jedes Jahr Tausende Menschen nach Rom führte, um sie in der Santa Maria Maggiore, ihrem eigentlichen Aufbewahrungsort, anzubeten und um Gnade zu erbitten.

Auf einer dicken Zedernholztafel gemalt, war sie mit den Maßen von 117x79 Zentimetern eine größere Ikone, die aber immer noch gut zu transportieren war.

„Worauf sollen wir warten?", hakte die Person nach, die den mitleidigen Blick der Mutter Gottes auf sich ruhen sah. „Es sieht wahrhaftig alles noch viel beeindruckender aus. Schau, wie sie uns ansieht, als sollten wir ..."

„Willst du jetzt kneifen?", fuhr ihr Mitstreiter sie an.

„Nein, aber es ist alles so ... Ich weiß nicht. Es macht mir Angst!"

„Mir machen die Handybilder Angst! Oder möchtest du wie Damian enden?", schob sie herausfordernd hinterher, als in dem Augenblick der Feueralarm losging.

Beide fuhren erschrocken zusammen, ehe sie begriffen, dass es sich tatsächlich um einen Ernstfall handelte. Schon stoben die um sie herumstehenden Menschen auseinander, irgendwo heulten die ersten Kinder und schrien nach ihren Müttern, und die Museumsmitarbeiter versuchten, die wild umherlaufenden Besucher zu beruhigen, Notausgänge freizuräumen und Fluchttüren zu öffnen. Über die Lautsprecheranlage überschlug sich eine hektische Stimme in einer Sprache, die aus nur einem Wort zu bestehen schien, während das kreischende Jaulen des Feueralarms immer lauter wurde und sämtliche Ansagen der überforderten Museumswärter übertönte.

Jeder versuchte, so schnell es ging aus dem Palast zu gelangen. Wo sich eben noch Klein wie Groß die Nase platt gedrückt hatten, Selfies für die sozialen Netzwerke oder Familienfotos zur Erinnerung geschossen worden und Besucher schier überwältigt von den Exponaten und Ausstellungsstücken gewesen waren, war plötzlich niemand mehr. Wie verlassene Liebhaber standen nun die filigranen Vitrinen, goldgefassten Glaskästen, mannshohen Skulpturen und beeindruckendsten Freskenmalereien allein in den Räumen und fristeten ein unbeachtetes Dasein, das sie sonst nur aus der Nacht, wenn die Museen geschlossen hatten, her kannten.

„Jetzt!", zischte die eine Person. „Das ist unsere Chance!"

Die andere Person drehte sich noch einmal unauffällig nach rechts und links um, doch kein Museumswärter war zu sehen, und auch die davonjagenden Besucher hatten längst keinen Blick mehr für sie übrig. Sie legte beide Arme zusammen und schlug mit den Ellenbogen das Glas der Vitrine ein, woraufhin der Sicherheitsalarm ansprang. Das Glas zersprang in Tausende Splitter und ergoss sich auf den Marmorboden. Vorsichtig griff sie nach der Ikone, nahm sie von den beiden Haken und steckte sie in eine große Sporttasche, die man sich auch auf den Rücken schnallen konnte.

„Und jetzt los!"

„Wohin?"

„Einfach den anderen hinterher!" Die Gestalt machte eine Kopfbewegung, und dann verschwanden sie in einem nicht enden wollenden Strom an Menschen.

KAPITEL 28

„Herzlich willkommen zurück an Bord!", begrüßte Kapitän Hauke Jensen mit einem aufrichtigen Lächeln die Gäste, die aus den Bussen Richtung Schiff strömten. Entspannt lag die Virgin of the Ocean am Kai im Hafen von Civitavecchia und genoss die letzten Sonnenstrahlen eines wunderschönen Sommertags.

Er freute sich, dass so viele Gäste diesen Tag mit einem Ausflug in die Ewige Stadt genutzt hatten. Er selbst hatte den Tag ruhiger angehen lassen. Nachdem der Lotse von Bord gegangen war und die Behörden das Schiff freigegeben hatten, war er schnell im Asia Garden frühstücken gegangen. Um 9 Uhr hatte er zur täglichen Besprechung seiner nautischen Offiziere auf der Brücke geladen, um anschließend der Sitzung des Schiffsrats, zu dem neben dem Kapitän und dessen Stellvertreter auch der 1. Ingenieur und der Kreuzfahrtdirektor gehörten, im Konferenzraum beizuwohnen. Auch hier war natürlich der Unfall, bei dem der Galerist der Virgin of the Ocean ums Leben gekommen war, Thema gewesen. Doch es gab nur wenige Neuigkeiten. Die Behörden auf Korsika gingen immer noch von einem tragischen Unfall aus und sahen keinen kriminellen Hintergrund.

Nach der Sitzung hatte er sich noch mal kurz hingelegt und eine gute Stunde ausgefallenen Schlaf nachgeholt, ehe er sich geduscht und angezogen und für einen Spaziergang durch Civitavecchia fertig gemacht hatte.

Nun stand er neben dem Kreuzfahrtdirektor auf dem Pier und bot zusammen mit zwei Gastgebern den Rückkehrern Eistee und einen alkoholfreien Cocktail zur Erfrischung an.

Sein Gesicht hellte sich noch mehr auf, als er auf einmal Kerstin und ihre Freundin Miryam in der Schlange vor den Desinfektionsspendern sah.

„Darf ich Ihnen auch ein Getränk reichen?"

„Wenn Sie etwas mit Alkohol haben!", antwortete Kerstin kühl.

„Um diese Uhrzeit noch nicht, aber später!", versuchte er sein schlechtes Gewissen zu überspielen. Seit zwei Tagen hatte er sich nicht mehr bei ihr gemeldet. Er hatte den Kontakt bewusst gemieden, da er die Befürchtung hatte, bei ihrem letzten Zusammentreffen übers Ziel hinausgeschossen zu sein. Er wusste einfach viel zu wenig von ihr, angefangen bei der Frage, ob sie liiert war oder gerade keinen Mann an ihrer Seite hatte, um so auf seine zweifelsfrei ernst gemeinten Avancen einzugehen. Er war sich sicher, eine Erklärung in dieser Richtung würde sie sowieso nur als einen scheinheiligen Entschuldigungsgrund abstempeln. Also ließ er es bleiben, sich – und dann auch noch vor ihrer Freundin und den unzähligen anderen Passagieren – zu rechtfertigen oder auf eine harte Antwort ihrerseits mit einem Herumstottern zu reagieren, weil ihm die richtigen Worte fehlten oder er schlicht überfordert gewesen wäre.

„Haben Sie es nicht mitbekommen?" Kerstin war offenbar sauer auf ihn, wie er enttäuscht feststellte, da sie wieder zum Sie übergegangen war. Oder aber sie wollte vor ihrer Reisebegleitung nicht zu vertraut klingen, um nicht bis zum Ende der Reise damit aufgezogen zu werden, wenn sie es nicht schon längst wurde. Hauke hoffte, dass die zweite Möglichkeit der Grund für Kerstins Zurückhaltung war.

„Nein, ich war selbst unterwegs. Ist etwas passiert?"

„Ja, es gab einen Feueralarm in den Vatikanischen Museen, als wir gerade mit anderen Gruppen die Ausstellungen besuchen wollten."

„War das nur eine Übung, oder hat es wirklich gebrannt?"

„Nein, weder noch ... Wir sind sogar relativ geordnet nach draußen geleitet worden. Aber noch während wir durch die Flure liefen, sprang nach dem Feueralarm auch plötzlich ein Sicherheitsalarm an. Und als wir später im Bus saßen und zurückfuhren, da erzählte uns die Reiseleiterin, dass die Salus Populi Romani gestohlen worden ist."

„Ist das nicht eine Marienikone?"

Kerstin nickte nur. „Ja, es ist eine der bedeutendsten Ikonen weltweit. Sie soll Wunder vollbringen. Und ist damit unersetzlich und natürlich unbezahlbar!"

„Ist so ein Kirchenschatz nicht besonders gesichert?"

„Natürlich gab es Überwachungskameras, und auch das Glas war gesondert geschützt, weswegen der Alarm auch ansprang. Aber die Täter waren schlau. Sie haben die allgemeine Unruhe durch den Feueralarm ausgenutzt."

„Und die Überwachungskameras?"

„Bis die Bilder ausgewertet sind, sind die Täter längst über alle Berge."

„Aber Ihnen ist nichts passiert?" Hauke wandte sich an beide Frauen, auch wenn Miryam ihm bisher keine Aufmerksamkeit geschenkt hatte. Angestrengt tippte sie auf ihrem Smartphone, ohne auf die Frage auch nur ansatzweise zu reagieren.

„Nein!" Kerstin lächelte ihn milde an, als plötzlich Miryams Telefon piepte.

„Im Urlaub und trotzdem bei der Arbeit?"

„Tja, aber gute Nachrichten über einen erfolgreichen Geschäftsabschluss liest man auch im Urlaub gerne", sagte sie und hob entschuldigend die Achseln.

„Es ist ja auch nicht das erste Mal, dass auf so spektakuläre Art und Weise ein Kunstwerk verschwindet", fügte Kerstin an. „In Prato und in Moskau sind in den vergangenen Wochen ebenfalls äußerst kostbare Kunstwerke geraubt worden. Und von den Tätern fehlt bis heute jede Spur!"

„Bitte die Hände desinfizieren und willkommen zurück", wurde Miryam von einer jungen Frau aufgefordert, als sie die Spender erreicht hatten.

„Ich sag ja, Action-Thriller", bemerkte Miryam, steckte ihr Smartphone in ihre Handtasche und hielt anschließend kurz ihre Hände unter den Desinfektionsspender, der sich mit einem mechanischen Surren und einem kräftigen Spritzer dafür bedankte.

„Hauke?", wurde Hauke vom Seco angesprochen, der zuvor die Gangway heruntergelaufen gekommen war. „Er ist da!"

„Sie entschuldigen mich?", bat er und nickte den beiden Frauen kurz zu, dann lief er mit Jan Fries zu seiner Rechten an der Schlange entlang bis zum Ende, an der sich unentwegt weitere Passagiere anstellten.

„Ronny, kannst du mal kurz kommen?"

Der Kellner schaute Hauke mit großen Augen an, dann entfernte er sich aus der Reihe und ging zu den beiden Männern hinüber, die zu ihrem gestärkten Hemd mit den goldenen Streifen bereits ihre dunkle Abendhose angezogen hatten.

„Herr Kapitän, Seco!", begrüßte er die beiden.

„Hast du nicht IPM?", fragte jetzt Jan Fries mit ernstem Ton in der Stimme.

„Ja und nein!"

„Was heißt das?"

„Eigentlich nicht. Doch dann habe ich getauscht, um morgen freizuhaben, um dann mit einem der Scouts zu tauschen, der in Barcelona rauswollte. Also konnte ich dann doch raus und bin schnell nach Rom gefahren, um einzukaufen." Er zeigte auf seinen großen Rucksack.

„Und wo sind Iryna und Denys?"

„Iryna müsste schon längst wieder an Bord sein, und Denys ..." Er zögerte kurz. „Keine Ahnung, den habe ich seit gestern Abend nicht mehr gesehen."

„Wie geht es euch?", fragte jetzt Hauke, der die Linie seines Secos zwar vertrat, was das Tauschen der IPM betraf, aber angesichts der jüngsten Ereignisse nachsichtiger mit den drei Crew-Mitgliedern sein wollte.

„So weit okay ... Schon krass, so etwas live und hautnah mitzuerleben! Weiß man schon, wer es war?"

„Nein, die Ermittlungen laufen noch!" Erst kurz bevor er auf den Pier gegangen war, hatte er den zuständigen Kommissar, der ihm gestern seine Visitenkarte zugesteckt hatte, angerufen und nach dem aktuellen Ermittlungsstand gefragt. Doch leider waren die Beamten in Ajaccio bisher noch nicht wirklich weitergekommen. „Meldet euch gerne jederzeit, wenn ihr was braucht oder euch noch etwas zu dem tragischen Unglück einfällt, okay!"

„Danke! Aber es war kein Unglück, es war Mord!"

„Das klärt die Polizei auf Korsika!", schaltete sich nun wieder Jan ins Gespräch ein. „Und ich will künftig gefragt werden, bevor ihr euer IPM tauscht, verstanden? Das wird auch in Zukunft eine Ausnahme bleiben!"

Ronny nickte nur. „Geht klar! Ich muss wieder, habe gleich Dienst! Man sieht sich!" Mit diesen Worten verabschiedete er sich und stellte sich wieder in die langsam abebbende Schlange.

„Der denkt auch, ihm gehört die Welt! Ach, Hauke!"

„Ja, was gibt's?"

„Ich sollte für dich doch mal ein bisschen was über Damian Wehling herausfinden ..."

Die beiden Männer liefen den Pier entlang Richtung Bug, um sich so ungestört unterhalten zu können. Was Hauke von Jan über das ehemalige Besatzungsmitglied wissen wollte, war für keine fremden Ohren bestimmt.

„Richtig! Ich würde mich sehr gerne bei seinen Eltern melden und ihnen mein aufrichtiges Beileid übermitteln, ehe wir vom Schiff und der Reederei ein Blumengesteck für die Beerdigung bestellen. Hast du die Adresse seiner Eltern herausgefunden?"

„Das ist es ja. Er hat keine Eltern mehr!"

„Was?" Jetzt war es Hauke, der sein Gegenüber ungläubig anstarrte. „Er war schon in so jungen Jahren Vollwaise?"

„Seine Mutter ist früh verstorben, da war er noch keine drei Jahre alt. Und seinen Vater hat er nie kennengelernt."

„Manche trifft es auch doppelt und dreifach."

„Ja, wobei sein Vater sich selbst umgebracht hat – noch bevor sein Sohn geboren wurde."

„Manche Familien sind wirklich arg gebeutelt." Hauke schnaufte tief durch. „War der Sohn etwa nicht von ihm?" Hauke wusste, das diese Frage wenig pietätvoll war. Aber er konnte sich gerade beim besten Willen nicht vorstellen, warum jemand seinen eigenen Sohn nicht kennenlernen wollte.

„Das weiß ich nicht. Aber Dieter Wehling stand im Verdacht, am Kunstraub von Schloss Friedenstein in Gotha beteiligt gewesen zu sein. Und er sei mit den monatelangen Verdächtigungen und Verhören nicht fertiggeworden, so mein Kontaktmann. Er habe selbst noch am Tag des Selbstmords seine Unschuld beteuert, doch man brauchte ein Bauernopfer, und in ihm hatte man es gefunden."

„Was ist damals passiert?", fragte Hauke nach.

„In der Nacht vom 13. auf den 14. Dezember 1979 sind unbekannte Täter in das Schloss Friedenstein eingestiegen und haben fünf äußerst wertvolle Kunstwerke gestohlen. Schon früh ging man damals davon aus, so steht es auch in diversen Stasi-Unterlagen, dass es sich um eine Auftragsarbeit handelte, weil die Täter genau wussten, wo sich die Gemälde befunden haben."

„Und Damians Vater war einer der Täter?"

„Nein, er war der Kurator des Museums und war verantwortlich für die Sicherheitsvorkehrungen. Doch die neu installierte Alarmanlage war noch nicht in Betrieb, was als versteckter Hinweis an die Täter gewertet wurde. Einen Beweis für diese Vermutung gibt es bis heute nicht. Aber wenn du emotional auf dünnen Stelzen stehst, dann kann dich das alles natürlich umhauen. Der Ruf zerstört, Anfeindungen unter Kollegen, niemand vertraut dir mehr – das kann schon stark auf das Selbstbewusstsein drücken, dass man keinen anderen Ausweg mehr sieht."

„So dramatisch es ist, so spannend klingt es."

„Es wird noch besser: Auftraggeber soll die DDR selbst gewesen sein, um Devisen zu beschaffen. Aber natürlich durfte niemand etwas davon erfahren. Also musste man einen Raub fingieren, um auch noch eine – wenn auch geringe – Versicherungssumme zu kassieren. Doch das Hauptgeschäft war der Verkauf der Kunstwerke dann nach Westdeutschland oder ins kapitalistische Ausland."

„Das heißt, jemand hat die Bilder für viel Geld auf dem Schwarzmarkt gekauft?"

„Jepp!"

„Aber wie sind die Bilder über die Grenze gekommen?"

„Drei Artisten aus dem DDR-Staatszirkus, so geben es die inoffiziellen, aber nie bestätigen Unterlagen her, sollen mit Steigeisen die Wand hochgeklettert und ins Museum eingestiegen sein. Die Bilder sind dann von einer

Fleischerei, die ihre Betriebsstätte auf dem angrenzenden Grundstück hatte, noch in derselben Nacht als zollfreie Fleischwaren in die Bundesrepublik gebracht worden."

„Das hört sich nach einem Agententhriller an."

„Wie gesagt, das besagen die Unterlagen. Ob es wirklich so war, weiß niemand. Alle Beschuldigten haben stets ihre Unschuld beteuert. Wie auch Dieter Wehling. Und die Bilder sind bis heute nicht wieder aufgetaucht. Dabei würden sie heute zusammen mehr als 50 Millionen Euro wert sein – wenn nicht noch mehr!" Jan Fries nahm einen Zettel aus seiner Brusttasche. „Bei den Gemälden handelt es sich um das ‚Brustbild eines jungen Mannes' von Frans Hals, die ‚Landstraße mit Bauernwagen und Kühen' von Jan Brueghel dem Älteren, ein ‚Selbstbildnis mit Sonnenblume' von Anthonis van Dyck, ‚Alter Mann' von Jan Lievens sowie das wohl wertvollste Bild, die ‚Heilige Katharina' von Hans Holbein dem Älteren."

„Wirklich spannend! Aber was hat das jetzt mit Damian zu tun?"

„Ich habe dir ja noch nicht gesagt, wer die Artisten waren: die Geschwister Freitag sowie Mario Marin, Sohn des Zirkusdirektors, der Elke Freitag geheiratet hat. Und Tochter des Fleischfabrikanten war eine gewisse Heike Gerlach, die wiederum mit Uwe Freitag verheiratet ist. Und beide Paare sind an Bord. Genau wie ihr Sohn, unser Kollege, Ronny Freitag."

„Unser Ronny? Mit dem wir gerade gesprochen haben?"

„Da bist du sprachlos!" Jan Fries grinste stolz.

„Deine Quellen will ich nicht kennen ..."

„Besser ist das! Nein, alles legal und ordnungsgemäß. Man muss eben nur die richtigen Leute kennen. Mein Ausbilder war bei der GSG9 und ist bestens vernetzt. Ich sag nur Bundesnachrichtendienst." Jan Fries zwinkerte Hauke vielsagend zu.

„Und du glaubst, die haben Damian umgebracht?"

„Nein, das habe ich schon überprüft. Uwe war zu dem Zeitpunkt auf dem Schiff, Mario in der Kathedrale und die Frauen wurden von der Tourmanagerin in der Stadt gesehen. Außerdem hätten sie keinen Grund, ihn zum Schweigen zu bringen. Es sei denn, Damian hätte sie erpresst."

„Wegen der Bilder?"

„Jepp! Aber dann wäre Dieter Wehling doch daran beteiligt gewesen und hätte gewusst, dass die vier mit den Bildern durchgebrannt sind. Damian war zu dem Zeitpunkt noch nicht geboren. Und dann stellt sich die Frage, warum sie jetzt, nach 36 Jahren, mögliche Mitwisser beseitigen sollten."

„Aber wer hat Damian dann getötet?"

„Das müssen die Ermittlungen der korsischen Kollegen ergeben. Aber einen interessanten Punkt zum Raub gibt es noch. Oder sogar zwei."

„Komm, mach's nicht so spannend."

„Der damalige Devisenbeschaffer, also quasi der direkte Auftraggeber, war Walter von Munkwitz. Und der ist zusammen mit seiner Frau kurz nach dem Kunstraub regelrecht hingerichtet worden, weil er ein Bild unterschlagen haben soll. Beide sollen eine Tochter gehabt haben. Das steht sogar so in den Akten über von Munkwitz. Ich versuche gerade noch herauszufinden, was aus der geworden ist."

„Und was sollen wir mit den Freitags und den Marins machen? Und mit unserem Kellner Ronny?"

„Den beobachte ich, aber bei den beiden älteren Ehepaaren, befürchte ich, können wir nichts mehr machen. Also wenn sie es gewesen sind, dann sind sie damit durchgekommen! Aber das Spannendere ist, und das ist der zweite Punkt, der Kunstraub ist seit 2009 verjährt. Also wenn diese Bilder jetzt irgendwo auftauchen, dann sind der oder die Besitzer mit einem Schlag wahnsinnig reiche Leute. Nur ein Kunstraub kann verjähren." Jan Fries machte eine dramatische Pause. „Aber Mord verjährt nie!"

„Nein!", bekräftigte Hauke Jensen. „Und Rache ebenso wenig!"

KAPITEL 29

Florenz

Francesca Baldini saß im bereits gelandeten Flieger am Flugsteig des Florentiner Flughafens Amerigo Vespucci und wartete darauf, dass sich die Flugzeugtüren öffneten. Während die anderen Passagiere bereits dabei waren, die Gepäckfächer über sich zu leeren, Nachrichten auf ihren Handys zu beantworten oder die ersten Telefonate mit den auf sie wartenden Angehörigen oder dem bestellten Taxiunternehmen zu führen, sortierte sie die in den vergangenen Tagen gesammelten Informationen.

Das Gespräch mit der Nonne war ihr emotional nähergegangen, als sie das als nicht strenggläubige Katholikin erwartet hatte. Die menschliche Komponente spielte auch bei dieser Ermittlung in diesem Fall für sie eine gewichtige Rolle. War Ronny Freitag der Täter, der aus bloßen Geldsorgen heraus ein Bild aus dem fingierten Kunstraub unterschlagen hatte, um es für eine große Summe zu verkaufen? Oder wollte er sich damit selbst schützen, sollte auch sein Name auf der Todesliste jener zwielichtigen Gestalten, Mittelsmänner oder Auftragskiller stehen?

Sie musste Ronny Freitag dringend auf den Zahn fühlen. Morgen würde er mit der Virgin of the Ocean in

Livorno einlaufen, wie sie mit einem schnellen Blick auf die Internetseite der Reederei und den dort abgebildeten Routenverlauf gesehen hatte. Sie hatte bereits einen Durchsuchungsbefehl bei der Staatsanwaltschaft beantragt, um so aufs Schiff und in seine Kabine zu kommen. Francesca wusste, dass ihre Erfolgsaussichten, dort das Bild zu finden, gleich null waren. Jeder normal denkende und vernunftgetriebene Mensch hätte das Bild längst in ein Schließfach gesteckt, einlagern lassen oder es sonst wo untergebracht, als es ständig bei sich zu haben, wo es jederzeit hätte gefunden werden können. Aber, und das zeigte ihre jahrelange Erfahrung, es war immer gut, ein bisschen Staub aufzuwirbeln und den Spielradius eines Verdächtigen ein wenig einzuengen. Denn nicht selten kam es vor, dass der Betreffende genau dann den alles entscheidenden Fehler machte.

Um den Mordfall an Elisabetta Donato alias Schwester Maria Innocentia kümmerte sich bereits die mallorquinische Kriminalpolizei, wie sie von der Mutter Oberin erfahren hatte. Doch die Kollegen waren bisher noch keinen nennenswerten Schritt weitergekommen, wie Schwester Maria Gratia tief betroffen berichtet hatte. Die Oberin rechnete sowieso nicht mit einer Aufklärung des Mordfalls, da jene Mittelsmänner sicherlich bestens vernetzt waren mit wichtigen Kontakten bis in die höchsten Kreise. Der Tod einer alten Nonne, die mit weit über 80 auf natürlichem Wege in absehbarer Zeit von dieser Welt geschieden wäre, brachte nur unnötige Arbeit für knapp bemessene Personalressourcen mit sich. Dabei hatten nicht nur internationale Medien, von Australien bis China, den

USA bis Deutschland, sondern sogar der arabische Fernsehsender Al Dschasira über diesen äußerst grausamen Mord berichtet und so den Druck auf die ermittelnden Beamten deutlich erhöht.

Auch in ihrer ganz persönlichen Angelegenheit war sie bisher noch nicht wirklich weitergekommen. Sie hatte noch von Palma aus den Anwalt angerufen, dessen Nummer sie bei ihrer intensiven, aber wenig ergiebigen Recherche herausgefunden hatte.

Dr. Antonio Rossi war nach dem zweiten Klingeln bereits selbst ans Telefon gegangen und hatte Francesca damit so überrumpelt, dass ihr fast das Smartphone aus der Hand gefallen wäre. Sie hatte fest damit gerechnet, von einer Vorzimmerdame oder seiner Assistentin begrüßt zu werden.

„Meine Sekretärin hat das Telefon auf mich umgestellt", hatte er dann auch ihre Gedanken gelesen. „Was kann ich für Sie tun?"

„Ich bin Signora Commissario Francesca Baldini aus Florenz, und ich recherchiere zu den Nessuni, den Niemandskindern."

„Beruflich oder privat?" Der Anwalt schien eindeutig auf Zack zu sein.

„Privat", sagte Francesca, die sich jetzt ärgerte, doch zu offenherzig gewesen zu sein und sich beruflich vorgestellt zu haben. Das Letzte, was sie jetzt noch brauchen konnte, war eine Dienstaufsichtsbeschwerde, weil sie als Beamtin die Grenzen zwischen einer beruflichen Ermittlung und einem privaten Anliegen nicht auseinanderhalten konnte. Und sie wusste von anderen Kollegen, bei denen schon für weit weniger zeitintensive private Recherchen ein internes Verfahren eingeleitet worden war – mit teilweise drastischen Konsequenzen wie der Versetzung aufs Land, der Abstufung des Dienstgrades und der unehrenhaften Entlassung.

„Also auch ein Niemandskind!"

„Ich bin kein Niemand!" Zum ersten Mal sagte sie diesen alles entscheidenden Satz, der mit diesen vier Worten eine so unendlich weite und vor allem tiefe Bedeutung besaß.

„Natürlich sind Sie kein Niemand, Signora Baldini. Und doch wurde Ihnen Ihr Leben gestohlen, oder warum hätten Sie sonst hier angerufen?"

„Ich wollte einfach mehr über die Menschen erfahren, denen man dieses Leid angetan hat. Und damit auch über mich", gab sie unumwunden zu, und dann erzählte sie in wenigen Sätzen, wie sie von ihrer geraubten Identität erfahren und welche Schwierigkeiten sie hatte, damit umzugehen, obwohl sich eigentlich an ihrem bisherigen Leben – und das musste sie sich selbst ehrlicherweise eingestehen – nichts verändert hatte. Außer der Gewissheit, nicht die zu sein, für die sie sich 42 Jahre lang gehalten hatte.

„Signora Baldini, sehr gerne nehme ich Ihren Fall an. Aber ich möchte Ihnen schon direkt vorab versichern, dass die Hoffnungen schwindend gering sind, dass wir Ihre leibliche Mutter finden werden."

„Ich weiß!", erwiderte Francesca mit schwacher Stimme, und sie konnte ihre Enttäuschung nicht verhehlen, obwohl sie mit einer solchen Antwort schon gerechnet hatte. So realistisch war sie.

„Wir sehen gerade einmal die Spitze des Eisbergs und stehen noch ganz am Anfang. Die Kollegen, die sich für die geraubten Kinder in Spanien einsetzen und um Aufklärung kämpfen, sind schon deutlich weiter. Sie haben Vereine und Stiftungen gegründet, versuchen, Opfer wie Täter zu finden und die Täter vor Gericht zu bringen. Aber hier wie dort gibt es viele einflussreiche Stellen, die nicht daran interessiert sind, begangenes Unrecht auszugleichen, zu entschuldigen oder gar beteiligte Personen zur Verantwortung zu ziehen."

„Das klingt sehr hilflos und resignierend. Sie gehen also davon aus, dass die Schuldigen damit durchkommen?"

Er schwieg. Viel zu lange, wie sie feststellte, um ihr wenigstens in diesem Punkt ein wenig Hoffnung zu machen und ihren Gerechtigkeitssinn im Hinblick auf eine grausame und bittere Realität zu versöhnen.

„In Spanien hat ein Netzwerk aus Klinikbetreibern, Krankenschwestern, Nonnen und Ärzten über Jahrzehnte bis zu 300.000 Neugeborene ihren Eltern, vor allem den Müttern gestohlen, um sie für viel Geld an kinderlose Paare, Klöster und andere Institutionen weiterzuvermitteln. Das war damals ein äußerst lukratives Geschäft und mindestens gebilligt, wenn nicht sogar von der Franco-Diktatur unterstützt."

„Wie krank!"

„Ja, Signora. Um Nachfragen zu vermeiden, wurde den Müttern das gesunde Neugeborene entrissen und ein totes Baby in die Arme gelegt."

„Man hat ihnen erzählt, sie hätten ein totes Kind zur Welt gebracht?"

„Genau so sieht es aus. Die Täter waren so perfide, dass sie sogar tote Babys in den Kliniken tiefgefroren haben, um mit den Leichnamen aufgebrachte Eltern zu beruhigen, die ihr angeblich totes Kind noch einmal sehen wollten. Und wir vermuten, so ergeben erste Recherchen und Zeugenbefragungen hier bei uns, dass das in Italien ganz genauso war."

„Und das alles wegen ein paar Peseten oder Lire?"

„Die Gier des Menschen treibt die perversesten und abartigsten Blüten. Da bin ich ganz bei Ihnen. Sicherlich gab es auch einen bewussten, also von der Mutter gewollten Menschenhandel – gerade auf dem Land – wenn eine Frau mit dem achten, zehnten oder zwölften Kind schwanger war und sie nicht noch ein weiteres durchbringen konnte. Und bevor es unglücklicherweise bei der Geburt starb ...", Francesca hörte, wie der Anwalt schluckte, „... da wurde es lieber verkauft, in der Hoffnung, dieses Kind würde es bei den neuen Eltern viel besser haben."

„Was für eine Dimension an Tragik und Leid!" Obwohl sie als Polizistin bereits viel erlebt und noch mehr gesehen hatte, die Worte des Anwalts machten sie fassungslos. Ob ihre Mutter sie auch verkauft hatte, um ihr ein glücklicheres Leben zu ermöglichen? Hatte ihre Mutter etwa auch nicht gewusst, wie sie alle ihre Kinder satt bekommen sollte? Oder hatte sie sich auf ihre Tochter gefreut und Francesca war ihr entrissen worden, weil sie von einer gierigen Hebamme behandelt wurde, die anstatt eines verknautschten Neugeborenen nur die Geldscheine in dem Bündel Leben gesehen hatte?

„Ja, daraus lassen sich die besten Mordmotive ableiten, Signora Commissario!"

Francesca hatte das Gefühl, der Anwalt würde sie damit ein wenig aufheitern wollen.

„Ich bin sicher, die meisten Niemandskinder oder Eltern, denen man ihre Babys gestohlen hat, wollen nur Gerechtigkeit und hoffentlich in Frieden abschließen. Zumindest mir geht es so! Ich habe der Frau, die mich als Mutter aufgezogen hat, viel zu verdanken!" Und ich liebe sie, führte Francesca gedanklich hinzu, und sie spürte, wie die ersten Tränen über ihre Wangen kullerten.

„Und das ehrt sie auch. Und auch ich bin der Ansicht, dass das in den meisten Fällen so ist. Aber wie gesagt, wir befinden uns gerade ganz am Anfang der Aufarbeitung, und auch die Spanier haben nur ansatzweise Beweise, weil natürlich niemand oder kaum jemand eine Liste über die gestohlenen Kinder geführt hat. Man wollte natürlich keine Spuren hinterlassen."

„Haben Sie denn irgendeinen Anhaltspunkt auf italienischer Seite?"

„Wir betreuen aktuell an die 50 Fälle, und die meisten Kinder sind im Ospedale degli Innocenti geboren worden. Ab und an ist der Name Dr. Giuseppe Bianchi gefallen, damals wohl ein aufstrebender und engagierter Arzt in der Geburtshilfe. Doch es gibt weder Aufzeichnungen noch Beweise. Und wir reden von einer Zeit zwischen Anfang der 1950er- bis Mitte der 1960er-Jahre. Der Mann lebt noch, ist aber bereits weit in den 80ern. Und das Krankenhaus will alle Unterlagen aus der Zeit seiner Tätigkeit in der Klinik bei einem Brand verloren haben."

„Was schon danach klingt, als hätten Sie in ein Wespen-
nest gestochen."

„Ja, aber mir sind ohne stichhaltige Fakten die Hände
gebunden, und die Kinder können sich natürlich nicht an
ihn erinnern. Wie auch, sie waren ja gerade erst geboren.
Und die meisten Mütter leben schon nicht mehr oder sind
gesundheitlich nicht in der Verfassung, dass ein Gericht
ihnen glauben würde."

„Sie machen einem wirklich keine Hoffnung ..."

„Nein, und das sage ich zu all meinen Mandanten. Und
es gibt Menschen, Signora, die sind viel, viel schlimmer
dran als Sie. Geben Sie nicht auf, Signora Baldini, aber haben Sie bitte keine zu großen Erwartungen. Sie sind mit
einer Mutter aufgewachsen, die Sie liebt, wie Sie selbst
sagen. Und hätte Ihre Mutter Ihnen nichts gesagt, dann
hätte sich an Ihrer Beziehung auch nie etwas geändert. Sie
müssen lernen, demütiger und dankbarer zu sein für das,
was Sie hatten und haben, und nicht dem nachtrauern,
was Sie vielleicht gehabt haben könnten. Denn niemand
gibt Ihnen die Sicherheit, dass ein anderes Leben besser
gewesen wäre."

Erneut schwieg er für einen langen Augenblick. „Aber
Sie sitzen an einer entscheidenden Quelle, und Ihre Position wird Ihnen Türen öffnen, die anderen für immer
verschlossen bleiben."

Die Worte des Anwalts bewegten sie immer noch, als
sie endlich aus dem Flugzeug stieg und durch die Emp-
fangshalle des Terminals lief. Auf den Stühlen und Bänken
saßen bereits die nächsten Passagiere, die mit derselben
Fluglinie auf die Baleareninsel fliegen wollten. Touristen,

Tagespendler und Businessreisende zogen Koffer, schlepp-
ten Taschen oder suchten eilig die nächsten Toiletten auf.
Auf den stumm geschalteten Fernseh-Monitoren wurden
die besten Reiseziele, die günstigste Kreditkarte oder das
neue Vielfliegerprogramm angepriesen, ehe dann wieder
die aktuellen Tagesmeldungen, Neuigkeiten aus Kunst,
Kultur und Sport und der Wetterbericht für die Region
Toskana aufflimmerten. Nur beiläufig streifte Francesca
mit einem kurzen Blick die Meldungen, ehe sie plötzlich
wie erstarrt stehen blieb und die zwei Sätze der Eilmel-
dung auf dem Bildschirm wieder und wieder las: Salus
Populi Romani aus den Vatikanischen Museen gestohlen!
Hackerangriff löst Feueralarm aus!

Kapitel 30

An Bord der Virgin of the Ocean, Mittwoch, 19. August 2015

„Ist alles in Ordnung mit dir? Du siehst ganz schön blass aus! Wirst du etwa krank? Dann komm mir bitte nicht zu nahe! Ich habe einige wichtige Termine nächste Woche und kann es mir nicht erlauben, krank zu werden!", sagte Miryam Dannenberg zu Kerstin Luckow, die auf dem Balkon ihrer Kabine saß. Dann setzte sie sich ihre Sonnenbrille auf und genoss den Blick über das glitzernde blaue Meer, das gut zwanzig Meter unter ihnen sanft gegen die Außenwand des Schiffes schwappte.

Danke für dein Mitgefühl, dachte Kerstin, sagte aber stattdessen: „Alles gut, meine Tage melden sich nur an!" Sie folgte dem Blick ihrer Freundin durch das erst gestern geputzte Balkonglas. Vorsichtig näherte sich ein Tankschiff der Virgin of the Ocean. Das Kreuzfahrtschiff hatte vor einer guten halben Stunde im Hafen von Livorno festgemacht und wartete jetzt darauf, Treibstoff zu übernehmen.

Kerstin fühlte sich schon den ganzen Morgen unwohl und ermattet. Was einzig und allein an dem heutigen Tag und dem damit verbundenen Vorhaben lag. Sie hatte das Frühstück ausfallen lassen und sich lieber mit einer Wärmflasche, die sie für alle Notfälle immer dabeihatte, auf den Balkon gesetzt und versucht, sich irgendwie abzulenken. Sie hatte versucht, ein Buch zu lesen, mit ihren Lieblingsliedern im Ohr noch ein wenig zu dösen und sich die Fingernägel wie auch die Fußnägel neu zu lackieren. Aber kein Ablenkungsmanöver hatte es geschafft, sie auf andere Gedanken zu bringen.

„Soll ich nicht doch besser mitkommen?", fragte Miryam wie aus dem Nichts und drehte sich wieder zur ihr um.

„Nein! Das brauchst du nicht. Und ich habe dir eigentlich auch schon viel zu viel erzählt."

Miryam hob beschwichtigend die Hände. „Ich kann schweigen wie ein Grab. Ich wollte dir ja auch nur helfen. Dein ominöser Auftrag interessiert mich doch gar nicht. Aber ich hätte dich fahren und mir so nebenbei auch ein bisschen die Toskana anschauen können."

„Es geht wirklich nicht!"

„Nun gut! Dann laufe ich ein bisschen durch Florenz und gehe bummeln. Ich brauche noch einen passenden Schuh zu meiner neuen Tasche."

Miryam wollte schon in der Kabine verschwinden, als Kerstin sie aufhielt.

„Und ist bei dir wieder alles im Lot?"

Miryam sah Kerstin fragend an. „Ich weiß wirklich nicht, was du meinst!"

„Deine Albträume heute Nacht! Du hast andauernd Vati, Vati gerufen!"

„Da musst du dich verhört haben!"

„Nein wirklich!", beharrte Kerstin.

„Ich wüsste nicht, wann ich zuletzt Albträume gehabt hätte, Kerstin. Vielleicht verwechselst du das mit einem

Film, den du noch zu später Stunde angesehen hast, oder du hast das selbst nur geträumt."

„Ich habe mir einfach nur Sorgen gemacht. Das ist alles!"

„Ich hoffe nur, dass ich mir keine Sorgen um dich machen muss!"

„Was soll mir schon passieren. Er ist ein alter Mann ..."

„Jetzt hast du ja doch was verraten!" Miryam musste grinsen.

„Weil du mich provoziert hast!" Kerstin sah ihre Freundin verärgert an und presste beide Arme leicht auf ihren Unterleib.

„Brauchst du eine Tablette?"

„Es geht schon, danke! Es zog gerade nur so!"

„Was machst du eigentlich, wenn das Bild ein Unikat und damit echt ist?", wechselte Miryam wieder rasch das Thema.

„Dann werden wir das Bild in die Auktion mit aufnehmen und es ganz offiziell verkaufen, ohne dass jemand weiß, wem das Bild gehört hat."

„Das Gemälde muss ja wirklich sehr wertvoll sein, wenn der Besitzer so ein Gehabe darum macht!"

„Ja, ersten Schätzungen nach reden wir heute von einem Marktwert von 15 Millionen Euro. Wenn nicht sogar mehr! Aber das ist es nicht, was das Bild so ..." Angestrengt suchte Kerstin nach dem passenden Wort. „... außergewöhnlich, besonders, unheimlich macht."

„Was ist es dann?"

„An diesem Kunstwerk klebt Blut, sehr viel Blut." Und vielleicht war es das, was sie innerlich so aufwühlte.

„Kerstin, so langsam glaube ich, dass dir London nicht gut bekommt. Die Nonne in der Kathedrale, der getötete Galerist, eine gestohlene Marienikone und jetzt ein Bild, an dem Blut klebt – so viel Action kann sich kein Drehbuchautor in Hollywood ausdenken!"

„Ich habe doch nichts damit zu tun!", wehrte sich Kerstin, und sie spürte, wie sie plötzlich fror. Ihre Füße, die sie zuvor im Schneidersitz unter ihre Beine verschränkt hatte, waren eiskalt, ihre Finger knackten bei jeder Bewegung und ihr Körper sehnte sich trotz des sonnenüberfluteten Balkons nach einer wärmenden Decke.

So langsam häuften sich die Zufälle. Da musste sie Miryam recht geben. Aber weder die Nonne noch der Galerist oder die Marienikone standen in einem Zusammenhang mit ihrem Auftrag. Die Ikone! Jetzt wusste sie, woher sie Mario Marin kannte.

„Warum strahlst du denn plötzlich? Man merkt wirklich, dass deine Tage im Anmarsch sind." Miryam verdrehte genervt die Augen. „Frauen sollten sich während der Menstruation zusammenreißen."

„Da spricht die Feministin!"

„Versteh doch! Es wird immer gegen uns verwendet werden, Kerstin. Stimmungsschwankungen und launisch, nicht belastbar und emotional nah am Wasser gebaut, Migräneattacken und möglicher krankheitsbedingter Ausfall. Ein Mann – und ich bin sicher, auch Männer haben ihre Tage – muss sich nie für das rechtfertigen, was er ist, nur weil sein Körper einmal im Monat eine hormonelle Erneuerung fährt."

„Nicht jeder ist so diszipliniert wie du, Miryam! Außerdem tut es manchmal eben auch nur sauweh, und dann ist es mir egal, was mein Vorgesetzter oder meine Kollegen denken."

„Dann darf man sich eben aber auch nicht wundern, wenn man als Frau immer hinterherhinkt, Kerstin. Und das sage nicht ich, sondern das zeigt dir das tägliche Zusammenleben. Darum geht es mir. Du wirst bei mir nie erleben, dass man weiß, wann ich am verletzlichsten bin. Diese Chance gebe ich meinem Gegenüber – ganz gleich, ob er ein Mann oder eine Frau ist – nicht. Erst auf Augenhöhe kann man sich wirklich messen und beweisen, wer der Beste ist!"

„Das gilt vielleicht für dein Berufsfeld und Fusionen, Übernahmen und Expansionen, die auf irgendwelche schwindelerregenden Zahlen in irgendwelchen abstrakten Excel-Tabellen fußen. Ich schaue mir Bilder an, frage sie nach ihrer Geschichte, ihrer Entstehung und ihrer Herkunft und höre ihnen zu, wenn sie mir davon erzählen wollen."

„Dann hoffe ich, dass dein ominöses Bild und du sich später gut verstehen. Du weißt doch, es gibt keine zweite Chance für den ersten Eindruck."

„Kannst du mich und meine Arbeit auch mal ernst nehmen? Außerdem wollte ich dir was ganz anderes erzählen."

„Und?", fragte Miryam, und Kerstin wusste nicht, ob ihre Freundin sie erneut wieder nur aufzog und ein vorhandenes Interesse heuchelte oder ob sie wirklich interessiert war an dem, was sie zu erzählen hatte.

„Ich weiß jetzt, woher ich Mario Marin kenne."

„Mario wer?"

„Wir haben ihn doch gestern in den Vatikanischen Museen gesehen, kurz bevor der Feueralarm losging."

„Und? Du zitterst ja ..."

„Er soll damals dabei gewesen sein, als fünf kostbare Gemälde aus dem Schloss Friedenstein bei Gotha gestohlen worden sind. Im Auftrag der Staatssicherheit, um für die DDR die überlebenswichtigen Devisen zu beschaffen."

„Und woher weißt du das?"

„Darüber wurde damals bei uns im Institut erzählt. Auftraggeber war Walter von Munkwitz, der Devisenbeschaffer der DDR. Der hat sich natürlich nicht seine Finger schmutzig machen wollen. Also hat er wiederum den DDR-Staatszirkus beauftragt, jene Kunstwerke zu rauben. Und wer kann am besten an Häuserwänden hochklettern und spielend leicht in ein Gebäude einsteigen, ohne viel Lärm zu machen und ohne Spuren zu hinterlassen? Die Artisten und Trapezkünstler eines Zirkus!"

„Dass du immer alles glaubst, was man dir erzählt! Dabei schmücken Menschen doch immer gerne aus, um von ihrem eigenen langweiligen Leben abzulenken und sich in ein viel spannenderes Drama hineinzuversetzen."

„An jedem Gerücht ist auch immer was dran. Das hat schon meine Omi gesagt. Und ich bin sicher, dass es sich damals genau so ereignet hat."

„Und was hast du jetzt davon, dass du das weißt?"

„Du willst doch wissen, welches Gemälde ich heute begutachten soll, oder?"

„Wenn du es mir denn erzählen darfst?!"

„Dieser Mario war einer der Artisten, die damals die Bilder aus dem Museum gestohlen haben sollen."

Das hast du schon gesagt, Kerstin. Du wiederholst dich!"

„Die Bilder sind bis heute nicht wieder aufgetaucht. Mehr als 35 Jahre nicht! Außer einem, und zwar der ‚Heiligen Katharina' von Hans Holbein dem Älteren."

„Das ist wieder aufgetaucht?"

Kerstin nickte. Sie genoss den kleinen Erfolg, denn anscheinend schien ihr Miryam endlich einmal zu glauben. „Ja, in der Toskana!"

„Aber muss so ein Bild nicht seinem Besitzer, also dem Museum, zurückgegeben werden?"

„Nein, nach 30 Jahren verjährt Kunstraub. Dafür hat sich der Wert dieses Bildes exorbitant gesteigert."

„Und du glaubst, Mario hat etwas mitbekommen und will das Bild erneut stehlen?"

„Miryam, was einmal geklappt hat, kann auch wieder funktionieren."

„Und warum klebt an diesem Bild Blut?"

„Nur kurz nach dem Kunstraub ist jener Devisenbeschaffer Walter von Munkwitz zusammen mit seiner Frau kaltblütig hingerichtet worden, weil er genau jenes Bild damals unterschlagen haben soll, die Besitzer es aber natürlich unbedingt zurückhaben wollten."

„Jetzt weiß ich, warum du so zitterst", stellte Miryam fest und schlang ihre Arme fest um sich. „Kannst du den Auftrag nicht noch absagen? Sag doch, du bist krank ..."

„Ach, jetzt auf einmal ..."

„Kerstin, das ist nicht lustig! Oder willst du, dass auch dein Blut an diesem Gemälde klebt?"

KAPITEL 31

Kerstin Luckow riss sich zusammen, genau wie es ihre Freundin Miryam von ihr verlangt hatte. Sie hatte einen Auftrag zu erfüllen, und genau darauf musste sie sich konzentrieren. Im Nachhinein würde sowieso niemand mehr danach fragen, wie sie das alles bewerkstelligt hatte. Das Ergebnis war das Einzige, was zählte. Und das bedeutete, sie musste das Bild begutachten, untersuchen und analysieren und es dann – bei zweifelsfreier Echtheit – dem Besitzer abkaufen. So war der Plan. Dafür hatte sie die Prokura, ihm einen Scheck ausstellen zu dürfen und das Gemälde nach London zu bringen. Die Papiere für die Änderung der Besitzverhältnisse wie die Echtheitsurkunde waren bereits ausgestellt. Jetzt fehlte nur noch die Unterschrift.

Es war ihre Bewährungsprobe, und sie hoffte, die Gegenseite würde sich genauso an die Abmachung halten, wie sie es tat. Wobei sie ganz genau wusste, sie war ein Spielball in den Händen ihres Auftraggebers, der ihr dunkles Geheimnis aufgedeckt hatte und sie damit immer wieder erpressen konnte. Aber daran durfte sie jetzt nicht denken.

Kerstin sah aus dem Fenster des Nahverkehrsbusses der Linie 354A Richtung San Polo in Chianti, den sie nach ihrer Zugfahrt von Livorno nach Florenz am Hauptbahnhof der toskanischen Hauptstadt genommen hatte, und ließ ihren Blick weit ins Land schweifen.

Sie liebte diese Region, über die die Einheimischen ganz demütig sagten, Gott habe sich nach dem sechsten Tag seines biblischen Schaffens genau hierher zurückgezogen, um sich auszuruhen und seine Seele baumeln zu lassen. Wie sie wusste, lebte der Mann, den sie aufsuchen sollte, allein, weit außerhalb eines Dorfes und einer Stadt, in den Hügeln der Toskana, deren sanft geformte Formationen einander liebkosten, als wären sie frisch verliebte Teenager.

An der Haltestelle Montiani musste sie aussteigen und dann knapp 200 Meter zurücklaufen, um von der Hauptstraße, der Via di Tizzano, die sich wie ein goldenes Band durch die Landschaft schlängelte, oftmals eingerahmt von Pinienwäldchen und kleinen Olivenhainen, nach links in die Via Rubbiana Case Sparse abzubiegen. Ein weiterer kleiner Fußweg von gut 20 Minuten würde sie dann an ihr Ziel führen, das hinter einer kleinen Kuppe lag.

Das Anwesen lag friedlich-schlafend in einer Talsenke, umgeben von sattgrünen Hügeln, die wie Wellen – mal aufgewühlt und wild, mal harmonisch-fließend und seicht – über das Land schwappten. Sie war beruhigt, als sie sah, dass kein Auto in der Auffahrt stand und auch niemand im Garten zugange war.

Jeder weitere Mitwisser oder gar Zuhörer würde die Sache nur unnötig erschweren. Sie wollte vermeiden, dass irgendjemand am Ende den Besitzer noch verunsicherte, das Gemälde doch besser nicht so zu verkaufen, sondern sich vorher mindestens eine zweite Meinung, also die Expertise eines weiteren Gutachters, einzuholen.

Das Haus war ebenerdig, mit einem flach zulaufenden Dach, aus Sandstein errichtet und ruhte in einem großen Garten, der längst eine stutzende Hand nötig gehabt hätte. Hier zu leben muss ein Traum sein, Ruhe, Frieden und Idylle pur, dachte Kerstin, und sie schwelgte in Tagträumen.

Sie wollte gerade die Klingel betätigen, als sie merkte, dass die Haustür nicht verschlossen war. Langsam stieß sie die Tür auf.

„Hallo?", rief sie ins Haus, um auf Englisch hinterherzurufen: „Ich bin's, Kerstin Luckow aus London."

Aber sie hörte nichts. Niemand antwortete ihr oder gab sich zu erkennen. Die innere Unruhe stieg so langsam. Hätte ich doch besser noch mal vorher anrufen sollen, überlegte sie. Doch dafür war es jetzt natürlich zu spät.

„Scusi?", versuchte sie es noch einmal auf Italienisch.

Sie zitterte. Vorsichtig tastete sie sich durch das halbdunkle Haus. Sie hatte nicht den Mut, irgendeinen Lichtschalter zu suchen und diesen zu betätigen. Sie kannte sich ja auch hier überhaupt nicht aus. Von Meter zu Meter wurde ihr Körper schwerfälliger, als ihre Nase etwas vernahm. Es roch eigenartig. Süßlich. Aber auch wie vergoren. Als hätte jemand gesammelte Essensreste schon seit Wochen nicht mehr weggeworfen. Und dann hörte und sah sie auch schon die ersten Fliegen um sich herumschwirren.

„Bäh, ist das widerlich!", sagte sie und versuchte, die lästigen Insekten mit wilden Handschlägen zu verjagen.

Eine innere Stimme appellierte an sie, sofort auf dem Absatz kehrtzumachen, so schnell es ging das Haus zu verlassen und nur noch wegzulaufen. Oder aber die Polizei zu rufen. Aber sie durfte jetzt nicht aufgeben und sich ihren Gefühlen hingeben. Was hätte Miryam nur wieder gesagt, dachte sie an ihre Freundin, und sie wünschte sich für einen kurzen Augenblick, dass Miryam sie doch begleitet hätte.

Der Geruch wurde strenger, intensiver und beißender. Es roch nach Fäulnis und Sterben, je weiter sie sich durch das Haus vorarbeitete. Auch die Anzahl der um sie herumschwirrenden Fliegen nahm zu, je näher sie an den Ort kam, von dem sich der Geruch ausbreitete. Hinter dem großen Eingangsbereich schloss sich der noch größere Wohnraum mit seiner langen Fensterfront an, in den nun das Sonnenlicht hineinflutete, als in dem Moment die Idylle eines friedlichen Tages von einem nicht enden wollenden, grellen Schrei für immer zerstört wurde.

KAPITEL 32

Florenz

„Sie sind aber schnell da!"

„Haben Sie mich etwa erwartet?" Francesca sah die Frau überrascht an. Es war eine ältere, leicht übergewichtige Dame mit gefärbten Haaren, die am Ansatz bereits um einige Zentimeter herausgewachsen waren, und einem viel zu starken Make-up. Sie trug das schlecht sitzende weiße Sommerkleid mit schwarzem Floralmuster mit so viel Würde, dass es fast schon wieder gut aussah. Ihre Augen waren tränenunterlaufen, und sie hielt sich krampfhaft an einem Taschentuch fest, während ihr Körper gegen die Innenseite des Türrahmens lehnte.

Francesca war auch heute Morgen früh aufgestanden, um noch vor Dienstbeginn bei Elena Baldini vorbeizuschauen. Elena hatte sich gefreut, und sie hatten kurz miteinander gesprochen, ehe sie dann für eine weitere Untersuchung von einer Krankenschwester abgeholt worden war. Francesca hatte noch das Gespräch mit dem behandelnden Arzt gesucht, der ihr erneut mitteilte, dass ihre Mutter dringend eine Niere brauche, da ihr Körper trotz Dialyse schwächer und widerstandsloser wurde und sich das Risiko eines Nieren- und eines damit einhergehenden multiplen Organversagens von Tag zu Tag erhöhe. Sie hatte ihm versprochen, noch einmal mit Elena zu sprechen. Allein schon aus Eigeninteresse.

Danach war sie dann ins Büro gefahren, hatte E-Mails bearbeitet und die gesammelten Fakten und Erkenntnisse zusammengeschrieben und sie ihrem neuen Chef auf den Schreibtisch gelegt, um anschließend nach Livorno zu fahren.

Doch vorher wollte sie noch schnell bei Dr. Giuseppe Bianchi vorbeischauen, dessen Adresse sie sich noch über die Regionalverwaltung hatte geben lassen.

Er wohnte südlich von Florenz, in der Nähe der kleinen Ortschaft Montiani, am Rand der Region Chianti, die mit ihren geschwungenen Hügelketten, den idyllischen Sandsteinbauten inmitten der Landschaft, eingerahmt von Pinien, Zypressen und Oliven und den samtigsten Erdtönen vom kräftigen Grün über weiches Ocker bis hin zu einem glücklichen Gelb zu den Postkartenmotiven schlechthin gehörte.

„Ich habe gerade bei der Polizei angerufen. Sind Sie nicht von der Polizei?", fragte die Frau und schluchzte.

„Doch!", antwortete Francesca und zeigte ihren Dienstausweis. „Was ist denn passiert?"

Sie lief die ausgetretenen Stufen der Steintreppe zum Haus hoch und drückte die Frau leicht an sich, die in dem Moment wieder völlig in sich zusammenfiel.

„Er ist tot!", schrie sie, zeigte ins Haus, ehe sie versuchte, sich mit dem bereits zerrissenen Taschentuch die Tränen abzuwischen und sich gleichzeitig damit die Nase zu putzen.

„Hier!" Francesca kramte in ihrer Handtasche und reichte ihr eine Papiertaschentuchpackung, dann fragte sie: „Darf ich?"

Was sie dann zu sehen bekam, stockte selbst ihr den Atem. Von der Decke herab hing kopfunter ein hagerer, alter Mann, an den Knöcheln gefesselt, der Oberkörper vom Kopf bis zu den Schultern in eine Tonne mit Wasser getaucht. An den Beinen, die nackt aus einer kurzen Hose herausschauten, waren offene Geschwüre, die über und über von Insekten belagert wurden. Überall krochen und krabbelten Larven, Käfer und Fliegen in unterschiedlichen Farben, Formen und Größen, die wild auseinanderstoben, als Francesca nah an den Mann herantrat.

Auch wenn sie genau wusste, wer das war, so musste sie die Frau fragen, um wen es sich bei dem Toten da handelte. Sie musste sich definitiv sicher sein. „Ist das Doktor Giuseppe Bianchi?", fragte sie, als sie aus dem Dunkel des Hauses wieder ins Sonnenlicht trat.

Die Frau nickte schwach. „Ja, das ist Giuseppe. Und ich bin seine Haushälterin, Giuliana Zorzi."

Sie schluckte. „Ist das nicht grausam, wie man einen so gütigen und liebenswerten Menschen so zurichten kann?" Erneut kämpfte sie gegen die Tränen, die sich aber auch nicht von ihren zusammengekniffenen Augen aufhalten ließen und nun unablässig die Wangen hinunterliefen.

„Wissen Sie, wie lang er schon so ...?", druckste Francesca herum. Sie wusste nicht, welche Worte dezent genug waren, um die angeschlagenen Nerven ihres Gegenübers nicht noch weiter zu strapazieren. Die Frau war bereits jetzt nur noch ein Häufchen Elend. Auf der anderen Seite war die zeitliche Einordnung von elementarer Bedeutung. Und nach ihrer eigenen Erfahrung und den Entwicklungsstadien und der Anzahl der Fliegen nach zu urteilen, musste der Mann bereits seit mindestens einer Woche tot sein.

„Ich weiß es nicht ... Es ist so schlimm ... Ich komme ja nur noch alle zwei Wochen, um nach ihm zu sehen, das Haus ein bisschen aufzuräumen, feucht durchzuwischen und für ihn einkaufen zu gehen. Und vor zwei Wochen, da ging es ihm noch gut ..." Erneut ereilte sie ein heftiger Weinkrampf.

„Nur alle zwei Wochen?" Francesca führte die Frau vorsichtig von der Tür weg und setzte sie auf die Bank, die unter einem Fenster auf der kleinen Veranda vor dem Haus stand.

„Ja, er hatte doch kein Geld. Er war ein wunderbarer Mensch und ein exzellenter Arzt. Aber er konnte leider so gar nicht mit Geld umgehen." Sie lächelte zum ersten Mal an diesem Tag und zuckte verständnisvoll mit den Achseln. „Selbst mich konnte er nicht bezahlen ..."

„Und trotzdem arbeiten Sie für ihn?"

„Er hatte doch nur mich. Und ich ihn. Zwei einsame alte Seelen, verloren unter Gottes weitem Firmament in dieser wunderschönen Landschaft." Sie zeigte mit ihrem ausgestreckten Arm über das sanft geschnittene Tal, das von wellenartigen Hügeln umrahmt wurde.

„Er hat damals meine Schwester gerettet, müssen Sie wissen. Noch kurz vor seinem Ruhestand, als bei ihr ein aggressiver Gebärmutterhalskrebs diagnostiziert wurde. Er war Experte auf diesem Gebiet! Er hat sie operiert und ihr die bestmögliche Therapie ermöglicht, obwohl sie damals auch kaum Geld hatte. Daher habe ich ihm versprochen, ich würde mich um ihn kümmern, solange ich das noch schaffe. Ich bin ja auch schon 75. Er ist im Sommer 88 geworden."

„Ich bin sicher, er wusste, was er an Ihnen hatte."

Die Frau nickte schwach. „Ja, wir wollten heute in den Zirkus gehen. Er liebt den Zirkus so sehr. Und die Kunst!" Plötzlich zitterte sie. „Musste er vielleicht deshalb sterben?" Giuliana schaute Francesca entsetzt an.

„Was meinen Sie?"

„Er brauchte doch dringend Geld. Aber seine Ersparnisse waren fast komplett aufgebraucht. Er hatte sogar sein Auto verkauft, um noch an ein bisschen Geld zu kommen. Dabei ist man ja ohne Auto hier von der Außenwelt vollkommen abgeschnitten. Und zur Bushaltestelle läuft man gut 30 Minuten."

„Ich verstehe immer noch nicht so ganz …"

„Ihm gehörte so ein altes Bild, das er jetzt, nach den vielen Jahren, verkaufen wollte. Oder musste. Er wollte nicht ins Heim!"

„Und das Bild ist weg?" Francesca wollte ihren Ohren nicht trauen.

„Ja!"

„Vielleicht hat er es in Ihrer Abwesenheit verkauft?"

„Nein, er wollte, dass ich heute vorbeikomme, während diese Dame das Bild begutachtete. Der Käufer wollte wohl wissen, ob es sich auch wirklich um das Original handelt, wenn man dafür einige Millionen ausgeben muss."

„Millionen? Wissen Sie, um welches Bild es sich handelt?"

„Um die ‚Heilige Katharina‘ von Hans Holbein dem Älteren. Lustiger Name für einen Maler, oder? Aber er hat von nichts anderem mehr gesprochen. Es war sein größter Schatz, wie er immer gesagt hat. Aber es ist auch wirklich ein sehr schönes Bild.“

Jetzt war es Francesca, die plötzlich leicht zitterte. Die Mondsichelmadonna im Kloster Sant Jeroni auf Mallorca, die Marienikone in den Vatikanischen Museen in Rom und jetzt hier die „Heilige Katharina“, die 1979 aus einem Museum in der DDR gestohlen worden war. Und erneut blitzte der Name Ronny Freitag in ihren Gedanken auf. Er musste etwas damit zu tun haben, dessen war sie sich sicherer denn je. Schließlich wurden die Kunstwerke immer dann gestohlen, wenn Ronny gerade dort arbeitete oder mit dem Schiff in den Hafen eingelaufen war. Und das konnte nun alles andere als Zufall sein!

„Gab es denn keine Alarmanlage, die ein so wertvolles Gemälde geschützt hätte?“

„Auch dafür hatte er kein Geld. Aber er hat sich meine Videokamera ausgeliehen. Sie hat das Bild rund um die Uhr gefilmt. Ich musste mich damals ans Bild stellen und so tun, als wäre ich ein Räuber, damit er sie richtig positionieren konnte.“ Sie lachte erneut kurz auf. Aber dieses Mal klang es gekünstelt und zutiefst unsicher, als hätte sie Angst, Francesca würde denken, sie hätte ihn getötet und das Bild selbst gestohlen. „Ich war es aber nicht“, schob sie daher auch schnell hinterher und griff wieder nach ihrem Taschentuch, mit dem sie zuvor zwischen ihren Fingern gespielt hatte.

„Darf ich es haben? Das Band?“, fragte Francesca.

„Sind Sie denn auch von der Mordkommission?"

„Nein, aber ich ermittle in einem Kunstraub-Fall, und das kann der entscheidende Hinweis auf den Täter sein." Francesca spürte, wie ihr Herzschlag vor Anspannung galoppierte.

„Das glaube ich kaum. Das Band überspielt sich alle vier Stunden." Mit einem Windhauch stürzte das aufgebaute Kartenhaus in sich zusammen.

„Darf ich es trotzdem mitnehmen?"

„Ich möchte da nur nicht mehr hineingehen. Es ist alles so schrecklich."

„Das kann ich gut verstehen. Wo steht denn die Kamera?"

„In der Schrankwand, neben dem Fernglas", sagte Giuliana und schaute Francesca schniefend hinterher.

„Genau die", bestätigte sie, als Francesca wieder auf die Veranda trat. „Was mich nur wundert, ist, dass die Dame hier gar nicht aufgetaucht ist."

„Sie meinen die Frau, die das Bild begutachten sollte?"

„Ja, sie sollte schon seit einer Stunde das Bild untersuchen." Giuliana stoppte mitten im Satz. „Die Tür stand offen, als ich gekommen bin. Vielleicht hat sie ihn ja ..."

„Nein, er ist schon viel länger tot."

„Es sei denn, sie ist schon vor einer Woche angereist. Ich werde ja auch nicht jünger." Sie tippte sich vorsichtig an die Stirn. „Da vergisst man schon mal was. Mein armer Giuseppe!"

„Oder aber es gibt zwei Täter!"

KAPITEL 33

„Erde an Heike? Ist alles in Ordnung mit dir?", sagte Elke
Marin und winkte wild mit der rechten Hand vor dem
Gesicht ihrer Schwägerin herum. Doch Heike Freitag war
in ihrer eigenen Welt gefangen. Einer Welt, die nur aus
ihrem einzigen Kind Ronny bestand.

Schon seit dem Aufstehen kreisten ihre Gedanken um
ihren Sohn, den sie auch gestern wieder nur kurz gesehen hatte, nachdem sie einen weiteren Ausflug wegen
des Feueralarms in den Vatikanischen Museen früher
hatten abbrechen müssen. Erst im Bus hatten sie von der
Reiseleiterin erfahren, die ihnen die Radionachrichten
übersetzt hatte, was der Grund für den ausgelösten Alarm
gewesen war. Hacker hatten sich in das verschlüsselte System der Museen eingeklinkt und einen Feueralarm ausgelöst. Noch in den Museen war ihr aufgefallen, dass keine
einzige Sprinkleranlage angesprungen war. Was die Reiseleiterin im Bus damit erklärt hatte, dass viele Exponate
und Kunstwerke offen ausgestellt waren, sich also nicht in
Vitrinen oder hinter verschlossenem Panzerglas befanden, weshalb die Museen auf eine feinsensorische Anlage
vertrauten. Diese konnte einen Brandherd auf den Qua-
dratmeter genau bestimmen, der dann wiederum von den
Museumswärtern und Mitarbeitern mit Sandplanen und
speziellen Löschdecken sofort bekämpft werden sollte,

ehe dann die Feuerwehr die weiteren Löscharbeiten übernahm, um jene seltenen und wertvollen Gemälde, Fresken und Skulpturen nicht zu zerstören. So weit die Theorie. Denn in der Praxis hatte man das noch nie wirklich getestet. Vielleicht vertraute man auch einfach auf Gott und hoffte, dass es in den Vatikanischen Museen niemals brennen würde.

Und auch gestern war kein Feuer der Auslöser gewesen. Ziel dieses fingierten Alarms war die Salus Populi Romani, die wichtigste Marienikone der Stadt Rom, die noch während des ganzen Tumults der Evakuierung der Besucher von unbekannten Tätern gestohlen worden war. Man hatte die Täter zwar auf Videoaufnahmen der Überwachungskameras gesehen, aber nicht wirklich identifizieren können. Sie hatten ihre Köpfe so gehalten, dass sie auf keinem Band eindeutig zu erkennen waren. Und auch danach waren sie nirgendwo mehr aufgetaucht, weder auf öffentlichen Plätzen, in Bussen oder Bahnen noch in Bankfilialen oder an anderen Orten, an denen Kameras das sich gerade abspielende Geschehen festhielten. Sie schienen, so hatte es ihnen die heutige Reiseleiterin hier in Florenz erzählt, wie vom Erdboden verschwunden zu sein. Als hätten sie sich in Luft aufgelöst. So wie es ihr Sohn schon einmal getan hatte. Und wie er es als Besatzungsmitglied jederzeit wieder tun konnte, wenn das Kreuzfahrtschiff längst wieder aus dem Hafen ausgelaufen war, noch ehe die Ermittlungsarbeiten begonnen hatten.

Ihre Angst stieg, dass ihr Sohn wieder etwas richtig Dummes angestellt hatte. Die Vorzeichen sprachen leider eindeutig dafür, und sie erinnerte sich, wie ihr gestern der Cocktail aus der Hand geglitten und mit einem klirrenden Geräusch zu Boden gefallen war, als ihr Mann Uwe erzählt hatte, dass Ronny während seiner Ausbildung zum Elektriker die Fähigkeit erlernt hatte, sich auf andere Computersysteme draufzuschalten und die Kontrolle über sie zu erlangen. So hatte er sich damals verbotenerweise in das System der Verkehrsbetriebe der Stadt Gotha gehackt und den Gästen einen Tag lang kostenfreie Fahrten beschert. Und dann war da ja noch die Sache auf Mallorca und jenes ominöse Bild, das er damals unterschlagen hatte, um sich so vor jenen dubiosen Gestalten zu schützen.

Ein Plan, den der Galerist der Virgin of the Ocean anscheinend mit seinem Leben bezahlen musste, weil er von den Auftragskillern schlichtweg für Ronny gehalten worden war.

Heike wurde plötzlich ganz schwindelig, und sie merkte, wie ihr Kreislauf Achterbahn fuhr. Immer schneller und schneller. Mit unzähligen Loopings und einem freien Fall, der einfach nicht enden wollte.

„Heike, wo bist du gerade?" Elke stand jetzt vor ihr und schüttelte sie leicht an ihren Schultern.

Die Reisegruppe von knapp 30 Gästen der Virgin of the Ocean, die mit ihrer Reiseleiterin einen geführten Spaziergang durch eine Stadt voller Geschichte und Poesie, Dramen und Epochen absolvierte, war mittlerweile auf der Piazza della Santissima Annunziata angelangt, ihrer letzten Station, bevor es dann vom dahinterliegenden Piazzale Donatello mit dem Bus wieder zurück nach Livorno gehen sollte. Zuvor hatten sie die Kreuzkirche besucht und waren über die Ponte Vecchio geschlendert, um über die Via Calimala mit ihren exklusiven Edelboutiquen und Designergeschäften auf die Piazza di San Giovanni zu gelangen. Die Gruppe hatte sich gemeinsam die Taufkirche San Giovanni sowie die Kathedrale Santa Maria del Fiore angeschaut, ehe anschließend die Ausflugsteilnehmer für eine Stunde irgendwo zu Mittag einkehren, auf eigene Faust durch die Stadt spazieren oder sich vom aufgeregten Trubel der Stadt, der auch in den Kirchen nicht endete, treiben lassen konnten. Auch die beiden Paare wollten die Stunde Freizeit so nutzen und schlenderten durch die Altstadtgassen, die wie ein Schachbrett quadratisch angelegt worden waren. Überall boten Straßenhändler Postkarten, Selfie-Stangen fürs Smartphone und Sonnenhüte an, Cafébesitzer riefen den Vorbeilaufenden die aus ihrer Sicht besten Preise für Kaffeespezialitäten aller Art zu, und an den Ecken saßen Frauen mit vor sich aufgestellten Schildern auf dem Boden und bettelten um einige Münzen, einen Geldschein und etwas Aufmerksamkeit.

Danach war die Reisegruppe dann weiter über die Piazza del Duomo zum Hauptportal des Doms gelaufen, um sich das Wahrzeichen der Stadt, die rote Kuppel, von Nahem anzuschauen, ehe man sich dann so langsam Richtung Bustreffpunkt in Bewegung gesetzt hatte.

„Mir ist nur gerade ein bisschen schlecht."

„Kein Wunder, du hast ja auch kaum was gegessen beim Frühstück! Willst du einen Keks?", fragte Elke und kramte bereits in ihrem Rucksack.

„Nein danke! Es geht gleich wieder."

„Sag Bescheid, wenn du einen willst."

Heike nickte schwach und wollte gerade wieder versuchen, sich auf die Ausführungen der Reiseleiterin zu konzentrieren, als ihre Schwägerin noch etwas fragte: „Wo ist eigentlich Ronny? Ich meine, hat er nicht mal etwas Freizeit, um mit euch durch Florenz zu laufen?"

„Was? Ach so, nein, der muss arbeiten. Aber das wussten wir natürlich vorher. Er konnte uns nichts versprechen. Aber morgen früh sollen wir ja bei ihm im *El Rancho* frühstücken."

„Super, und ihr lasst euch dann von eurem Sohn bedienen, oder hat er morgen früh frei?"

„Nein! Aber es war seine Idee. Und vielleicht begleitet er uns übermorgen mit auf einen kurzen Bummel durch Barcelona."

„Wir stehen jetzt auf der Piazza della Santissima Annunziata, die von der Kunstakademie, dem Kloster der Serviten und dem Ospedale degli Innocenti eingerahmt wird. Früher lebten in dem Kloster die Servitinnen, die Dienerinnen Gottes, die sich das Ziel gesetzt hatten, notleidenden Frauen und vor allem verlassenen Kindern zu helfen. So entstand hier ein Findelhaus, in dem die Kinder, die niemand haben wollte, großgezogen, ausgebildet und ins Leben integriert wurden. Und hier wurde auch die erste Babyklappe der Welt erfunden." Die Reiseleiterin zeigte auf die hintere Seite des ehemaligen Krankenhauses, in das ab dem kommenden Jahr ein Museum über die italienische Renaissance einziehen sollte.

„In die Wand ist eine rotierende Trommel eingelassen worden, in die die Mütter die ungewünschten Babys hineinlegen konnten, sodass sie von innen sicher entgegengenommen werden konnten, ohne dass sich die Frauen zu erkennen geben mussten."

„Wow, wie fortschrittlich die Menschen damals waren", sagte Elke schwer beeindruckt.

„Ja, das war damals so. Heutzutage oder zumindest bis Anfang der 1980er wurden Frauen ihre Kinder entrissen und für viel Geld weiterverkauft."

„Ich habe darüber gelesen. In Spanien sollen so Hunderttausende Kinder ihren Müttern geraubt worden sein! Ist das nicht schrecklich?", fragte Elke und verzog tief betroffen das Gesicht.

„Und leider nicht nur in Spanien. Auch wir in Italien stehen wohl vor einem ähnlichen Skandal, der hier hinter mir in diesem Krankenhaus seinen Anfang genommen hat. Im damaligen Ospedale degli Innocenti. In der Klinik der unschuldigen Kinder."

KAPITEL 34

„Ich bin Signora Commissario Francesca Baldini von der Abteilung Organisierte Kriminalität aus Florenz", sagte Francesca auf Englisch und zeigte Hauke Jensen, dem Kapitän der Virgin oft the Ocean, ihren Dienstausweis, ehe sie ihm ihre Hand entgegenstreckte.

„Signora Baldini von der Abteilung Organisierte Kriminalität und mit einem Durchsuchungsbefehl", sagte Hauke Jensen und schüttelte seinem Gast die Hand. „Das ist aber keine schöne Begrüßung!" Er lächelte Francesca an, während er den Durchsuchungsbeschluss der Staatsanwaltschaft auf Englisch und im Original überflog. Dann reichte er die Unterlagen weiter an seinen Seco.

„Hier Jan, für dich!"

„Ich bin sicher, dass Sie kooperieren. Ich möchte gerne zuerst mit Ronny Freitag sprechen!"

Hauke sah, wie Jan bereits nach dem Telefon griff, dann wandte er sich wieder an Francesca: „Was ist denn der Anlass?"

„Wir wissen, dass Ronny Freitag ein Bild aus einem fingierten Kunstraub auf Mallorca unterschlagen hat, und gehen davon aus, dass er auch an zwei weiteren Diebstählen auf italienischem Boden beteiligt war. Einmal geht es um eine Reliquie aus dem Dom zu Prato und im anderen Fall um die Salus Populi Romani."

„Die Marienikone, die gestern erst aus den Vatikanischen Museen gestohlen wurde?", fragte Jan und signalisierte seinem Chef mit einem ausgestreckten Daumen, dass Ronny sich bereits auf den Weg auf die Brücke gemacht hat.

„Gibt es dafür irgendwelche Beweise?"

„Ja, belastbare Aussagen des Bischofs von Palma wie auch der Oberin des Klosters, in dem Ronny gelebt hat, bevor er hier bei Ihnen auf dem Schiff anheuerte. Und er hat für das Kloster einen Kunstraub fingiert, für den er auch polizeilich erfasst worden ist, auch wenn eine Anklage fallen gelassen wurde, weil es nicht zum Diebstahl kam und die Kunstwerke sichergestellt werden konnten."

„Dann verstehe ich nicht wirklich, was Sie von meinem Crewmitglied wollen?"

„Es sind alle Kunstwerke wieder aufgetaucht. Bis auf eines! Von der Mondsichelmadonna von Francisco de Zurbaran fehlt bis heute jede Spur."

„Und das Bild soll Ronny unterschlagen haben?" Hauke schaute die Kommissarin ungläubig an, als die Klingel der Brücke ertönte.

„Na, Sie können ihn ja gleich selbst fragen", sagte Hauke, als es auf der Brücke klingelte. Er schaute auf einen kleinen Monitor, auf dem zu erkennen war, wer eben geklingelt hatte.

„So schnell kommt man auf die Brücke, Ronny!", begrüßte er den Kellner, der sich bereits für seinen Spätdienst umgezogen hatte.

„Das ist Signora Commissario Francesca Baldini von der Abteilung Organisierte Kriminalität der Polizei Florenz und das ist Ronny Freitag", stellte er die beiden einander vor.

„Ist es richtig, dass Sie beim fingierten Kunstraub des Klosters Sant Jeroni in Palma beteiligt waren? Diesen sogar federführend ausgeführt haben?"

„Oh, die alte Geschichte schon wieder! Das ist mehr als drei Monate her, und ich habe dazu alles gesagt", antwortete Ronny.

„Dann werden Sie mir eben alles noch einmal erklären, Signore Freitag!", sagte Francesca und schaute Ronny scharf an. Der rollte mit den Augen und erzählte dann in kurzen Worten, wie sich der Kunstraub damals zugetragen hatte, was die Absicht dahinter gewesen war und warum dann doch alles ganz anders ausgegangen war, als es die Nonnen vorgehabt hatten.

Francesca musste zugeben, dass sich seine Ausführungen mit denen des Bischofs, die sie in der Akte der mallorquinischen Kollegen gefunden hatte, nahezu deckten. Und auch die Oberin hatte im Wesentlichen die gleichen Angaben gemacht. Aber da war ja noch die Frage nach dem Bild.

„Und was haben Sie mit dem Bild gemacht?"

„Welches Bild?" Francesca sah, wie Ronny für einen kurzen Moment nach links geschaut hatte, ehe er auf die Frage eingegangen war. Sie war sich sicher, er wusste ganz genau, welches Bild sie meinte. Und sie war überzeugt, dass er sehr genau wusste, wo das Bild nach dem fingierten Kunstraub abgeblieben war.

„Ich rede von diesem Bild." Sie reichte ihm eine Farbkopie. „Die Mondsichelmadonna von Francisco de Zurbaran. Es ist bis heute nicht wieder aufgetaucht, und hat einen Wert von 20 Millionen Euro auf dem Kunstmarkt."

Sie bemerkte, wie Hauke und Jan sie anstarrten. Doch Ronny schien diese Aussage weniger zu beeindrucken.

„Ich weiß nicht, was damit passiert ist. Ich habe es auf jeden Fall nicht. Fragen Sie doch die Nonnen. Vielleicht haben sie es ja unterschlagen, um ihr altes Kloster zu retten."

„Jeder Stein des Klosters ist umgedreht worden, aber das Bild blieb verschwunden. Und auf dem Konto der Nonnen ist auch kein nennenswerter Geldbetrag vor oder nach dem Kunstraub eingegangen. Im Gegenteil: Das Kloster wird zum 1. September geschlossen."

„Tja, so spielt das Leben. Mal gewinnt man, mal verliert man. Aber wie gesagt, ich habe es nicht, und Sie können sehr gerne meine Kabine durchsuchen."

„Dann sollten wir das auch tun."

Die Nagasaki Road, die Hauptschlagader im Inneren des Schiffs, war hell erleuchtet, als Ronny und Jan, gefolgt von Hauke, Francesca und einer Handvoll uniformierter Polizisten, den Aufzug verließen. Rechts und links von dieser „Hauptstraße", die auf Deck 3 einmal das gesamte Schiff durchquerte, gingen die einzelnen Flure und Gänge in die Wohnbereiche der Besatzung ab. Die großen Treppenhäuser, vier an der Zahl, sowie die Müllverbrennungsanlage im hinteren, Lager- und Kühlräume im vorderen Bereich sowie die Messe, die Crew-Kantine, lagen ebenfalls an dieser Straße, die nach dem Hafen benannt war, in dem die Virgin of the Ocean wie auch schon ihr Schwesterschiff Star of the Ocean gebaut worden waren.

Ronnys Innenkabine, die er sich mit einem Kollegen teilte, befand sich im vorderen Teil des Schiffs auf

Deck 2. Während Francesca und er an der Tür warteten, suchten Jan, Hauke und die Polizisten die Kabine ab. Sie wühlten sich durch Schränke und Schubladen, nahmen die Matratzen hoch, bauten das Bett und den festmontierten Schrank auseinander und schoben beides so nach vorne, dass Francesca dahinter sehen konnte, um sie danach wieder zusammenzubauen. Auch im kleinen Bad, in den Koffern und in der Gitarrentasche seines Mitbewohners fanden sie nichts.

Sie schauten sogar in den Lagerräumen der verschiedenen Abteilungen des Schiffes, den sogenannten Department Lockern, nach. Ebenso in den Kühlräumen der Küche, in Zwischennischen und anderen möglichen Verstecken.

„Ich sage doch, ich habe das Bild nicht!", bekräftigte Ronny, als sie nach einigen Stunden intensiver Suche wieder auf der Brücke standen.

„Ich glaube auch, Signora Commissario, dass Sie sich da vielleicht in etwas verrannt haben", sprang nun der Seco Ronny zur Seite.

Sie wusste, er war's! Aber wie sie bereits erwartet hatte, hatte er das Bild an einen sicheren Ort gebracht und dort versteckt oder es bereits veräußert. Also blieb ihr nichts anderes übrig, als ihn aus der Reserve zu locken.

„Vielleicht hat die Schwester Ihnen ja das Bild gestohlen und Sie können und wollen es nur nicht zugeben. Wie sieht das denn aus, wenn sich ein so kräftiger junger Mann von einer alten, tattrigen Nonne übers Ohr hauen lässt? Übrigens ein sehr gutes Mordmotiv. Sie wissen ja sicherlich, dass Schwester Maria Innocentia lebendig ans Kreuz über dem Altar der Kathedrale von Palma genagelt worden ist!", sagte sie provozierend. Doch Francesca wusste, dass er die Nonne nicht ermordet haben konnte, da sich die Virgin of the Ocean mit Ronny an Bord zu jenem Zeitpunkt auf der Überfahrt von Barcelona nach Mallorca befunden hatte. Auch hier war ihre Beweislage doch dünner, als sie zugeben musste.

„Was? Ich soll jetzt auch noch die Nonne ermordet haben? Sorry, aber das wird mir jetzt alles zu bunt. Muss ich darauf antworten?" Ronny sah erst Hauke an, ehe er seinen Blick zum Seco wandte.

„Das habe ich nicht gesagt. Aber wir ermitteln in alle Richtungen, und Sie hatten einen triftigen Grund, schnell an viel Geld kommen zu müssen, wo wir wieder beim Bild wären, das seit dem 19. Mai als verschollen gilt."

„Wie oft noch, ich habe und hatte es nicht, weder besessen noch verkauft. Warum auch?"

„Und was ist mit Ihren Spielschulden, die man mit ehrlicher Arbeit doch gar nicht mehr zurückzahlen kann?" Francesca hatte den Hinweis der Mutter Oberin aufgegriffen und noch auf Mallorca mit dem ermittelnden Kollegen gesprochen, der ihr die Unterlagen des Casinos, bei dem Ronny mit fast 100.000 Euro in den Miesen stand, noch am selben Tag mailte.

„Was hat das jetzt damit zu tun?" Er funkelte sie aus dunklen Augen an. „Wollen Sie mir gerade mein Leben kaputt machen und mich vor meinem Chef bloßstellen?" Er zeigte mit einer kurzen Handbewegung zu Hauke und Jan. „Hat nicht jeder eine zweite Chance verdient?"

„Signore Freitag, es geht um Mord! Sie haben sich vielleicht selbst um eine zweite Chance gebracht. Aber Schwester Maria Innocentia hat man das Leben genommen!"

KAPITEL 35

Florenz, Donnerstag, 20. August 2015

Francesca Baldini saß in ihrem Büro und kritzelte auf einem leeren Blatt Papier herum. Aber selbst hier wollte ihr nicht wirklich etwas Kreatives einfallen, obwohl die Energie zweifelsfrei rauswollte, was sich an den unzähligen Schwüngen und konkavischen Mustern, ausgemalten Feldern und geometrischen Formen eindeutig ablesen ließ.

Und dennoch schien sie nicht einen Schritt weiterzukommen. Weder in der einen noch in der anderen Sache. Ronnys Befragung am gestrigen späten Nachmittag war nicht nur äußerst mühevoll verlaufen. Sie hatte auch rein gar nichts erbracht. Wie sie vermutet hatte, befand sich das Bild nicht an Bord. Er musste es in der Tat, diese Ansicht teilte sie mit Schwester Maria Gratia, der Oberin des Konvents in Palma de Mallorca, an einen viel besseren Ort gebracht und dort versteckt oder es bereits verkauft haben. Sollte er es veräußert haben, dann war er so schlau gewesen, das Geld nicht eingezahlt zu haben. Denn wie sie von der spanischen Bank, bei der Ronny immer noch sein Konto besaß, erfahren hatte, war seit dem 19. Mai, jenem Tag des fingierten Kunstraubs, kein Geld auf das Konto gebucht worden. Ja, an Ronny Freitag hatte sie schwerer zu knabbern, als sie das geplant hatte. Aber sie hatte nicht vor, sich an ihm die Zähne auszubeißen. Da hatte sie in der Vergangenheit schon ganz andere schwere Brocken geknackt!

Aber auch die Videoaufnahmen der Überwachungskameras aus den Vatikanischen Museen hatten sie nicht weitergebracht. Da man die beiden Täter nicht wirklich gut erkennen konnte, war es eben auch nicht möglich, Ronny eindeutig als einen der beiden Täter zu überführen. Als sie sich die Bänder mit dem Kapitän und dem Security Officer der Virgin of the Ocean noch einmal genauer angesehen hatte, musste sie sogar einräumen, dass Ronny unmöglich einer der beiden Täter gewesen sein konnte. Denn bereits mit bloßem Auge konnte man gut erkennen, dass die beiden Kunsträuber kleiner waren als Ronny Freitag mit seinen gut 1,80 Metern. Er war zwar von Bord gegangen, wie er zugegeben und was auch der Seco mit einem schnellen Blick ins System bestätigt hatte, aber zeitlich wäre ihm eine Mittäterschaft nicht nachzuweisen gewesen. Denn Ronny konnte die Quittung eines Cafés auf der Piazza Navona vorweisen, in dem er an dem besagten Tag eine Cola getrunken haben wollte. Der Beleg war nur einige Minuten vor dem Auslösen des Feueralarms ausgestellt worden, und der Platz war viel zu weit entfernt, um es noch rechtzeitig in die Museen zu schaffen. Natürlich würde sie auch diese Angabe überprüfen. Aber sollte es so sein, wovon sie leider ausging, dann blieb nur die Möglichkeit, dass er der Hacker gewesen war, der den Feueralarm ausgelöst hatte. Doch die Kollegen in Rom waren gestern noch nicht so weit gewesen, das Störsignal einem Telefon zuzuordnen. Also musste sie sich auch hier noch in Geduld üben und auf die Ergebnisse der ermittelnden Beamten aus Rom warten.

Dabei gehörte Geduld nicht gerade zu ihren Stärken. Denn auch in ihrer zweiten Ermittlung benötigte sie einen schier endlosen Atem. Sie war mit so viel Hoffnung und nicht minder viel Erwartung ins Chianti gefahren. Doch der Mann, der sie im Zweifel hätte weiterbringen können, wenn sie den Ausführungen des Anwalts Glauben schenken durfte, hatte ermordet von der Decke gehangen.

Und doch schienen bei Dr. Bianchi irgendwie alle Fäden zusammenzulaufen. Er hatte nicht nur ein wertvolles Gemälde besessen, das bei einem Kunstraub in der DDR vor fast 36 Jahren gestohlen worden war. Er war auch mutmaßlicher Dreh- und Angelpunkt in einem der größten Skandale Italiens, der auch Francesca betraf und ihr Leben maßgeblich beeinflusst hatte.

Doch nun musste sie wieder von vorne anfangen. Das Video, das die Kamera seiner Haushälterin aufgezeichnet hatte, war mittlerweile in den Händen der im Mordfall Bianchi ermittelnden Beamten. Sie hatte sich gerade von Giuliana Zorzi verabschieden wollen, als ihre ehemaligen Kollegen von der Mordkommission vorgefahren waren.

Ihre Ex-Kollegen hatten überrascht bis irritiert geschaut, bis sie die Situation aufklären konnte. Giuliana, immer noch unter Schock stehend, hatte natürlich auch von dem Bild und jenem Video erzählt, das die Beamten dann an sich genommen hatten, um es auf mögliche Spuren hin auszuwerten. Sie hatten sich nicht wirklich davon überzeugen lassen, dass das Band nur eine Länge von vier Stunden besaß, sich immer wieder selbst überspielte und die Wahrscheinlichkeit, den Mörder darauf zu entdecken, also gleich null war. Die Kollegen hatten ihr versprochen, die Auswertungen und das Original-Band nach der eigenen Analyse auf ihren Schreibtisch zu legen, was sie bisher aber noch nicht getan hatten.

Also musste sie sich auch hier gedulden und war zur Untätigkeit verdammt. Aber einen Menschen gab es da noch, der ihr vielleicht ein bisschen weiterhelfen konnte, mit dem sie aber zumindest noch einmal reden sollte, dachte sie, und ihre geschwungenen Kringel und gemalten Linien formten sich allmählich zu einem Namen.

„Sie ist tot? Ermordet worden?", fragte Pater Matteo, und sie spürte, dass er zum allerersten Mal vom tragischen Tod der Mitschwester gehört hatte. „Gekreuzigt über dem Altar Gottes?"

„Ja, und Doktor Bianchi auch. Er hing von der Decke seines Wohnzimmers. Sein Körper eingetaucht in eine mit Wasser gefüllte Regentonne."

„Oh Gott, wie grausam!"

„Und beide haben noch gelebt, als der oder die Täter sie gekreuzigt beziehungsweise ertränkt haben." Francesca hatte noch, bevor sie sich auf den Weg zur Piazza della Santissima Annunziata gemacht hatte, im Rechtsmedizinischen Institut angerufen und sich nach der Todesursache des Arztes erkundigt. Der leitende Rechtsmediziner hatte ihr in wenigen Worten mitgeteilt, dass man in der Lunge kein Wasser gefunden hatte – eine trockene, aufgeblähte Lunge ist der typische Befund beim Tod durch Ertrinken.

„Das typische Ertrinken geschieht bei vollem Bewusstsein und ist vereinfacht gesprochen durch den Kampf gegen das Ertrinken und die Aspiration von Flüssigkeit geprägt. Charakteristische Zeichen für diese Form sind Paltauf-Flecken, also Erstickungsblutungen, Magenschleimhautrisse und Wydler-Zeichen, also eine Dreischichtung des Mageninhalts: oben schaumig, in der Mitte flüssig, am Boden fest. Alle drei Merkmale konnten wir genauso vorfinden wie überblähte, trockene Lungen, die ganz typisch bei einem Ertrinkungstod sind", so der Mediziner, der versuchte, es auch für Francesca verständlich zu erklären.

„Wer macht so etwas?", fragte Pater Matteo, den sie wie bereits vor drei Tagen in der Basilica della Santissima Annunziata antraf. Anscheinend gab ihm dieser Ort Kraft und Ruhe, auch mit den schrecklichsten und grausamsten Dingen fertigzuwerden.

„Die Ermittlungen laufen."

„Es hat etwas Mafiöses. Als wollten die Täter damit ein Zeichen setzen ... Oder was denken Sie?"

„Ich möchte keine Vermutungen anstellen. Aber wir schließen natürlich nichts aus."

„Meinen Sie, es hat etwas mit dem Kunstraub im Kloster zu tun?"

„Wie kommen Sie darauf?"

„War nicht die gestohlene Reliquie aus dem Dom von Prato der Anlass Ihres ersten Besuches?", sagte er und wies sie mit einer freundlichen Geste an, sich mit ihm in eine Kirchenbank zu setzen.

„Ja!"

„Und im Kloster unserer ehrwürdigen Schwester ist doch auch eingebrochen worden. Da liegt es doch nahe, dass das bei Doktor Bianchi ebenso der Fall war."

Ihr Gegenüber imponierte Francesca. Pater Matteo hatte schnell einen Zusammenhang hergestellt, der in der Realität aber leider mit einigen Fragezeichen versehen war. Wenn dem so war, war es ein und derselbe Täter, der die Kunstwerke gestohlen hatte? Wobei im Fall Palma die Kunstwerke ja gar nicht gestohlen worden waren. Einzig die Mondsichelmadonna war seit dem Raub nicht wieder aufgetaucht. Also war das die Gemeinsamkeit, dass sich hinter allen Aufträgen derselbe Interessent verbarg, mit nur unterschiedlichen Ausführungen und Übergaben der Gemälde? Und welche Verbindung gab es zwischen Schwester Maria Innocentia und Dr. Giuseppe Bianchi? Kannten sich die beiden etwa?

Das Krankenhaus! Dieser Gedanke schlug wie ein Blitz in Francescas Überlegungen. Beide hatten im Ospedale degli Innocenti zusammengearbeitet. Ob das auch der Pater gewusst hatte? Francesca spürte einen leichten Groll in sich aufsteigen. Was verschwieg der Pater und warum?

„Sie sagten doch, Schwester Maria Innocentia hat lange Jahre in der Klinik Ospedale degli Innocenti gewirkt. Ich habe herausgefunden, dass auch Doktor Bianchi dort gearbeitet hat. Zur selben Zeit."

„Und Sie meinen, das ist die Gemeinsamkeit?"

„Auf die *Sie* mich gebracht haben ..."

Er zögerte. „Pater?"

„Ich sollte besser damit aufhören, Ihre Arbeit zu übernehmen ..."

„So schnell kommen Sie mir jetzt nicht davon! Was meinten Sie, als Sie damals zu mir sagten, ich möge doch

Schwester Maria Innocentia selbst fragen, warum sie das Kloster verlassen musste?"

Der Pater schaute gedankenversunken Richtung Altar. „Man sollte die Vergangenheit manchmal besser ruhen lassen."

„Nein, das können wir eben nicht. Sie sehen doch, was passiert ist. Oder können Sie ausschließen, dass noch jemand ermordet wird, weil er vielleicht etwas weiß, was wir auch besser wissen sollten?"

„Bremsen Sie bitte Ihr Temperament, Signora! Wir befinden uns an einem göttlichen Ort."

„Ich bin sicher, Gott will, dass wir den Mörder finden und ihn zur Verantwortung ziehen. Aber dafür dürfen Sie nicht länger schweigen. Und ich will nicht, dass noch länger geschwiegen wird!" Aber stimmte das wirklich? Hätte sie nicht alles dafür gegeben, dass Elena ihr nicht von diesem Geheimnis erzählt hätte?

„Es liegt schon so lange zurück. Ich war noch gar nicht geboren."

„Es geht um die Nessuni, richtig?", fragte Francesca geradeheraus. Sie hatte keine Lust mehr auf das weitere Hinauszögern und Verschleppen möglicher Informationen, die ihr in diesem Fall, vor allem aber für ihr eigenes Leben weiterhelfen konnten.

„Woher wissen Sie das?" Erneut war Pater Matteo beeindruckt von Francescas Auffassungsgabe.

„Weil ich auch ein Niemandskind bin, Pater!" In den Augen des Paters lag eine Mischung aus Mitleid und Fassungslosigkeit.

„Gott ist bei Ihnen!", sagte er und nahm ihre Hand.

„Danke!"

„Wie haben Sie erfahren, dass Sie ein Nessuno sind?"

„Meine Mutter, also die Frau, der ich damals kurz nach meiner Geburt gegeben worden bin, hat es mir erzählt. Sie braucht dringend eine Niere, und ich wollte ihr eine meiner geben, was sie aber ausgeschlagen hat. Ich hätte nicht dieselbe Blutgruppe, weil ich eben nicht ihre leibliche Tochter bin", umriss sie kurz ihre eigene Familiengeschichte.

„Und kennen Sie Ihre leibliche Mutter?"

Francesca schüttelte schwach ihren Kopf. „Nein, und ich weiß gar nicht, ob ich das noch will. Ich meine, ich hatte ein gutes Leben – bis Sonntagnacht."

„Hat sich denn seitdem etwas geändert?" Und genau auf diese Frage hatte Francesca keine finale Antwort. Oder Vernunft und Herz wollten jeweils etwas anderes hören.

„Ich glaube nicht ... aber ich weiß es nicht. Es ist noch alles ziemlich frisch, Pater. Ich weiß ja noch nicht einmal, wie ich damit umgehen soll, wenn ich meine leibliche Mutter tatsächlich finde. Und wie, wenn nicht." Sie zuckte mit den Achseln. „Und der Mann, der mir vielleicht etwas dazu sagen konnte, ist jetzt tot." Sie hörte die Resignation in ihrer Stimme.

„Und leider auch Schwester Maria Innocentia."

Francesca sah den Pater eindringlich an. „Pater, wie meinen Sie das?"

„Dr. Bianchi und Schwester Maria Innocentia haben nicht nur beide im Ospedale degli Innocenti gearbeitet. Sie waren auch maßgeblich am Kindesraub beteiligt, Signora."

KAPITEL 36

An Bord der Virgin of the Ocean

„Uwe, haben wir etwas falsch gemacht?", fragte Heike Freitag ihren Mann und nippte an ihrem schwarzen Kaffee.

„Was meinst du?"

„Bei der Erziehung unseres Sohnes?!" Heike und Uwe
Freitag saßen an diesem halben Seetag auf dem Weg von
Livorno nach Barcelona im Steak-Restaurant *El Rancho*,
in dem jeden Morgen gegen einen kleinen Aufpreis ein
serviertes Frühstück angeboten wurde. Auch wenn Heike
nicht übermäßig frühstückte und sich mit einer Scheibe
Brot, etwas Käse und einem Schälchen Marmelade, dazu
einem schwarzen Kaffee mit Süßstoff zufriedengab, so
wusste sie, dass ihr Mann Uwe gerne mit einem ausgiebigen Frühstück und in aller Ruhe in einen Urlaubstag
startete. Er mochte keine Frühstücksbüffets, das war ihm
morgens zu unruhig. Zu viele Menschen am Büffet entsprach nicht seiner Vorstellung von einem gemütlichen
Beisammensein.

Sie warteten noch auf die Marins, die sich wie üblich
etwas verspäteten. Heike hatte kurz an ihre Kabinentür
geklopft, um sie abzuholen, als ihr Elke mit eingedrehten
Haaren versichert hatte, dass sie noch ein wenig Zeit
bräuchten und sie gerne schon mal vorgehen sollten.

„Heike, was ist denn nur los? Wir wollten doch frühstücken und nicht wieder Probleme wälzen."

„Hier ist schon mal euer frisch gepresster Orangensaft", sagte Ronny und stellte seinen Eltern jeweils ein Glas auf den Tisch.

„Sehen wir uns später?"

„Ich versuche es, Mutti."

„Wann legen wir eigentlich an?"

„Um 16 Uhr. Wir müssten dann aber sofort los. Ich muss um 18 Uhr wieder hier sein!", sagte Ronny und lief wieder zurück in die offene Küche, in der ein Koch gerade dabei war, ein frisches Omelett zuzubereiten.

„Heike, du weißt doch, dass er arbeiten muss!"

„Ja, aber freust du dich nicht, wenn er mitkommt?"

„Ah, hier sitzt ihr! Guten Morgen", begrüßte Mario Marin die beiden Freitags.

„Warum hat Ronny denn eine Schürze um? Isst er nicht mit uns?", fragte jetzt Elke, die sich neben Heike an den Tisch und damit mit dem Rücken zum Restaurant setzte.

„Er muss doch arbeiten!", erwiderte Heike, und ihre Laune sank gerade Richtung Eisfach.

„Und dann geht ihr hierhin und lasst euch von eurem Sohn bedienen?"

„Es ist auch dein Neffe!"

„Ja, noch schlimmer. Meinst du, ich hätte das gemacht, wenn ich das gewusst hätte? Was soll der arme Junge nur von uns denken?"

„Wir sind Gäste wie alle anderen auch. Also denkt er sich gar nichts", half Uwe seiner Frau und reichte seiner Schwester den Brotkorb.

„Kommt er denn später wenigstens mit, oder muss er uns dann auch auf deiner Rikscha durch Barcelona radeln?"

„Ich versuche es, Tantchen!", antwortet Ronny, der für Elke unbemerkt an den Tisch gekommen war und nun eine große Wurstplatte, eine Käse-Etagere, dazu verschiedene Töpfchen hausgemachter Marmelade sowie Lachs, geräucherten Fisch, Schokocreme und Honig servierte.

„Es wäre schön, wenn du mitkommst und uns die Sagrada Família zeigst", bekräftigte Heike ihren Wunsch.

Die Virgin of the Ocean war das einzige Kreuzfahrtschiff aktuell, dass den Gästen auf der einwöchigen Mittelmeer-Tour eine Übernachtung in Barcelona anbot. Daher fuhr das Schiff auch auf diesem Teilstück unter Volldampf, um spätestens am späten Nachmittag in der katalanischen Metropole einzulaufen. Die Gäste hatten dann Zeit, die Stadt und das Umland in geführten Ausflügen oder individuell bis um 20 Uhr des nächsten Tages zu erkunden, ehe es dann wieder nach Palma de Mallorca und damit zum Ausgangshafen dieser Kreuzfahrt zurückging. Heute wollten beide Paare ins Wahrzeichen der Stadt und dort einige Fotos schießen, noch ein wenig durch die Stadt bummeln und irgendwo etwas trinken gehen. Für morgen war dann ein knapp vierstündiger Ausflug ins Kloster Montserrat geplant, um sich dann am Nachmittag noch für einige Stunden an den Strand zu legen, mit einem guten Buch zu relaxen oder im um diese Jahreszeit karibisch warmen Mittelmeer zu planschen.

„Ich muss noch mal zum Seco und zum Kapitän. Danach weiß ich mehr!"

„Geht es immer noch um den Kunstraub in den Vatikanischen Museen? Junge, du bist unschuldig!" Heike hatte das Gefühl, jeden Moment zu hyperventilieren. Das konnte doch einfach nicht wahr sein! Wollte das eigentlich niemals aufhören, fragte sie sich, griff nach einer Menükarte und fächelte sich Luft zu. „Oder hast du wieder etwas Dummes angestellt? Mensch Ronny, wie viele Chancen willst du noch bekommen?"

„Ach, geht es um das Bild aus Palma, diese Mondsichelmadonna?", hakte jetzt Elke nach und hätte sich beim Brötchenaufschneiden fast in den Finger geschnitten.

„Könnt ihr endlich mal still sein? Dass Frauen immer so tratschen müssen! Niemanden hier von den anderen Passagieren interessiert eure Lebensgeschichte", echauffierte sich Uwe und stopfte seine Zeitung zwischen sich und das Außenfenster.

„Es hört doch überhaupt niemand zu! Und außerdem tratschen wir gar nicht. Wir suchen nur nach Lösungen, falls es irgendwo ein Problem gibt!", sprang Elke ihrer Schwägerin helfend zur Seite, während sie sich weiterhin den Finger rieb.

„Aber Uwe hat recht", mischte sich nun auch Mario ein. „Warum Vergangenes immer wieder neu aufkochen?"

„Weil wir unsere damalige Tat genetisch weitergegeben haben!", sagte Heike, und ihre Fächelbewegungen wurden stärker.

„Was für ein Schwachsinn, Heike. Wo hast du das denn jetzt schon wieder gelesen?" Uwe packte sich an die Stirn.

„Es gibt kein Problem, also brauchen wir auch keine Lösungen. Das Bild ist weg, übergeben und damit alles in Ordnung!"

Alle sahen Ronny an, der immer noch am Tisch gestanden und auf eine weitere Bestellung von Sonderwünschen, der Eierspeise oder einem Sekt gewartet hatte.

„Du hast das Bild entsorgt?", fragte Heike und zitterte. „Warum hast du denn nichts gesagt, nach dem, was in Ajaccio passiert ist?"

„Genau deshalb musste ich ja handeln. Ich wollte nicht, dass mir dasselbe passiert wie euch damals."

„Junge, wir hätten niemals einen Menschen getötet."

„Und was ist damals mit diesem Devisenbeschaffer gewesen, Mutti? Der mit seiner Frau in seiner Wohnung hingerichtet worden ist?"

Kapitel 37

Da ist er, dachte Kerstin, und sie spürte, wie die Erleichterung ihren Körper flutete. Endlich hatte sie ihn gefunden. Und dann war er sogar noch allein, keine Frau um ihn herum, die ein Gespräch im Keim erstickt hätte. Er war schuld an ihrer Misere, dessen war sie sich sicher. Sie war geliefert! Sie konnte einpacken und irgendwo unter falschem Namen ein neues Leben beginnen, in der Hoffnung, dass man sie dort nie aufspüren würde.

Dabei würde natürlich auch ein Gespräch nicht wirklich etwas bringen. Es sei denn, er würde alles zugeben und ihr verraten, wo er es versteckt hatte. Aber selbst die leichtgläubigsten und naivsten Menschen wussten, dass das utopisch war.

Mario Marin stand mit dem Rücken – ihr zugewandt – vor den Bildern der Kunstgalerie, die seit dem Tod des Galeristen kommissarisch vom Kreuzfahrtdirektor geleitet wurde. Er betrachtete die Porträts einer arabischen Künstlerin, die die Gesichter von Menschen aus der syrischen Stadt Aleppo im ersten Augenblick des Kennenlernens mit dem Bleistift festgehalten hatte. Erstaunlicherweise waren dabei die wenigsten Skizzen geprägt von Trauer, Leid und Elend. Mit wenigen und schnell gemalten Linien hatte sie das kurze Glück einer Mutter, die ersten Gefühle einer jungen Frau für einen

Mann und das herzerfrischende Lachen eines Kindes festgehalten.

Sie musste ihrem Ärger, ihrer Wut und ihrer unsicheren Zukunft Luft machen. Sie wollte sich nicht ausmalen, was passieren würde, wenn sie ihrem Auftraggeber von dem Misserfolg berichten musste. Und es war nicht mal ihr Verschulden. Das Bild war einfach nicht da gewesen. Sie hatte alles durchsucht. Wenn auch vorsichtig, ehe sie von dieser alten Frau, die plötzlich die Hofeinfahrt hochgelaufen war, gestört wurde und sie sich durch dicht bewachsenes Buschland und einen Pinienhain querfeldein zurück zur Bushaltestelle kämpfen musste. Ohne Bild, dafür mir aufgeschürften Beinen und zerkratzten Unterarmen.

Aber wer wusste von diesem Bild und hatte es gestohlen?

Und hatte derjenige auch Dr. Bianchi ermordet? Auch jetzt wollte das Bild nicht aus ihrer Erinnerung verschwinden, und sie musste sich schütteln, als sie an den armen, alten Mann denken musste, wie er da so von der Decke hing, sein Oberkörper in eine Tonne voll Wasser getaucht. Und an die Fliegen und die Larven. Tausende von ihnen hatten seinen Körper bevölkert und waren an den offenen Stellen bis tief ins Fleisch vorgedrungen. Erneut musste sie schlucken. Wie sehr musste Dr. Bianchi von wem auch immer gehasst worden sein, dass er so hatte sterben müssen. Und welcher Mensch konnte einem anderen Menschen so etwas antun, fragte sie sich und beobachtete weiter einen in sich gekehrten Mario, der von diesen Bleistiftzeichnungen schier gefesselt zu sein schien.

Er war ihr seit Tagen nicht mehr aus dem Kopf gegangen. Aber ihr wollte partout nicht einfallen, in welchen Zusammenhang sie seinen Namen bringen konnte. Bis heute Nacht. Da hatte sie sich erinnert. Sie konnte mal wieder nicht einschlafen, weil eben jene Gedanken, wo sie den Namen Mario Marin schon einmal gehört hatte, sie nicht müde werden ließen. Und weil auch Miryam sehr unruhig geschlafen und erneut nach ihrem Vati gerufen hatte.

Vati! Das war das letzte Teil, das jenes Puzzle vervollständigte. Jetzt konnte sie alles klar und deutlich erkennen. Und der Name fügte sich sofort und nahtlos in das Gebilde, von dem sie selbst ein Bestandteil und untrennbar damit verbunden war.

„Hallo, schön, Sie wiederzusehen!", freute er sich, als sie plötzlich neben ihm auftauchte. „Waren Sie nicht auch Dienstag in den Vatikanischen Museen? Ich habe Sie leider gar nicht mehr gesehen ..."

„Ja, war ich! Aber leider ist der Besuch ja auch unplanmäßig abgebrochen worden!"

„Sehr schade ... Und es sollen Hacker gewesen sein, die den Feueralarm ausgelöst haben! Das klingt auch nach Action und einem möglichen Geheim-Auftrag, oder?" Er lächelte sie vielsagend an.

„Mario, ich weiß, wer Sie sind! Und warum Sie hier sind!"

„Ich verstehe nicht richtig, oder bin ich jetzt Teil Ihres ominösen Auftrags?"

Ohne auf seine Anmerkung einzugehen, sagte sie: „Als ich ein kleines Mädchen war, habe ich sie immer bewundert, wie Sie durch die Lüfte geflogen sind, Ihre Partnerin aufgefangen haben oder kopfüber am Trapez gehangen sind."

„Das freut mich, Kerstin. Aber es ist kein Geheimnis, dass ich vor Urzeiten mal Artist im DDR-Staatszirkus gewesen bin." Wieder grinste er sie verschmitzt an, dann wandte er sich wieder den Kunstwerken zu, die offen und für jeden frei zugänglich in der Kunstgalerie hingen. „Ist das nicht ein schönes Kunstwerk? Vielleicht werde ich es mir noch kaufen", überlegte er laut vor sich hin. „Schließlich wird man nur einmal sechzig! Es ist wirklich mein Lieblingsbild: Das Kind mit den traurigen Augen!"

„Ach, Sie haben die Kleine gesehen?", fragte Kerstin und hatte weiterhin ihre Augen auf Mario gerichtet, der sich langsam wieder zu ihr drehte.

„Welche Kleine? Sie meinen dieses syrische Kind?" Er zog die Augenbraue nach oben.

„Sie wissen genau, von wem ich spreche. Der Tochter von Walter von Munkwitz!"

„Nein, Sie irren sich, Kerstin. Ich weiß überhaupt nicht, von was Sie da sprechen ..."

„Der Kunstraub in Gotha, das unterschlagene Bild, die Hinrichtung des Devisenbeschaffers. Alles belegbare Fakten, Mario!"

„Woher wissen Sie ... Ach, ist auch egal, nur war es nicht so, wie Sie denken. Und es liegt so viele Jahre zurück, und der Kunstraub ist längst verjährt, wie Sie als Expertin ja sicherlich wissen."

„Der Kunstraub vielleicht. Aber Mord verjährt nie, Mario."

„Dann sind Sie etwa ...?" Er stockte. „Es tut mir wirklich leid, was damals passiert ist."

„Und das soll ich Ihnen glauben? Reicht es nicht, dass Sie schon einmal ein Leben zerstört haben? Wollen Sie, dass sich die Geschichte wiederholt?" Wobei sie dann im Mittelpunkt des neuen Kapitels stehen würde – ohne zu wissen, ob es für ihre Geschichte jemals ein Happy End gab.

„Wovon reden Sie, verdammt noch mal?" Mario senkte schnell wieder seine Stimme, als ein älteres Paar, das gerade durch die Ausstellung schlenderte, pikiert zu ihnen herüberschaute.

„Das wissen Sie ganz genau ... Und ich hoffe für Sie, dass Sie mit dieser alten Schuld jemals werden leben können!"

KAPITEL 38

„Ist das nicht eine wunderschöne laue Sommernacht – wie gemacht für eine so stolze, leidenschaftliche und aufregende Stadt wie Barcelona?"

„Sie haben mich jetzt aber erschreckt." Kerstin Luckow lächelte Hauke Jensen an, der plötzlich neben ihr aufgetaucht war. Sie stand an die Reling gelehnt und schaute auf die hell erleuchtete Metropole, deren Lichter vor dem dunkelblauen Nachthimmel freudig tanzten. Sie trug ein weißes Sommerkleid – auf dem Pooldeck war für 23 Uhr die Party mit dem vielsagenden Namen „Weiße Nächte" angekündigt worden – dazu hellblaue Pumps und eine Stola in gleichem Ton. Ihre Haare hatte sie zu einem wilden Zopf zusammengebunden, aus dem bereits einige Strähnen herausschauten, die jetzt bei jeder aufkommenden Böe vom Meer wild um ihr Gesicht flogen.

„Warum sind Sie denn nicht draußen und genießen das Leben? So wie Ihre Freundin ..."

„Woher wissen Sie ... ach ja, Sie wollen ja immer alles über die Passagiere wissen, die mit Ihnen fahren." Sie drehte sich zu ihm und sah in seine dunklen Augen, die jetzt aber ebenfalls funkelten.

„So sieht es aus ... Außerdem gibt es da ein spezielles System, das mir sehr genau sagen kann, ob ein Gast sich gerade an Bord befindet. Und Miryam ist nicht mehr an Bord."

„Ja, sie hat noch einen Geschäftstermin. Ich war gerade bei der Maniküre im Spa, da hat sie sich verabschiedet. Sie schläft heute Nacht auch an Land in einem Hotel, weil es später werden könnte."

„Die Frau weiß, was sie will."

„Das auch!" Beide lachten kurz auf, und doch spürte Kerstin, dass die Unbefangenheit des ersten Tages heute zwischen ihnen fehlte. Was nicht nur am Sie lag, zu dem sie beide automatisch wieder übergegangen waren.

„Und was ist mit Ihnen? Und waren wir nicht beim Du?"

„Ich weiß es nicht ..." Sie steckte sich eine Zigarette an.

„Ich wusste gar nicht, dass du rauchst ... Bei unserem letzten Treffen hast du es jedenfalls nicht." Sie freute sich, dass er sie doch wieder duzte, und bot ihm eine Zigarette an. Doch er lehnte dankend ab.

„Nein, aber manchmal muss das eben sein. Das entspannt und hilft beim Nachdenken."

„Du siehst nicht glücklich aus. Ist irgendetwas passiert?"

Sie schüttelte den Kopf. „Nein, alles in Ordnung. Mir geht eben nur viel durch den Kopf momentan."

„Kann ich denn irgendwas tun?"

„Wenn du zaubern könntest ..." Sie lächelte ihn milde an, dann drehte sie sich wieder zum Lichtermeer.

„Dann sollte ich was herzaubern?"

„Ach, das war nur so dahingesagt."

„Die Heilige Katharina von Hans Holbein dem Älteren?"

Plötzlich musste sie heftig losprusten, als er sie mit diesem Volltreffer aus dem Nichts überrascht hatte.

„Woher ...?", stammelte sie, ehe sie erneut kräftig husten musste.

„Du weißt doch, ich habe meine Quellen!"

„Du hast mir hinterherspioniert?"

„Und ich hatte wohl auch allen Grund dazu."

„Nein, den hattest du nicht!" Demonstrativ warf sie sich die Stola um den Hals, die zuvor von einer Böe fast weggeweht worden wäre.

„Doch, wenn es irgendwas mit meinem Schiff zu tun hat, dann muss ich alles über die Menschen wissen, die ich als Kapitän sicher fahren soll. Und anscheinend ist Gefahr im Verzug. Höchste Gefahr. Und ich habe schon ein totes Crewmitglied!"

„Hauke, es ist alles so kompliziert."

„Dann erklär's mir!"

Sie atmete schwer durch. „Aber eines vorweg. Ich habe weder den Galeristen noch den Arzt getötet. Das musst du mir glauben!"

„Welchen Arzt?"

„Doktor Bianchi, dem das Bild gehört hat. Die ‚Heilige Katharina' von Hans Holbein dem Älteren." Und dann erzählte sie ihm kurz, wie sie den Arzt gestern in seinem kleinen Haus in der Toskana aufgefunden hatte. Sie ließ keine grausame Einzelheit aus. Aber Hauke schienen ihre Ausführungen nicht allzu nahezugehen. Er verzog keine Miene.

„Und was ist mit der Nonne?"

„Die Nonne in der Kathedrale von Palma? Auch damit habe ich nichts zu tun. Warum auch?" Sie schaute ihn fragend an.

„Auch das Kloster ist bestohlen worden. Kunstraub. So wie bei deinem Arzt. Die italienische Polizei ermittelt bereits. Eine Kommissarin war deswegen gestern hier an Bord."

„Die Polizei ermittelt bereits?"

„Ja!", sagte Hauke, und sie sah, dass sich sein Gesicht immer weiter verfinsterte.

„Und er ist nicht mein Arzt", ergänzte sie bestimmt.

„Aber du solltest ihn ausrauben?"

„Nein!", rief sie. „Ich sollte das Bild auf seine Echtheit hin untersuchen und prüfen, ob es sich um das Original handelt."

„Weil du die Fälschung gemalt hast?"

Sie nickte erneut. „Kann ich mich setzen?" Sie merkte, wie ihr plötzlich die Beine wegknickten.

„Warum solltest du ein Bild fälschen?", fragte er, während er ihr auf einen Stuhl half, den er sich vorher von einem Tisch herangezogen hatte. „Zerstört das nicht deinen Ruf, wenn du als Provenienzforscherin in deiner Freizeit Bilder fälschst?"

„Das ist eine längere Geschichte." Sie seufzte erneut tief durch.

„Dann erzähl sie mir ..."

„Ich dachte, du weißt schon alles von mir?", versuchte sie, noch einmal in die Offensive zu gehen.

„Ich möchte es lieber von dir persönlich hören!", sagte er bestimmt, dann zog er sich einen weiteren Stuhl heran und setzte sich neben sie.

„Alles begann während meiner Studienzeit. Ich wollte ausreisen, in den Westen. Aber man ließ mich nicht, weil irgendein Cousin, von dem ich noch nie etwas gehört hatte, angeblich geflohen war. Ich stand also unter Beobachtung, und man meinte zu mir, dass meine Familie eine Gefahr für die Republik sei. Und dass ich überhaupt schon glücklich sein sollte, studieren zu dürfen und einen der begehrten Plätze im Institut für Kunst- und Bildgeschichte an der renommierten Humboldt-Universität in Berlin erhalten zu haben. Also sollte ich aus Dankbarkeit dem Volk, das mir diese Möglichkeit erst eingeräumt hat, etwas zurückgeben."

„So nennt man das also ..."

„Die DDR, das Regime war ja chronisch klamm. Man brauchte dringend Geld. Also hat man zuerst private Kunsthändler und Museen enteignet und die Exponate nach Mühlenbeck, vor die Tore Berlins gebracht, wo sie dann von der Kunst und Antiquitäten GmbH weitervermittelt wurden. Meistens an Ausstellungen und exponierte Kunstsammler aus dem Westen. Doch selbst das reichte irgendwann nicht mehr, darum kam man auf die Idee, ab Ende der 1980er besondere Kunstwerke zu fälschen und sie gleich zweimal zu verkaufen. Einmal auf dem Schwarzmarkt und einmal auf dem offiziellen Markt."

„Aber das musste doch auffallen?"

„Na ja, die Provenienzforschung war damals noch nicht so weit. Kaum ein Museum hat sich einen Forscher geleistet. Und zum anderen gab es immer Menschen, bis heute, die Bilder einfach nur besitzen wollen, um sagen zu können, sie sind die Einzigen auf der Welt, die das Original haben. Ein Klub von ausgewiesenen Kunstliebhabern. Viel mehr weiß man nicht. Nur bei Christie's tauchen immer mal wieder dieselben Namen von Käufern auf."

„Ein elitärer Klub also?"

„Ja, über den nichts wirklich bekannt ist. Die gekauften Objekte tauchen dann auch nie mehr auf."

„Wie meinst du das?"

„Die neuen Besitzer wollen die Kunstwerke nur für sich haben und sich ganz allein an der Schönheit der Bilder erfreuen. Sie sind süchtig nach dem einzigartigen Schönen."

„Aber was ist, wenn sie einer Fälschung aufgesessen sind?"

„Von den meisten großen Kunstwerken existieren heutzutage Fälschungen. Aber dieser Klub der Superreichen und Kunstliebhaber, deren Mitglieder so viel Geld haben, dass sie sich auch mehrere Millionen Euro teure Bilder kaufen können, lässt sich natürlich die erworbenen Bilder oder Kunstexponate begutachten und analysieren, damit ihnen eben keine Fälschung untergejubelt wird."

„Und was ist aus deiner Fälschung geworden?"

„Das weiß ich nicht. Der Mauerfall kam dazwischen, und in Mühlenbeck war ich nie. Auf jeden Fall ist jetzt ein Bild aus dem spektakulären Kunstraub auf Schloss Friedenstein wieder aufgetaucht, und man betraute mich damit, dieses Bild zu überprüfen und es dem Besitzer für möglichst wenig Geld abzukaufen, um das Bild dann in einer Auktion selbst anzubieten."

„Und das solltest du während einer Kreuzfahrt erledigen?"

„Der Mann konnte nicht mehr reisen, und man wollte nicht zu viel Staub aufwirbeln mit einer offiziellen Dienstreise und so weiter. Du musst wissen, für dieses Bild ist schon einmal gemordet worden."

„Du meinst, der Arzt musste sterben, weil er im Besitz dieses Bildes war?"

„Ich weiß es nicht", sagte sie wahrheitsgemäß. „Aber alles spricht dafür, Hauke. Denn diese Menschen, mit sehr sehr viel Geld und dubiosen Kontakten, tun alles, um an jene Bilder zu kommen, die sie unbedingt haben wollen. Damals am Institut munkelte man, dass der Devisenbeschaffer, Walter von Munkwitz, jene ‚Heilige Katharina' unterschlagen hat, um damit eine Krebstherapie in Italien zu bezahlen. Seine Frau war an Gebärmutterhalskrebs erkrankt, und die Ärzte in der DDR hatten sie wohl schon aufgegeben. Und eben jener Doktor Bianchi, der Arzt in der Toskana, ein Gynäkologe, war damals eine Koryphäe auf diesem Gebiet und ein Experte in der Behandlung von Krebserkrankungen. Also hat er ihm das Bild als Gegenleistung für die Behandlung seiner Frau geschenkt."

„Aber?"

„Noch bevor die beiden nach Italien reisen und sie mit der Therapie beginnen konnten, wurden sie an Heiligabend 1979 kaltblütig hingerichtet."

„Wie furchtbar!"

„Ja, mit diesen Menschen und ihren Helfershelfern ist eben nicht zu spaßen. Es grenzt an ein Wunder, dass sie die Tochter der beiden am Leben gelassen haben. Sie saß wohl im Kinderzimmer und hat alles mitbekommen."

„Weiß man denn, wer die Auftragskiller engagiert hat und wer die Mörder der von Munkwitz waren?"

„Nein, auch das ist bis heute nicht geklärt. Aber die DDR hatte auch kein Interesse, dass diese Tragödie jemals aufgeklärt wird. Und nach der Wiedervereinigung geriet der Fall in Vergessenheit, und seit 2009 ist der Kunstraub verjährt."

„Aber nicht der Mord."

„Nein, der natürlich nicht."

„Und was ist aus der kleinen Tochter geworden?"

Kerstin zuckte mit den Schultern. „Ich weiß es nicht."

„Sie hätte auf jeden Fall ein Motiv, sich das Bild zurückzuholen. Und sich an den Mördern ihrer Eltern zu rächen."

„Wenn sie denn weiß, wer es war und wo sie das Bild hätte finden können."

„Und wer sagt mir, dass du nicht diese Tochter bist?"

Kerstin musste auflachen. Auch wenn ihr nicht nach Lachen zumute war. „Du weißt doch ganz genau, dass ich keine geborene von Munkwitz bin. Und meine leiblichen Eltern leben noch, sie werden dir gerne alles über meine Zeugung erzählen."

„Aber vielleicht gehörst du ja zu diesem elitären Klub und wolltest das Bild selbst dein Eigen nennen?"

Wollte er sie provozieren und aus der Reserve locken, oder was sollten diese komischen Fragen? Ihre finanziellen Verhältnisse erlaubten es ihr nicht einmal, sich auch nur ein Bild bei der Kunstauktion an Bord leisten zu können, geschweige denn im Konzert der Millionenbeträge mitzuspielen.

„Weil ich nicht das Geld dafür habe, Hauke. Miryam vielleicht. Aber die interessiert sich nur für ihre Geschäfte. Kunst sei eine ineffiziente Form des gesellschaftlichen Energieaustauschs, die nach sich und dem Sinn des Lebens sucht. So hat sie es mal genannt."

„Dann hat sie aber nichts vererbt bekommen."

„Wieso?" Sie sah ihn fragend an. Wusste er etwas über Miryam, was sie ihr bisher verheimlicht hatte?

„Du weißt doch, wer ihre Eltern sind. Da hätte ich jetzt schon gedacht, dass sich da die künstlerischen Gene durchsetzen würden."

„Ich kenne die Dannenbergs nicht!" So eng sind wir dann vielleicht auch wieder nicht befreundet, schob sie gedanklich hinterher.

„Die Dannenbergs sind auch nur ihre Adoptiveltern. Miryam ist die Tochter jenes Devisenbeschaffers und wurde als Miryam von Munkwitz geboren."

KAPITEL 39

Florenz, Freitag, 21. August 2015

„So, gleich haben Sie es geschafft. Es wird nur kurz pie-
ken, und dann ist auch schon alles vorbei", versuchte die
Krankenschwester Francesca zu beruhigen, während sie
vorsichtig die Nadelspitze an die Vene setzte und langsam
einstach. Francesca kniff die Augen zusammen und presste ihre linke Hand so fest zusammen, dass die Knöchel auf
der Oberseite weiß anliefen. Auch mit 42 Jahren konnte
sie immer noch kein Blut sehen. Grausam zugerichtete
Leichen, abgetrennte Gliedmaßen und blutüberströmte
Opfer machten ihr nichts aus. Aber beim Anblick ihres
eigenen Blutes kapitulierte ihr Kreislauf.

Auch heute Morgen hatte sich daran nichts geändert.
Sie lag auf einer Liege und ließ die Krankenschwester ge-
währen. Nach der Blutabnahme hatte sie einen Termin
im Labor, wo sie eine Urinprobe abgeben sollte, um im
Anschluss ein Screening zu durchlaufen, das neben Ultra-
schall auch die Tomografie ihrer Nieren beinhaltete.

Sie wollte ihrer Mutter nichts davon erzählen, dass sie
sich hinter ihrem Rücken und mit Erlaubnis des behandelnden Arztes nun untersuchen ließ, um die geplante
Nierentransplantation zu ermöglichen. Trotz einer anderen Blutgruppe gab es gute Möglichkeiten, eine frem-

de Niere zu transplantieren und mit begleitenden Medikamenten beim Empfänger dafür zu sorgen, dass dessen Körper das neue Organ nicht abstieß.

Das Gespräch mit Anwalt Rossi hatte letztendlich dafür gesorgt, dass sie um ihre Mutter kämpfen würde. So sehr, dass sie auch damit leben konnte und wollte, nie zu erfahren, wer ihre leiblichen Eltern waren. Sie hatte eine wundervolle Mutter, die ihr zwar nicht biologisch das Leben geschenkt, aber für 42 Jahre lang unentwegt versucht hatte, ihr ein gutes Leben zu schenken. Und dafür war sie nicht nur äußerst dankbar. Francesca wollte auch ein wenig von dem zurückgeben, was Elena für sie getan hatte. Und sie hatten beileibe auch wirklich harte Jahre durchgestanden, die sie als eingeschworenes Mutter-Tochter-Gespann bestens gemeistert hatten.

Mit dem Gefühl, etwas Gutes und Richtiges zu tun, selbst wenn sie damit die erste Entscheidung ihrer Mutter überging, begann Francesca knapp zwei Stunden später ihren Dienst im Präsidium, das keine 15 Gehminuten vom Ospedale Santa Maria Nuova, der Klinik, in der ihre Mutter seit Sonntag behandelt wurde, in der Via Zara am nördlichen Ende des Innenstadt-Kerns entfernt lag.

In Florenz liegt eben doch alles ganz dicht beieinander, dachte sie und hätte am liebsten die ganze Stadt umarmt, die auch heute wieder vergnügt am Arno lag und sich auf einen weiteren sommerlichen August-Tag mit Tausenden von Touristen freute. Nein, sie wollte für kein Geld der Welt woanders leben und arbeiten.

Wie vereinbart hatten die Kollegen ihr eine Box mit den Ermittlungsgegenständen zur Ansicht auf den Schreibtisch gelegt. Darin befanden sich neben einem abgenutzten und abgegriffenen Notizbuch der Obduktionsbericht und das konfiszierte Video, das die Spurensicherung digitalisiert und ihr als Dateianhang per Mail geschickt hatte. Schon seit Jahren schaute sich niemand mehr eine Videokassette an, und Francesca wusste nicht mal, ob das Präsidium – abgesehen von der Spurensicherung, die aber ihren Dienstsitz in einem anderen Gebäude in der Stadt hatte – überhaupt noch irgendwo einen Videorekorder stehen hatte.

Doch bevor sie sich die Datei ansehen wollte, blätterte sie durch den finalen Obduktionsbericht. Sie hatte zwar bereits gestern kurz mit dem Rechtsmediziner telefoniert, aber seine Aussagen hatten nur einen vorläufigen Charakter, an dem sich dann aber zu 99 Prozent nichts Wesentliches mehr ändern würde. Wie sie bereits vermutet hatte, war Dr. Giuseppe Bianchi bereits seit zwei Wochen tot, was der Mediziner anhand der Entwicklung der Fliegen und Larven sehr genau spezifizieren konnte. Dass Bianchi noch gelebt hatte, als sein Oberkörper in die Tonne getaucht wurde, stand auch schon gestern fest. Aber die Tatsache erschütterte Francesca erneut. Wie konnte ein Mensch nur zu so etwas Grausamem fähig sein?

Wenigstens, so vermutete der Rechtsmediziner, musste Bianchi nicht zu lange leiden, da sein allgemeiner Gesundheitszustand mit 88 Jahren nicht mehr der beste gewesen war. Das hatte auch Giuliana Zorzi bestätigt, die ihr erzählt hatte, dass Bianchi kaum mehr das Haus verlassen und ihr schon seit Jahren den Einkauf und andere wichtige Besorgungen überlassen hatte.

Der Rechtsmediziner verstand zwar die Sprache der Toten, aber übersetzen mussten sie die Kollegen. Sie war ja raus, und die Ermittlungsarbeit lag seit Montag nicht mehr in ihren Händen. Ihr Fall hatte zwar an Spannung und Fahrt aufgenommen. Aber dennoch sehnte sie sich an ihre alte Wirkungsstätte zurück. Dem Tod eines Menschen auf die Spur zu gehen war doch etwas anderes, als nach einem verschollenen oder geraubten Bild zu suchen.

Mit einem Seufzer der Enttäuschung und der Frage, ob sich an ihrer Situation je etwas ändern würde, solange Gennaro Vorgesetzter ihrer alten Abteilung war, fuhr sie ihren Computer hoch, startete das Mailprogramm und suchte in den eingegangenen Mails nach der Nachricht ihres Kollegen. Mit einem Doppelklick öffnete sie die Video-Datei, die eine Dauer von vier Stunden und zwei Minuten anzeigte.

Na, das kann ja was werden, dachte sie und sah ein einziges Bild. Bewegungslos hing Dr. Giuseppe Bianchi von der Decke herab, während sein Körper von Abertausenden Fliegen bevölkert wurde. Was für ein grauenvoller Anblick! Voller Mitgefühl musste sie an den alten Mann denken. Hoffentlich hat er wirklich nicht leiden müssen, dachte sie an die Worte des Rechtsmediziners und zog die Maus vorsichtig über die Zeitleiste.

„Da!", rief sie laut aus. Sie hatte die Zeit gut 30 Minuten vorlaufen lassen, da sah sie erst einen Besucher, gefolgt von einem weiteren. Beide versuchten mit wilden Handschlägen, die Fliegen zu verjagen, die aufgeschreckt wie wild durch den Raum flogen. Beide schienen mehr als angeekelt zu sein, und die eine Person musste immer wieder gegen den aufkommenden Brechreiz ankämpfen. Waren es zwei Männer oder ein Mann und eine Frau, fragte sie sich, und sie erinnerte sich an das Video der Kollegen aus Rom. Auch auf der Aufnahme, die Francesca noch zugespielt werden sollte, hatten die Kollegen nicht eindeutig erkennen können, um welches Geschlecht es sich bei den beiden Tätern handelte.

Irgendwas scheinen sie zu suchen, dachte Francesca und ließ das Band in Echtzeit weiterlaufen. Über eine Zeitspanne von gut zwanzig Minuten tauchten die beiden Personen immer wieder auf, um dann für Minuten wieder aus dem Sichtfeld der Kamera zu verschwinden. Als ob sie etwas von der Kamera gewusst hätten, bewegten sie sich immer so im Blickfeld, dass man nie genau ihr Gesicht sehen konnte. Immer und immer wieder versuchte Francesca, sich das Bild in Zeitlupe anzusehen, aber die Gesichter waren höchstens für einen kurzen Moment seitlich zu sehen. Ansonsten blieben die Köpfe, die jeweils von einer dunkelblauen Schirmmütze bedeckt waren, immer geduckt. Aber schaute da nicht eine blonde Strähne hervor? Francesca versuchte, den Ausschnitt zu vergrößern und so noch mehr zu sehen. Leider war die Kamera schon in die Jahre gekommen, und die Farben auf der Aufnahme zeigten sich viel blasser und schwächer als im wahren Leben. Bingo! Es war eine blonde, lange Strähne, die der einen Person hinten aus der Basecap herausgerutscht war und damit aller Wahrscheinlichkeit nach einer Frau gehörte.

Aber so schnell die Frau in dem Moment ins Bild gelaufen war, so schnell war sie auch schon wieder verschwunden. Es dauerte erneut mehrere Minuten, bis die beiden Gestalten zum letzten Mal kurz am Bildrand auftauchten. Hatten sie da etwas in der Hand gehabt? Aber wirklich etwas erkennen konnte Francesca auch beim Heranzoomen nicht.

Enttäuscht, wieder keinen großen Schritt weitergekommen zu sein, ließ sie das Band in Echtzeit weiterlaufen. Auch wenn sie keine Ahnung hatte, um wen es sich bei den beiden Einbrechern gehandelt haben könnte, so konnte sie einen zumindest ausschließen. Ronny Freitag hatte sie auf jeden Fall nicht auf dem Bild gesehen. Ob er jetzt vor dem Haus in einem Mietwagen auf die beiden gewartet hatte, war reine Spekulation. Aber wie in Rom, so konnte man ihm auch hier nichts nachweisen.

„Das kann doch alles nicht sein!", fluchte sie und fuhr sich mit beiden Händen durch ihre dichte Lockenmähne. Ihre letzte Hoffnung hatte sich also auch als eine Sackgasse herausgestellt! Sie spulte das Band über die Zeitspanne der nächsten anderthalb Stunden weiter nach vorne, aber Dr. Bianchi blieb allein mit sich und den Fliegen, die die wieder eingekehrte Ruhe sichtlich genossen. Noch zwei Minuten, dachte sie resigniert und wollte den Regler schon bis zum Ende weiterschieben, als plötzlich im Film noch jemand in Dr. Bianchis Wohnzimmer trat.

KAPITEL 40

Barcelona

Mächtig und erhaben thronte die Benediktinerabtei Santa Maria de Montserrat auf dem Felsvorsprung in gut 720 Metern Höhe. Dahinter türmten sich die obskuren Steinformationen des gleichnamigen Gebirges auf. Es war ein mystischer Ort, der mit seiner Ruhe und der Abgeschiedenheit, der Stille und Einkehr das genaue Gegenteil zur 40 Kilometer entfernten Metropole Barcelona darstellte. Schon der Weg hinauf zur Klosterkirche barg ein kleines Abenteuer. Zumindest für die, die unter Höhenangst litten und denen schnell schwindelig wurde. Pinien und Kiefern säumten die Serpentinenstraße, die sich von Schleife zu Schleife höher den Berg hinaufwand.

„Schau, sind das nicht unsere Artisten?", fragte Elke Marin ihre Schwägerin, als sie gemeinsam mit ihren beiden Ehemännern und knapp 30 weiteren Gästen aus dem Bus ausstieg.

„Ja, Ronny hat was von einem Crew-Ausflug erzählt. Und für die orthodoxen Christen, zu denen sicher auch die beiden ukrainischen Artisten gehören, ist die Schwarze Madonna ein ganz besonderer Ort des Gebets, um für Gesundheit, den passenden Partner und ein wenig mehr Wohlstand zu bitten", erklärte Heike und suchte ihren

Mann, der zusammen mit Mario bereits einige Meter vorauslief.

„Wollte oder konnte er heute wieder nicht?"

„Du meinst Ronny? Nein, er hat es nicht so mit Kirchen. Aber wir sehen uns später am Strand. Er schickt mir noch eine WhatsApp, wo und wann wir ihn treffen werden."

Sie folgten ihren Männern und dem Reiseleiter die Stufen hinauf zur Klosterkirche. Es war noch früh am Tag, und die meisten Touristen würden erst zur Mittagszeit oder zur feierlichen Vesper auf den Berg kommen. „So haben Sie die Kirche fast für sich allein", hatte der Reiseleiter noch im Bus erklärt.

Die Kirche erstrahlte in einem funkelnden Gold, dezent angestrahlt von den vielen Kerzenhaltern, die von der Decke hingen oder an der Außenverkleidung der Empore angebracht waren. Es roch angenehm nach Weihrauch. Nur schwach brach sich das Tageslicht durch die Vierung. Mittelschiff und Seitenkapellen wurden von farbig gefassten Kreuzrippengewölben überspannt. Doch das eigentliche Highlight war die Schwarze Madonna Unserer Lieben Frau von Montserrat, die von den Katalanen liebevoll auch einfach nur La Moreneta genannt wurde. Mit dem gekrönten Jesusknaben auf dem Schoß saß sie eingefasst hinter einer Glasscheibe und wachte über alle jene, die unten im Kirchenschiff ihre Fürbitten vorbrachten.

„Ist sie nicht wunderschön?", fragte Mario Marin andächtig und zeigte in die Apsis. „Ich würde sie mir gerne näher anschauen. Kommt jemand mit?"

„Ich warte draußen", verneinte Elke das freundliche Angebot ihres Mannes.

„Und wo ist mein Mann?", fragte Heike und sah sich überall um.

Mario zeigte zum vorderen Bereich des Kirchenschiffs, wo eine Treppe nach unten führte. „Ich glaube, der wollte in die Gruft hinunter."

„Wie kamst du nur mit dem Bild von Bord?", fragte Denys Schelestjuk und setzte sich die Sonnenbrille auf.

„Ich habe einem von der Security schöne Augen gemacht, ihm etwas zugesteckt und ihm gesagt, dass wir schnell los und den Bus noch erwischen müssten. Und dann habe ich ihm nur die eine Seite der Tasche kurz hingehalten." Iryna Kowalenko nahm die große Strandtasche von der Schulter und machte kurz vor, wie sie es gemacht hatte.

„Ja, Frau müsste man sein. Da geht manches schneller."

„Dir fehlen eben die richtigen Argumente." Sie fuhr sich lasziv über ihre Brüste und kaute aufreizend auf ihrem Kaugummi herum, ehe sie es Denys gleichtat und sich ebenfalls die Sonnenbrille aufsetzte. Dann folgten sie den anderen Crew-Mitgliedern und liefen die breiten Stufen der Treppe zur Klosterkirche Montserrat hinauf.

„Weißt du, dass gestern die Polizei an Bord war?"

„Wegen?"

„Ronny und dem Bild von Palma."

„Das hat er doch längst abgegeben. Nach Damians Tod." Sie stockte und biss sich auf die Unterlippe, während sie in ihrer Strandtasche hektisch nach einem Päckchen Zigaretten wühlte.

„Was hast du?" Er sah sie plötzlich besorgt an.

„Alles gut!"

„Iryna, du zitterst ja!"

„Oleg hatte auch ihm geschrieben und ihm gedroht, wenn er nicht endlich das Bild ausliefern würde, dann ..."

„Dann?"

Erst im dritten Anlauf schaffte sie es, eine Zigarette aus der vollen Packung zu ziehen und sich diese anzustecken. „Er war eigentlich das Ziel in Ajaccio gewesen."

„Ronny?"

Sie nickte und nahm einen schnellen Zug. „Oleg, oder wer auch immer in diesem Wagen saß, hat ihn mit Damian verwechselt."

„Oh Scheiße, Scheiße, Scheiße!"

„Was hast du? Uns ist doch nichts passiert!"

„Denk doch mal nach! Was wäre, wenn wir zusammen mit Damian auf der Straße gestanden hätten? Oder eben mit Ronny? Oder ich dieselben Klamotten angehabt hätte wie Ronny beziehungsweise Damian? Fuck!", schrie Denys über den Kirchenvorplatz.

„Jetzt beruhig dich doch!"

„Nein, wie soll ich mich da beruhigen, Iryna?"

„Sie wissen, dass sie uns noch brauchen. Wer hätte ihnen sonst diese Marienikone besorgt?"

„Die finden auch wieder andere, die sich mit ihnen einlassen und ihnen aus Leichtsinn und Dummheit ins Netz gehen! So wie wir damals."

„Wir haben es doch jetzt endlich hinter uns. Das war der letzte Auftrag, oder hast du noch eine Nachricht bekommen?"

Er schüttelte den Kopf.

„Wir müssen nur noch diese Tasche abgeben und dann ..." Sie umarmte ihn. „Alles wird gut, glaub mir! Wo sollen wir uns eigentlich treffen?" Sie zeigte hinter sich auf die Kirche, während sie den Zigarettenstummel in ein eingefasstes Blumenbeet schnipste.

„In der Gruft des Klosters. So stand es in der Nachricht. Unter der Apsis, vorne im Kirchenschiff. Dort erwartet man dich."

„Ich habe keine Nachricht bekommen."

Er zeigte ihr sein Handy mit der geöffneten WhatsApp. Sie zitterte. „Wirklich in der Gruft?"

„Ja! Und du sollst allein kommen!"

Kapitel 41

Kerstin Luckow! So hieß die Person, die auch noch kurz auf dem Video zu sehen gewesen war. Wirklich nur kurz. Dann war das Band abgelaufen und hatte wieder in den Selbstüberspielmodus geschaltet, ehe es von Giuliana Zorzi ausgeschaltet worden war, wie die Haushälterin ihr vor zwei Tagen erzählt hatte. Sie hatte das herangezoomte Bild mit den Porträtaufnahmen der Passagiere der Virgin of the Ocean abgeglichen, die ihr Hauke Jensen freundlicherweise ausgehändigt hatte. Sie war fast ein wenig überrascht, aber auf jeden Fall ein Stück weit freudig erregt, als sie den Treffer gelandet hatte.

Und Kerstin Luckow war nicht einfach durchs Haus gelaufen oder zumindest im Wohnzimmer auf und ab. Sie hatte auch ein Bild in der Hand gehabt. Auch das hatte Francesca deutlich gesehen. Damit musste sie auch jenes Bild gestohlen haben, das Dr. Bianchi so sehr geliebt und beschützt hatte.

Also musste sie noch einmal zurück zum Schiff, das sich augenblicklich in Barcelona befand, wie sie auf dem Routenplan sah. Aber würde ein Überraschungsangriff wirklich von Erfolg gekrönt sein? Oder würde Kerstin dieses Bild nicht auch – so wie sie es bereits bei Ronny Freitag vermutete – an einen sicheren Ort gebracht haben?

Und irgendetwas war auch noch nicht ganz rund, hörte Francesca, wie sich ihre Intuition bemerkbar machte. Diese kleine innere Stimme konnte ihr zwar nicht genau sagen, was das fehlende Mosaiksteinchen war, das für das Gesamtbild noch fehlte. Aber irgendetwas war da, dessen war sie sich ganz sicher.

Vielleicht sollte ich vorher den Kapitän anrufen und mit ihm kurz die Sache besprechen, ehe ich voreilig nach Barcelona fliege, dachte sie und speicherte die Datei auf ihrem Computer ab. Aber das wiederum konnte ihre Position auch schwächen, gerade weil sie beim ersten Zusammentreffen mit so viel Munition angereist war, die sich letztendlich im Falle Ronny Freitag als laues Lüftchen herausgestellt hatte. Natürlich musste ein Kapitän bis zu einem gewissen Maße zu seiner Crew halten. Aber auch bei dieser Sache hatte sie anscheinend nicht alle Perspektiven ausreichend genug beleuchtet.

Ihr Blick fiel auf die Box, die ihr die Kollegen der Mordkommission auf den Schreibtisch gestellt hatten. Darin lag noch die Videokamera, die sie in den nächsten Tagen zu Giuliana Zorzi raus aufs Land bringen wollte. Und ein altes, abgegriffenes Notizbuch, das sich an den Seiten bereits auflöste und auf dessen Vorderseite sich der Abdruck einer Tasse ins Leder eingefressen hatte.

Neugierig blätterte sie durch das Buch, auf das jeder Buchhalter stolz gewesen wäre. Fein säuberlich fanden sich dort seitenweise Namen aufgeführt. Sorgfältig durchnummeriert. In einer weiteren Spalte dahinter standen ebenfalls Namen, gefolgt von einem Datum und einer Summe, ausgestellt in Lire. Der erste Eintrag war datiert auf den 12. April 1955, das Buch schloss mit dem Datum vom 6. Dezember 1973. Fast 800 Namen befanden sich in dieser Liste, die, überschlug man alle Summen, einen Wert von Hunderten von Millionen Lire besaß. Aber was hatte es mit dieser Liste auf sich? Wer waren die Menschen, die zwar namentlich erwähnt waren, aber deren Adressen fehlten? Und was bedeutete der Name in der zweiten Spalte? Wer hat wem was verkauft? Und warum waren die Summen unterschiedlich hoch, für damalige Verhältnisse sogar teilweise sehr hoch? Für jenes Bild, das Dr. Bianchi besessen hatte und das vermutlich von Kerstin Luckow gestohlen worden war, aber deutlich zu niedrig. Selbst wenn man den Kursverfall der Lire, die Inflation und die monetäre Entwicklung der Weltwirtschaft davon abzog.

Vielleicht konnte ihr Giuliana Zorzi weiterhelfen. Immerhin ist sie seit mehr als zwei Jahrzehnten die Haushälterin des Doktors und ist beim Putzen genauso über dieses Büchlein gefallen, wie es jetzt ihre Kollegen getan hatten, dachte Francesca und griff sich ihr Handy.

„Es tut mir leid, Signora Baldini, aber auch Ihren Kollegen konnte ich nicht weiterhelfen!", entschuldigte sich die ältere Dame, die erneut mit den Tränen rang, als Francesca den Namen Bianchi in den Mund genommen hatte.

„Sie haben das Buch wirklich noch nie gesehen?"
„Nein!"

Francesca beschrieb ihr das Buch, die aufgeführten Namen, die Daten, die Geldsummen. Aber Giuliana blieb bei ihrem Nein.

„Ich hätte Ihnen so gerne geholfen. Allein schon, damit Sie seinen Mörder finden."

„Wir geben unser Bestes, und ich hatte gehofft, dass dieses Buch uns dabei helfen könnte", sagte Francesca, und sie hörte selbst den resignierten Unterton in ihrer Stimme, ehe sie sich herzlich, aber doch bestimmt von der Haushälterin verabschiedete.

Aber einen Trumpf hatte sie ja noch in der Hinterhand, dachte sie und griff erneut zum Handy. Ein letzter Trumpf, der zugleich auch ihre letzte Hoffnung war: Pater Matteo. Er hatte Dr. Bianchi auch in einem anderen Zusammenhang erwähnt. Genau wie Schwester Maria Innocentia. Und beide waren jetzt tot.

Sie begrüßte den Pater, der sie dieses Mal bereits vor der Basilika auf der Piazza della Santissima Annunziata willkommen hieß.

„Was kann ich dieses Mal für Sie tun?"

„Doktor Bianchi hat eine Liste geführt, die weder die Haushälterin noch ich zuordnen können. Und da ich ja eigentlich nur im Fall Kunstraub ermittle, aber auch ein persönliches Interesse an der anderen, der dunklen Seite des Arztes habe, dachte und hoffe ich, dass Sie mir weiterhelfen können."

„Ein Liste, sagen Sie?" Er nahm das Notizbuch entgegen, das Francesca ihm reichte.

„Ja, mit unzähligen Namen. Manchmal auch nur abgekürzt oder Initialien, Daten und Geldbeträge."

Interessiert schaute er sich jede Doppelseite an. Doch Francesca konnte nicht ansatzweise erahnen, was er gerade dachte.

„Pater?", fragte sie nach einer Weile.

„Ich muss nur gerade an die alte Anna denken. Anna Esposito. Sie kam jeden zweiten Tag in die Kirche, zündete eine Kerze an, verharrte, auf ihrem Rollator sitzend, still im Gebet und ging dann wieder nach Hause."

„Und wer ist diese Anna?", fragte Francesca etwas ungeduldig.

„Eine ganz beeindruckende und starke Frau. Wenige Tage vor ihrem Tod kam sie zur Beichte. Zum allerersten Mal, seitdem ich hier bin. Sie erzählte mir damals unter Tränen von jenem Kinderraub im Ospedale. Und von einer Liste, die der damalige verantwortliche Arzt in der Geburtshilfe, Doktor Giuseppe Bianchi, angelegt hatte. Er hat wohl – und hier ist der Beleg – über jedes Kind und den anschließenden Verkauf Buch geführt. Und von einer jungen Frau, der man kurz nach der Entbindung das Kind entrissen hat, weil sie es nicht wert sei, Mutter zu sein, wie es die damaligen Servitinnen ihr gegenüber ausgedrückt haben."

„Oh mein Gott!"

„Ich kann nur um tiefste Vergebung für meine Schwestern bitten, möge Gott ihrer Seelen gnädig sein."

„Ich wäre es nicht!", konnte sich Francesca eine vorlaute Bemerkung nicht verkneifen. Aber sie war immer noch viel zu geschockt, um irgendjemandem dafür auch nur im Entferntesten vergeben zu können. Vielleicht hatten die Nonnen das damals ja auch zu ihrer leiblichen Mutter gesagt, kam es ihr in den Sinn, und sie spürte, wie der Hass auf die Ordensfrauen und auf Dr. Bianchi immer stärker wurde.

„Das ist jetzt genau 60 Jahre her", überging Pater Matteo ihren Einwurf. „Diese junge, lebensbejahende Frau, die sich so auf ihr erstes Kind gefreut hat, nachdem sie zuvor mehrere Fehlgeburten erlitten hatte. Einen kleinen Jungen."

„Hat Anna gesagt, wer diese Frau ist und wie der Junge heißt?"

„Nein, das wusste sie nicht mehr. Aber sie erinnerte sich noch, dass der Junge damals an einen Zirkus verkauft worden ist. Und sie musste noch lachen, wenn es nicht so dramatisch gewesen wäre, denn auch seine Mutter liebte den Zirkus über alles. Sie hat wohl noch während der Wehen immer davon geredet, dass ihr Junge einmal ein großer Artist werden würde, der durch die Manege fliegt und die Zuschauer zum Staunen bringt."

„Und, ist er das geworden? Ein Artist in einem Zirkus?"

„Vielleicht finden Sie ja diesen Jungen in der Liste. Aber Anna konnte seit jenem Tag der Geburt des Knaben keinen Zirkus mehr besuchen." Er stockte und faltete andächtig die Hände.

„Pater?", fragte Francesca besorgt nach.

„Die Frau ist noch an dem Tag, an dem ihr Sohn gestohlen wurde, vor Annas Augen aus dem Fenster hier auf die Piazza in den Tod gesprungen."

„Oh mein Gott!"

„Sie sagen es, Signora!"

Es dauerte den gesamten Fußweg zurück ins Präsidium, bis sich Francesca wieder einigermaßen beruhigt hatte. Sie konnte immer noch nicht begreifen, was damals den Frauen und vielleicht auch ihrer eigenen Mutter angetan worden war. Ob sich ihre leibliche Mutter auch dafür entschieden hatte, lieber zu sterben, als ohne ihre geliebte Tochter leben zu müssen? Und da war es wieder, jenes Gefühl, das so unglaublich wehtat. Wer war ihre leibliche Mutter? Sie wusste nichts von dieser Frau, die ihr das Leben geschenkt und es dann wieder verschenkt hatte. Oder besser gesagt verkauft hatte. An eine andere Mutter.

Ein Junge!, versuchte sie sich wieder auf ihre aktuelle Ermittlung zu konzentrieren. Eigentlich hätte sie mittlerweile längst Gennaro, ihren Ex-Lover und Leiter der Mordkommission, mit einbeziehen müssen. Aber das hatte noch Zeit, bis sie sich wirklich sicher war und das Puzzle komplett zusammensetzen konnte.

Sie zitterte vor Aufregung, als sie die Passagierliste durchging. Insgesamt 3927 Namen. Das Schiff war ausgebucht. Es waren Ferien und damit beste Reisezeit in Deutschland, wie ihr der Kapitän bei ihrem Abstieg vorgestern noch erzählt hatte.

Sie ging die Liste alphabetisch durch. So kam sie schneller voran. Sie blätterte die Buchstaben durch, und Bingo! Auch sein Name war aufgeführt. In der Passagierliste wie in Bianchis Notizbuch.

Sie musste dringend das Schiff erreichen. Aufgeregt wühlte sie ihre Handtasche durch. Hauke Jensen, der Kapitän der Virgin of the Ocean, hatte ihr seine Handynummer gegeben. Die Reederei und das Schiff würden vollumfänglich kooperieren, weswegen sie sich jederzeit bei ihm melden könne, hatte der Kapitän ihr gesagt.

Schon nach dem zweiten Klingeln nahm er den Anruf entgegen: „Herr Kapitän, hier ist Signora Commissario Francesca Baldini. Sie müssen dringend eine gewisse Kerstin Luckow finden. Sie hat das verschollene Bild, und sie schwebt in höchster Gefahr!"

Kapitel 42

Kerstin Luckow saß in der hintersten Bank des Kirchenschiffs und ließ das majestätische Bauwerk auf sich wirken. Die Flammen in den Kerzenständern bewegten sich
kaum. Einzig die Flammen der langen Altarkerzen fla-
ckerten, als die drei Mönche im Altarraum hin- und her-
liefen, um den in wenigen Minuten beginnenden Gottesdienst vorzubereiten.

Auch hier, an diesem besonderen, stillen Ort, der schon
seit Jahrhunderten die Menschen tief berührte, musste sie
erneut an das gestrige Gespräch mit dem Kapitän denken.
Und an das, was er ihr erzählt hatte. Miryam Dannenberg,
ihre Freundin und Reisebegleitung, war die Tochter des
Devisenbeschaffers Walter von Munkwitz, der damals
an einem winterlichen Dezemberabend, an Heiligabend
um genau zu sein, gemeinsam mit seiner Frau kaltblütig
hingerichtet worden war. Miryam soll, so belegten es die
Stasi-Akten, damals im Kinderzimmer gewesen sein und
alles mitbekommen haben. Das haben die Nachbarn aus-
gesagt, die das Mädchen mit einem rosafarbenen Schlafan-
zug auf der Straße stehend aufgesammelt hatten. Sie hatte
sich eingenässt. Aber sie hatte nicht gefroren. So hatten es
die Nachbarn beschrieben. Und sie hatte nur mit starrem
Blick geradeaus geschaut, ohne ein Wort zu sagen. Noch
in derselben Nacht waren Walter von Munkwitz' Schwes-

ter und ihre Tochter, Cornelia Dannenberg, an den Ort der Hinrichtung gekommen und hatten die völlig verstörte und apathisch wirkende Miryam zu sich genommen. Seitdem wuchs Miryam, gerade einmal sieben Jahre alt, bei den Dannenbergs auf, die sie schon wenige Wochen später adoptierten.

Miryam, so lautete der letzte Aktenvermerk vom Dezember 1988, hatte nie über jenen Heiligabend gesprochen. Sie war in den Wochen und Monaten danach, genau wie in den späteren Jahren noch mehrfach befragt worden, zu den Mördern, einem möglichen Auftraggeber und natürlich zum Bild, das in dieser Nacht aus der Wohnung der von Munkwitz gestohlen worden war. Miryam schwieg. Bis heute.

Und ich habe sie auf die Spur des Bildes gebracht, dachte Kerstin und ärgerte sich, so offenherzig und redselig gewesen zu sein. Auf der anderen Seite hatte Miryam erst zuletzt ein wenig Interesse an ihrer Arbeit gezeigt. Für Kerstin also kein Grund, dort falsche Zurückhaltung an den Tag zu legen. Aber im Nachhinein war das natürlich alles eine bewusste Strategie von Miryam gewesen, um nicht zu viel Aufmerksamkeit an jenes Bild zu verschwenden, das damals so ihr Leben beeinflusst, wenn nicht sogar zerstört hatte.

Hauke hatte sogar noch während ihres Gesprächs die Vermutung geäußert, Miryam könnte zum Klub jener Menschen gehören, die die wertvollsten und kostbarsten Kunstwerke und Gemälde besitzen wollen. Möglich wäre es, auch wenn Kerstin in die finanziellen Rücklagen ihrer einstigen Freundin keinen Einblick hatte. Aber war sie auch fähig, für ein Bild zu töten? Menschen ermorden zu lassen? Aus Rache, wie im Falle des Bildes der „Heiligen Katharina" von Hans Holbein dem Älteren. Oder aus der Gier, der Sucht heraus, als einziger Mensch ein bestimmtes Kunstwerk ihr Eigen zu nennen? Bisher hatte sie immer gedacht, dass Miryam aus ihrer exponierten Lage heraus, mit mehrstelligen Millionenbeträgen hantieren zu müssen, oftmals so distanziert und zurückhaltend, manchmal gar arrogant und herablassend wirkte. Aber vielleicht war sie ja von einer Sehnsucht getrieben, Unwiederbringliches in ihrem Leben durch einzigartige Schönheit auszugleichen, ewiglich Versäumtes nachzuholen?

Kerstin wusste nicht, ob sie tiefe Abneigung oder doch ein ehrliches Mitleid für Miryam empfinden sollte, als sie ihren Blick durch die immer noch fast menschenleere Klosterkirche schweifen ließ. Es hatte sich kaum eine Handvoll von Gläubigen eingefunden, was neben der frühen Uhrzeit – es war gerade mal kurz nach 9 Uhr – auch daran lag, dass der Frühgottesdienst eigentlich nur der Klostergemeinschaft vorbehalten war.

Die drei Mönche bereiteten gerade den Gabentisch vor, eine Nonne kniete in der vordersten Bank, den Kopf gesenkt, und eine andere Frau lief auf Zehenspitzen, um mit ihren Absätzen keinen Krach auf den Marmorfliesen zu erzeugen, den Gang entlang, der am hinteren Ende in die Gruft hinabführte.

Kerstin erschrak. Ist das etwa Miryam, fragte sie sich und versuchte mit zusammengekniffenen Augen, die Frau im Halbdunkel besser zu scannen. Die streng nach hinten gekämmten Haare, der gerade, aufrechte Gang, die teure

Designerkleidung – das konnte nur ihre ehemalige Freundin sein!

„Miryam?", rief sie der Frau mit gesenkter Stimme nach. Aber die Frau schien sie nicht gehört zu haben, als sie, ohne sich noch einmal umzudrehen, bereits in den Katakomben verschwand. Vorsichtig erhob sich Kerstin aus der Holzbank und eilte Miryam hinterher.

Sie musste mit ihr sprechen, sie zur Rede stellen. Bereits gestern hatte sie ihr unzählige Nachrichten geschrieben und mehrfach versucht, sie telefonisch zu erreichen. Aber Miryam hatte auf keine Nachricht reagiert und jeden Anruf unbeantwortet gelassen. Sie hatte anscheinend nicht vor, sich auch nur irgendeinem Gespräch zu stellen und sich zu erklären. Also werde ich das von ihr einfordern, dachte Kerstin und folgte Miryam in die Katakomben hinab.

Die Gruft, in der unter anderem die Äbte des Klosters beerdigt worden waren, war ein kleines Labyrinth. Vom Hauptgang führten mehrere kleine Nebengänge zu den Sarkophagen und Grabkammern der Verstorbenen. Indirektes Licht ließ die Nebengänge noch enger und gedrungener erscheinen, und Kerstin duckte sich automatisch, als sie in einen Nebengang hineinschaute.

Aber Miryam war wie vom Erdboden verschwunden. Sie traute sich nicht, ihren Namen zu rufen, da der Marmor ein starkes Echo abgab und im Kirchenschiff gerade der Gottesdienst begann, wie sie anhand der aufspielenden Orgel vernahm.

Wenn es keinen zweiten Ausgang gab, dann musste Miryam auch wieder hier vorbeikommen, dachte Kerstin und setzte sich auf einen Sockel eines Sarkophags, der prominent im Hauptbereich der Gruft stand. Sie hatte Zeit, mindestens eine Stunde, ehe der Bus zurück in die Stadt und zum Schiff fuhr.

Und wenn ich mir ein Taxi nehmen muss, um zurück zum Hafen zu kommen, sie wird mir nicht entkommen, nahm sie sich felsenfest vor.

Sie erschrak, als sie plötzlich eine ihr bekannte Stimme vernahm: „Schön, Sie hier zu sehen! Darf ich mich setzen?"

Kerstin wollte sich gerade umdrehen, als sie plötzlich einen beißenden Geruch vernahm und augenblicklich in ein tiefes, nicht enden wollendes Schwarz fiel.

Epilog

„Guten Morgen!"

„Wo bin ich?", fragte Kerstin Luckow und versuchte, ihre Umgebung zu erfassen. Irgendjemand hämmerte auf ihren Kopf, als wäre er die Trommel eines Schlagzeugers. Auf der Bettkante saß der Kapitän, so glaubte sie, sich an sein Gesicht zu erinnern. Am Fußende stand auch ein Mann, den sie schon einmal gesehen hatte, aber dessen Name ihr partout nicht einfallen wollte. Sie befand sich eindeutig in ihrer Kabine. Auch das konnte sie klar und deutlich erkennen. Ihr mit gelbem Leinen bezogenes Bett, die Fensterfront mit dem sich anschließenden Balkon, den begehbaren Kleiderschrank, der kurz vor der Kabinentür links abging.

„Wo ist ...? Au, mein Kopf!" Ein starker Schmerz ließ es nicht zu, dass sie ihre Frage stellen konnte.

„Brauchst du noch eine Kopfschmerztablette? Jan, kannst du noch mal im Hospital anrufen?", fragte der Kapitän.

„Nein nein, es geht schon! Es dreht sich nur noch alles ein bisschen gerade. Und was heißt noch mal?" Aus müden, kleinen Augen sah sie ihn an. Sie wusste immer noch nicht, was los war. Hatte sie etwa einen Filmriss?

„Du hattest einen Schutzengel. Wäre nicht die beharrliche Signora Commissario gewesen, dann hätten wir dir jetzt keinen guten Morgen wünschen können."

„Welche Signora, und was ist denn passiert? Ich weiß gerade nicht, wovon du sprichst, Hauke!"

„Mario Marin hat dich mit Chloroform betäubt, gefesselt und geknebelt und anschließend in einen abgelegenen Sarkophag in der Gruft des Klosters von Montserrat gelegt."

„Aber warum?" Kerstin zitterte. Was hatte das alles zu bedeuten?

„Er hatte die Befürchtung, du wärst ihm auf die Schliche gekommen. Und da musste er dich ebenfalls töten. Oder dich deinem Schicksal überlassen."

Ihr Zittern wurde heftiger. „Er hätte mich sterben lassen?"

Hauke nickte schwach. „Ja!"

„Aber warum?", fragte sie erneut und versuchte, ihre wild herumfliegenden Gedanken einzufangen. Das Bild!

Ja, sie hatte ihn an seine Schuld erinnert und daran, dass er nie vergessen möge, was er damals dem kleinen Mädchen angetan hatte. Das kleine Mädchen!

„Und Miryam?"

„Sie hat vorgestern Abend das Schiff verlassen und ist seitdem nicht mehr zurückgekehrt. Wir haben die Polizei hier in Barcelona damit beauftragt und eine Fahndung nach ihr erwirkt", schaltete sich jetzt Jan Fries ins Gespräch ein.

Kerstin atmete tief durch und räusperte sich. „Ich bin sicher, dass wir sie nicht finden werden. Sie wird sich eine neue Identität zulegen und künftig irgendwo in der Karibik leben. Menschen wie sie haben immer einen Plan B in der Tasche."

„Sie hat auch das Bild."

„Die ‚Heilige Katharina' von ...?" Kerstin wusste, von welchem Bild Hauke sprach, auch wenn ihr der Maler nicht einfallen wollte.

„... Hans Holbein dem Älteren", ergänzte er. „Unsere Artisten, von ihr engagiert, haben ihr das Bild in der Gruft überreicht. Kurz bevor du dort von Mario überwältigt worden bist. Damit erhärtet sich der Verdacht, dass sie tatsächlich zu jenem Klub gehört."

„Und ich habe sie noch auf die Spur des Bildes gebracht."

„Das weiß man nicht abschließend. Vielleicht wäre sie sowieso dahintergekommen."

„Hat sie auch Damian töten lassen?"

Hauke nickte erneut. Seine Augen funkelten jetzt düster. „Ja, wobei sie eigentlich Ronny Freitag, unseren Kellner, töten wollte, der Miryam beziehungsweise einem Mittelsmann das Bild ‚Mondsichelmadonna' aus dem fingierten Kunstraub aus dem Kloster in Palma unterschlagen hatte. So wie damals ihr Vater die ‚Heilige Katharina'. Nur dass jetzt sie darüber bestimmt, was mit den sogenannten Verrätern passiert. Oder mit denen, die sich eben nicht an die Abmachungen halten. So wie Ronny. Doch der Auftragskiller in Ajaccio hat ihn mit unserem Galeristen verwechselt ..." Hauke brach ab. „Dieses Schwein!"

Kerstin streckte sich und berührte mit ihren Fingerspitzen seine Hand, die abgestützt auf ihrem Bett ruhte.

„Sein Vater, also Damians, hat damals Selbstmord begangen, weil er mit den Beschuldigungen, als Kurator von Schloss Friedenstein am Kunstraub beteiligt gewesen zu sein, nicht fertigwurde. Dabei geben die Stasi-Akten über ihn nichts her."

„Und im Zweifel für den Angeklagten."

„Ja, aber einige Menschen meinen ja, über dem Gesetz zu stehen. Wie Miryam Dannenberg, alias Miryam von Munkwitz."

„Dann steckt sie also auch hinter den anderen Raubzügen? Prato, Rom, Moskau?"

„Zumindest hinter denen, die uns die Artisten gebeichtet haben. Und diese drei Diebstähle gehören dazu. Sie haben sich damals von einem Oleg in Kiew Geld geliehen, auch um sich hier bei uns bewerben zu können. Sie brauchten Geld für Flug, Hotel, Kostüme und natürlich auch die Artistenschule in Kiew selbst. Talentiert, aber mittellos, auch im Jahre 2015 eine schlechte Kombination. So sind sie in einen Strudel aus Erpressung und Einschüchterung geraten, der sie am Ende dazu gebracht hat, Spielball und Instrument für Miryams Gier nach jenen Kunstschätzen zu sein. Sie haben auch dem Arzt in der Toskana das Bild gestohlen und es dann, Miryam in der Gruft von Montserrat überreicht. Damit sei ihre Schuld beglichen."

„Und haben sie ihn auch getötet?"

„Nein!" Er schüttelte den Kopf. „Das war Mario Marin!"

„Mario Marin? Hat er also doch die von Munkwitz erschossen?"

Hauke schüttelte den Kopf. „Nein, aber er hat die Nonne und den Arzt getötet, die beide am italienischen Kinderraub beteiligt gewesen waren. Sie haben ihn damals nach der Geburt seiner leiblichen Mutter entrissen und ihn an den Direktor des DDR-Staatszirkus, an Carlo Marin, verkauft. Der brauchte immer neue Artisten und Künstler. Er muss seinen Sohn grausam behandelt und sogar misshandelt haben. Er ist erst vor ein paar Wochen gestorben, und bei der Auflösung der Wohnung hat Mario erfahren, wer er eigentlich ist. Ein Nessuno. Ein Niemandskind."

„Oh Gott!" Kerstin fehlten erneut die Worte.

„Und das hat die Kommissarin während ihrer Ermittlung zu den gestohlenen Kirchenschätzen herausgefunden und dir somit das Leben gerettet."

„Danke!" Sie atmete erneut tief durch. „Und ich dachte immer, eine Kreuzfahrt sei Entspannung!"

Er zwinkerte ihr vielsagend zu. „Ich glaube, diesen Beweis bin ich dir auch noch schuldig."

*

26. August 2015

„Mutter, wie fühlst du dich?" Francesca Baldini sah in müde, kleine Augen, die sich langsam weiteten, als sie erkannten, wer sich gerade im Sichtfeld befand. Sie stand am Bett ihrer Mutter, die immer noch auf der Überwachungsstation im Ospedale Santa Maria Nuova lag und sich langsam von ihrer Operation erholte.

Francesca hatte seit zwei Tagen vor der Station gewacht. Sie wollte die Erste sein, die bei ihrer Mutter war, wenn diese aufwachte. Noch bevor der Operationstermin fest-gesetzt worden war, hatte eine überglückliche Kerstin Luckow angerufen und lange mit ihr gesprochen. Die Deutsche war unglaublich dankbar gewesen und konnte kaum in Worte fassen, was sie gerade empfand.

„Francesca?"

„Ja, Mamma, ich bin hier!"

„Was ist passiert?"

„Ich habe dir meine Niere gegeben."

„Francesca ... Warum hast du das getan? Ich bin doch noch nicht mal deine ..."

Doch weiter kam Elena Baldini nicht, als ihr Francesca einen Finger auf ihre zart geschwungenen und noch etwas blassen Lippen legte: „Weil ich dich liebe, Mamma!"

DANKSAGUNG

„Das Leben schreibt die schönsten Geschichten. Aber die schönste Schriftart ist immer noch die des Herzens."

unbekannt

Liebe Leserinnen und Leser,

ein schlauer Mensch hat einmal gesagt: „Wenn man etwas gerne macht, dann macht man es auch gut." Und ich schreibe nicht nur sehr gerne. Ich liebe es, mir spannende Geschichten ausdenken zu dürfen, die Sie hoffentlich in ihren Bann ziehen und gefangen nehmen. Aus meiner Sicht gibt es kaum ein schöneres Geschenk, für das ich unglaublich dankbar bin. Dankbar, die schönsten Orte dieser Welt entdecken, mit großartigen Besatzungsmitgliedern zusammenarbeiten und wunderbare Gäste kennenlernen zu dürfen.

Auf See wie an Land.

Doch ein besonderer Dank gilt alldenjenigen wunderbaren Menschen, die mich auf meinem neuen Abenteuer wieder so großartig begleitet und diesem vorliegenden Buch „Niemandsblut" eine Seele gegeben haben.

Menschen, die stets an meiner Seite waren und sind, mich unterstützt haben, wenn ich einmal nicht weiter wusste und mir eine helfende Hand reichten oder mich mit aufbauenden Worten oder einer liebevollen Umarmung bedachten, als ich meinte, in einem Strudel von Selbstzweifeln unterzugehen.

Und dafür möchte ich mich bei diesen besonderen Menschen von ganzem Herzen bedanken:

Meinen Eltern Jutta und Rudolf Böhm. Einfach nur danke!

Borris Brandt, sein Vertrauen in mich hat aus einer Idee ein Buch werden lassen. Danke, dass du so an mich glaubst!

Die AIDA-Teams auf meinen verschiedenen Lese- und Recherchereisen. Leider kann ich nicht alle namentlich nennen, dafür würden die mir zur Verfügung stehenden Seiten nicht ausreichen. Aber stellvertretend sind das Sabrina Battermann, Laura Hirsch, Olga Kvint, Svetlana Vetrova, Andreas Wystub, Oliver Möller und Marc Fredrich. Eure Erzählungen über die täglichen Abläufe auf einem Kreuzfahrtschiff, die Herausforderungen an Bord und das wahre Leben als Abenteurer auf See haben meinen Figuren Leben eingehaucht.

Meinem Rechtsmediziner, der an dieser Stelle nicht genannt werden möchte, dem ich dafür umso mehr für seine großartige Unterstützung, die ausführlichen Erklärungen und die immens wichtigen Hintergrundinformationen danke. Ich wünsche mir sehr, seinen Erläuterungen nur annähernd gerecht worden zu sein.

Heribert Stuppy, Leiter des Kommissariats 11 des Polizeipräsidiums Rheinpfalz in Ludwigshafen, von dessen Wissen ich so unglaublich profitiere, dass ich das gar nicht in Worte fassen kann und den ich immer wieder und jederzeit auch mit den einfachsten Fragen behelligen darf.

Meinem Verlag CW Niemeyer und insbesondere Sarah Fischer, Brigitte Pacholeck, Rebecca Frankowitz, Carsten Riethmüller und Carsten Holzendorff – Ihr Engagement, Ihre Leidenschaft und Ihre Hingabe für das, was Sie tun, beflügelt mich jeden Tag aufs Neue. 1000 Dank! Und das Cover ist einfach unbeschreiblich!

Meinen Testleserinnen Andrea Licht, Beata Koch, Claudia Rosenthal und Lydia Völker – danke, dass ihr auch den stärksten Sturm mit mir gemeinsam durchsteht und aus einem unfertigen Manuskript ein funkelndes Juwel zaubert.

Und dann ist da noch mein Mann Boris Henn. Ohne dich ist alles nichts.

Ganz besonders möchte ich mich bei allen Buchhändlerinnen und Buchhändlern und vor allem bei allen engagierten Mitarbeitern von Gemeinde-, Katholischen Öffentlichen wie auch Evangelischen Büchereien sowie Stadtbibliotheken bedanken, die meine Krimis begeistert weiterempfehlen. Das bedeutet mir sehr viel! Abschließend, und das ist mir besonders wichtig, möchte ich mich von ganzem Herzen bei Ihnen bedanken, meinen wunderbaren Leserinnen und Lesern. Ohne Sie wäre ich nicht da, wo ich jetzt bin und genau Sie sind es, warum ich meinen Traum leben darf. Einfach nur danke!

Ihr Jörg Böhm, Dezember 2017

Im Verlag CW Niemeyer bereits erschienen ...

Kreuzfahrt-Krimi

Feierlich tritt die „Star of the Ocean" von Hamburg aus ihre Jungfernfahrt an. Mit an Bord ist Wilhelmina Nissen, Matriarchin einer Hamburger Kaffeerösterei. Sie hütet ein schreckliches Geheimnis. Eva Bredin begleitet ihre Großtante. Sie folgt den Spuren ihrer Freundin Sanne, die vor zwanzig Jahren auf mysteriöse Weise verschwand.

Doch während der Kreuzfahrt werden ausgerechnet die beiden Passagiere ermordet, die Eva der Wahrheit ein großes Stück näherbringen sollten, und die dunkle Familiengeschichte wird ihr zum Verhängnis ...

Jörg Böhm. Moffenkind
432 Seiten. Paperback. ISBN 978-3-8271-9449-7
E-Book   978-3-8271-8523-5 (Pdf)
            978-3-8271-8323-1 (Epub)

Im Verlag CW Niemeyer bereits erschienen ...

Emma Hansens zweiter Fall

Ein ungewöhnlicher Todesfall führt Emma Hansen in das kleine Dorf Burrweiler
in der Pfalz: Der Winzer Alois Straubenhardt wird tot in seinem Weinberg gefunden – vom eigenen Traktor überfahren. Ein tragischer Unfall?
Als ein weiterer Dorfbewohner auf mysteriöse Weise ums Leben kommt, gerät
die Hauptkommissarin immer stärker unter Druck, die Vorfälle aufzulösen. Zu
spät erkennt sie, dass eine lange verdrängte Schuld endlich gesühnt werden will ...

Jörg Böhm. Und die Schuld trägt deinen Namen
416 Seiten. Klappenbroschur. ISBN 978-3-8271-9447-3
E-Book   978-3-8271-8521-1 (Pdf)
            978-3-8271-8321-7 (Epub)

Im Verlag CW Niemeyer bereits erschienen ...

Emma Hansens vierter Fall

Kaum ist Emma Hansen nach ihrer Auszeit wieder im Dienst, fordert eine Mordserie ihre Aufmerksamkeit. In der Vorderpfalz wurden zwei alleinstehende Junggesellen bestialisch erstickt – mit Ostseesand. Warum wurden sie auf diese sadistische Weise getötet? Als wenig später auch auf Bornholm eine berühmte Künstlerin mit Ostseesand ermordet wird, ahnt Emma, dass sie es mit einem Serientäter zu tun hat. Dieser hat sein Werk noch lange nicht vollendet ...

Jörg Böhm. Und süß wird meine Rache sein
368 Seiten. Klappenbroschur. ISBN 978-3-8271-9468-8
E-Book   978-3-8271-8525-9 (Pdf)
          978-3-8271-8325-5 (Epub)

Im Verlag CW Niemeyer bereits erschienen ...

Emma Hansens 5. Fall

Ein abgelegener See in der Pfalz. Ein versenktes Auto. Auf dem Fahrersitz eine grausam entstellte Frauenleiche – die Haare verbrannt, die Zähne gezogen, das Gesicht zertrümmert. Als Emma Hansen übernehmen soll, ahnt sie noch nicht, dass dieser Fall persönlich wird. Denn die Tote kümmerte sich als Kindergärtnerin auch um Emmas Sohn Luiz. Wie sich herausstellt, führte Josephine „Josy" Neufeld ein geheimes Doppelleben. Musste sie deshalb sterben? Oder ist sie einem Serientäter in die Hände gefallen, der seinen Opfern ihre Schönheit rauben will? Schon einmal ist eine junge Frau auf grausame Weise ermordet worden. Und der Täter ist bis heute nicht gefasst ...

Jörg Böhm. Und ewig sollst du schweigen
352 Seiten. Klappenbroschur. ISBN 978-3-8271-9498-5
E-Book   978-3-8271-8558-7 (Pdf)
            978-3-8271-8357-6 (Epub)

Im Verlag CW Niemeyer bereits erschienen ...

MAN FAND SIE IM WASSER.
MAN GLAUBTE SIE TOT!
MAN HAT SIE BEGRABEN.

Doch dann taucht ihr Gesicht wieder auf. Als Bild in der Suchmeldung. Nur eine Ähnlichkeit? Kommissar Wolf Hetzer ist überzeugt, die Frau auf dem Foto zu kennen. Ein alter Fall seines Freundes Thorsten Büthe, Profiler beim LKA Hannover. Hetzer will die im Koma liegende Patientin sehen, kommt aber zu spät. Man hat sie verlegt. Die Klinik München erreicht sie nie. Irrtum oder Entführung? Es gibt keine Spuren für einen Ermittlungsansatz, obwohl Hetzer und Büthe an ein Verbrechen glauben. Doch es siegt die Intuition. Man recherchiert heimlich, sucht nach alter DNA. Und öffnet schließlich das Grab ...

Nané Lénard. SchattenQual
384 Seiten. Klappenbroschur. ISBN 978-3-8271-9488-6
E-Book   978-3-8271-8548-8 (Pdf)
          978-3-8271-8347-7 (Epub)

Im Verlag CW Niemeyer bereits erschienen ...

NINA MORETTIS 9. FALL

Ne bis in idem. Nie zweimal für die gleiche Tat. Der Rechtsspruch, der bereits in der Römerzeit zur Anwendung kam und auch im deutschen Grundgesetz verankert ist, stellt Hauptkommissarin Nina Moretti auf eine harte Geduldsprobe.
Vor ziemlich genau zehn Jahren wurde im Westerwald die Leiche einer jungen Frau gefunden. Der mutmaßliche Täter war schnell gefasst. Doch der Richter zweifelte an der Schuld des Angeklagten und sprach ihn frei. Jetzt geschieht ein weiterer Mord. Am selben Ort und unter den gleichen Umständen. Aber handelt es sich auch um denselben Täter? Für Oberkommissar a. D. Hans Peter Thiel ist der Fall klar. Doch das Blatt wendet sich. Thiel selbst gerät in das Visier der Ermittlungen. Nina Moretti steht vor einem Rätsel. Ist der ehemalige Kollege tatsächlich zu solch einer Tat fähig, oder handelt es sich lediglich um ein tödliches Spiel?

Micha Krämer. In Idem
448 Seiten. Paperback. ISBN 978-3-8271-9473-2
E-Book   978-3-8271-8532-7 (Pdf)
             978-3-8271-8331-6 (Epub)

Im Verlag CW Niemeyer bereits erschienen ...

SCHULD VERJÄHRT NICHT.

Lübeck. Dezember. Der Pharmaunternehmer Hans-Jochen Leipold wird erstochen an der Trave aufgefunden. Das Team der Lübecker Mordkommission rätselt: Was hat sein Tod mit einer Tat zu tun, die über dreißig Jahre zurückliegt und nicht aufgeklärt wurde?
Und warum interessiert sich Theresa Johansson für das, was damals geschehen ist? Die Frau, die bereits ins Fadenkreuz der letzten Ermittlungen geraten ist. Je näher Hauptkommissar Lennart Bondevik der Lösung kommt, desto mehr wünscht er sich, er hätte nie in der Vergangenheit gegraben, denn ... es ist seine.

Anke Messerle. Im Jetzt der Vergangenheit
448 Seiten. Klappenbroschur. ISBN 978-3-8271-9499-2
E-Book   978-3-8271-8559-4 (Pdf)
            978-3-8271-8358-3 (Epub)

Im Verlag CW Niemeyer bereits erschienen ...

Bei einer Schießerei auf dem Klütturm in Hameln kommt ein Mann ums Leben. Wie sich herausstellt, ist der Tote ein Verkehrswissenschaftler aus Wuppertal. Während die Mördersuche auf Hochtouren läuft, wird ein wohlhabendes Unternehmer-Ehepaar kaltblütig in seiner Villa erschossen – hat der Killer wieder zugeschlagen?

Lokalreporter Frank Dirzius wittert eine heiße Story – und gerät unter Mordverdacht. Die Kommissare Sophie Stein und Karl Brauer ermitteln in Wuppertal – Grundmann und Maja Klausen leiten im Weserbergland die Ermittlungen. In seiner Heimat war der Tote umstritten: Er plante den Bau einer Seilbahn, die vom Zentrum der Schwebebahnstadt auf die Südhöhen führen sollte. Doch warum starb er ausgerechnet in Hameln?

Andreas Schmidt. Höhentod
400 Seiten. Klappenbroschur. ISBN 978-3-8271-9531-9
E-Book   978-3-8271-8540-2 (Pdf)
                  978-3-8271-8339-2 (Epub)

Im Verlag CW Niemeyer bereits erschienen ...

Profiler Thorsten Büthe ist knallhart, unbestechlich und schwört auf sein Team. Erfahrung und Schmerz haben ihn zu dem gemacht, was er ist: Ein Ruheloser! Ein Suchender! Sein Bauchgefühl trügt ihn nie. Das macht ihn zum schlimmsten Feind der Täter ...
Doch dieser tötet spurlos. Wählt seine Opfer zufällig. Sie verlieren die Stimme, dann ihr Leben. Ein Stich in die Kehle. Ein Schnitt durch den Hals. Exitus. Nur tote Augen schreien.

Büthe hat den Mörder im Fokus, doch der dreht den Spieß um. Niemand kann aus seiner Haut. Der Profiler ist auch Mensch und Vater. Jetzt wird was er liebt zur Beute. Das Tier in ihm erwacht. Er muss handeln. Wird er den nächsten Zug des Täters kennen? Erst auf hoher See entscheidet sich beider Schicksal.

Carsten Schütte. Im Fokus
384 Seiten. Klappenbroschur. ISBN 978-3-8271-9487-9
E-Book   978-3-8271-8547-1 (Pdf)
          978-3-8271-8346-0 (Epub)

Im Verlag CW Niemeyer bereits erschienen ...

Ein blutrünstiges Wolfsrudel hetzt ihn erbarmungslos durch den Wald. Er vernimmt das schnelle, gleichmäßige Atmen der Meute, ihren scharfen Raubtiergeruch in den Sekunden, bevor die Tiere ihn zu Boden reißen. Der Alpha-Rüde setzt blitzschnell den Kehlbiss, Blut spritzt und läuft als warmer Strom an seinem Hals herunter. Als sein Kehlgangsknorpel wie ein großer Kloß in seinem Hals verrutscht, kann er endlich dem Traum entfliehen und schreckt schweißgebadet auf. Der Wolf ist da!

Gravenstedt ist in heller Aufregung. Wolfsberaterin Henrike Schnabels hat es schwer, die aufgebrachten Dorfbewohner zu beruhigen. Ihr plötzliches Verschwinden und ein Toter im Wald stellen Kommissarin Sabine Lüschen vor ihre größte Herausforderung.

Jutta Gerecke, Uwe Jark, Werner Kunst. Der Schafe Tod
416 Seiten. Klappenbroschur. ISBN 978-3-8271-9534-0
E-Book   978-3-8271-8543-3 (Pdf)
             978-3-8271-8342-2 (Epub)

Im Verlag CW Niemeyer bereits erschienen ...

Der Fall Kader K. – ein Verbrechen, das die Welt erschüttert hat

Im November 2016 ereignet sich im beschaulichen Weserbergland ein Kapitalverbrechen, das weltweit für Abscheu und Entsetzen sorgt. Vor den Augen eines
kleinen Kindes rammt ein Mann einer Frau ein Messer in Herz und Lunge. Dass
er dabei beobachtet wird, bemerkt er – es stört ihn aber nicht. Der Täter legt dem
sterbenden Opfer einen Galgenknoten um den Hals und befestigt das andere Ende
des Seils an der Anhängerkupplung seines Autos. Dann gibt er Gas. Er will seine
Ex-Frau zu Tode schleifen. Er kennt keine Gnade. Es ist der erste Fall für die Mord-
ermittler Herma van Dyck und Kurt Brenner.

Ulrich Behmann. Novemberwut
432 Seiten. Klappenbroschur. ISBN 978-3-8271-9479-4
E-Book   978-3-8271-8538-9 (Pdf)
           978-3-8271-8337-8 (Epub)

Im Verlag CW Niemeyer bereits erschienen ...